大鱼

有爱的青春陪伴者

你一来就是晴天

Ni Yi Lai
Jiu Shi Qing Tian

铁扇公子 著

广东旅游出版社
GUANGDONG TRAVEL & TOURISM PRESS
悦读书·悦旅行·悦享人生

中国·广州

图书在版编目（CIP）数据

你一来就是晴天 / 铁扇公子著. — 广州：广东旅游出版社，2019.11
ISBN 978-7-5570-2033-0

Ⅰ.①你… Ⅱ.①铁… Ⅲ.①长篇小说－中国－当代Ⅳ.①I247.5

中国版本图书馆CIP数据核字(2019)第201336号

你一来就是晴天
Ni Yi Lai Jiu Shi Qing Tian

铁扇公子/著

◎出版人：刘志松　◎总策划：苏瑶　◎责任编辑：梅哲坤
◎策划：廖晓霞　◎设计：Insect　西楼　◎封面绘制：酥元棠

出版发行：广东旅游出版社
地址：广东省广州市环市东路338号银政大厦西楼12楼
邮编：510060
邮购电话：020-87347732
印刷：长沙鸿发印务实业有限公司（长沙黄花工业园三号 邮编410137）
开本：889毫米×1194毫米　1/32
印张：9.5
字数：301千字
版次：2019年11月第1版
印次：2019年11月第1版
定价：36.80元

你一来就是晴天
CONTENTS

你一来就是晴天
CONTENTS

第一章
Chapter one

她第一眼便看见了明屹

乔皙坐在客厅的沙发上，头微微低垂，脊背绷得笔直。

乔父是严肃刻板的军人，对女儿要求严格，从小到大，只要在乔父的视线范围内，她便肩不能塌、背不能弯。

如今乔父不在了，这习惯她保留了下来。

突然，旁边蹿过来一个身影。

是明菀。

明菀今年十四岁，比乔皙小一岁，正在念初三。

明菀对家里新来的这个姐姐很好奇，围着她问东问西："小乔姐姐，阿姨说以后你就要住在我们家啦！"

尽管明伯伯对她很好，可乍然来到这个全然陌生的环境，乔皙还是有些畏首畏尾。

面对这孩子气的问话，她答也不是，不答也不是，显得手足无措。

可女孩子亮晶晶的眼睛注视着她，她没有道理沉默。想了半天，乔皙只得闷闷答道："我也不知道。"

乔皙说的是实话。

她是真的不知道。

从明伯伯将她从叔叔家接到这里来后，她便对自己即将到来的生活一无所知。

从西京到 A 市，一路上有专人接待，专车专机接送……对于短时间内接触到的这一切，乔皙只觉得陌生而茫然。

明菀眨着亮晶晶的大眼睛看着她："刘姨还说，你是从西京来的，你爸爸和我爸爸以前真的是战友吗？"

乔皙想了想，只能答道："应该是吧。"

那个明伯伯说他从前和爸爸是战友，还说爸爸为他挡过一次子弹。

应该是的吧……

不然这样一个同她非亲非故的人，怎么会专门带她去商场里买娃娃哄她开心呢？

原本乔皙还疑惑过明伯伯为什么会觉得她喜欢娃娃，直到她到了明家，看见客厅里半个沙发上都堆满了明菀的娃娃后，这才明白过来。

原来明菀喜欢娃娃，明伯伯便以为她也喜欢娃娃。

"那我就放心啦！"明菀终于松了一口气，笑得十分灿烂，"只要你不是我姐姐，我们就可以当好朋友！"

话说完，明菀又"咚咚咚"跑出去，将外面院子里的一只萨摩耶抱进来。

她挥着萨摩耶的爪子跟乔皙打招呼："斑比，给你介绍一下，这是小乔姐姐。"

乔皙从小便喜欢小动物，这会儿见到这么一只毛茸茸的小东西，一颗心都软得快要融化了。

她伸手握住萨摩耶的小肉爪，笑得眉眼弯弯，一颗虎牙露出来："斑比，你好呀。"

将斑比介绍给了乔皙之后，明菀又拉着她在整栋房子上上下下转了一圈。

明家住的是一栋三层的小洋楼，一楼住的是家里的保姆刘姨，二楼住的则是明家的兄妹俩，明骏夫妇住在三楼。

明菀拉着乔皙到了自己房间门口，又指了指走廊的另一头："哥哥的卧室和书房在那边。"说着，她吐了吐舌头，有点委屈，"他可讨厌啦，说我吵，都不和我住一边。"

乔皙咬住下唇，不知为何，心情突然变得有些忐忑。

明菀奇怪道："你怎么了？"

乔皙垂下了脑袋，语气有些犹豫："没什么啦……"

明菀却是个刨根问底的性子："你到底想说什么啦？"

乔皙到底只是个十五岁的小姑娘，心里想到什么就说了："你哥哥他……听起来好凶哦。"

原本是自己先抱怨哥哥，可一听别人说自己哥哥不好，明菀立刻又不乐意了。

她当即大声反驳道："才不是，他只是不怎么爱说话，对外人有点凶，其实对我还是很好的。"

那不是一个意思吗？

乔皙就是个外人，那……她觉得菀菀的哥哥听起来凶巴巴的，似乎也没错嘛！

不过这会儿眼前的小姑娘气成了只圆滚滚的河豚，仿佛一戳就要炸，因此乔皙只是手忙脚乱地安抚她："喔喔，我说错了，对不起嘛。"

与此同时，三楼卧室里。

祝心音坐在梳妆台前，背对着丈夫一言不发。

明骏站在她身后，愁得眉头紧皱。

妻子向来大方端庄、温柔贤淑，将这个家操持得极好，绝非动辄闹脾气要性子的人。

正因为如此，明骏此刻才觉得棘手。

他硬着头皮解释道："我看这孩子挺老实听话的，不会给你惹什么幺蛾子的。"

"这不是她听不听话的问题。"祝心音说起话来掷地有声，"你突然带个大活人回家来……为什么你事先不和我商量一声？你到底还当不当我是这个家的女主人了？"

明骏揉着眉心，无奈道："你是太太，家里多一个人也累不着你，你平时照看着她点儿就行了，菀菀也是女孩，带两个女孩和带一个女孩不是差不多吗？"

"明骏，你这个人还真是——"祝心音气坏了，眼圈不知不觉红了，"你拼事业，我就帮你看顾好大后方。这么些年我帮你把这一儿一女带到这么大，原来你半点不记得我的好，只以为我当太太呢？行行行，既然你觉得不费心，那以后儿子女儿都你来管，对，还有你带来的这个战友的女儿，你也一起管了！"

"哎哎，是我说错了。"眼见祝心音真的动了怒，明骏赶紧按住她的肩膀哄着，"你带大这两个孩子，是不容易。"

祝心音不吭声了。

想了想，明骏将她整个身子转到自己面前来。

他叹口气："当初要不是皙皙她爸爸帮我挡了那颗子弹，我哪还有机会回来看你和孩子啊？"

听他说起当年的那桩事，祝心音的眼泪都要下来了。

那时她同明骏刚结婚没几年，儿子才一岁，明骏被派去执行一项危险任务，临走时好好的人，等到突然来人接她去西北的医院时，她再见到的，却是一个伤痕累累的丈夫。

这世上，各人有各人的造化。

明骏伤得不成样子，可年纪轻底子好，经过三四个月的休养便康复如初。帮他挡了子弹的乔立国，却因为子弹正中右腿膝盖，膝盖骨几乎粉碎，将养了几个月，便匆匆退伍转业了。

这事儿一出，两人的境遇便大大不同。

乔立国退伍转业后，被安排进了一家地方事业单位。尽管报酬优渥工作清闲，可对于他而言，到底是低就了。

因此这些年来，明骏对这个生死与共的兄弟，一直是心怀愧疚的。

起初他同乔立国之间还有联系，可随着他职位越升越高，大概是不想被人说攀附，乔立国便有意避着他，慢慢地，两人断了联系。

上个月战友组织了一次聚会，明骏一向是不参加的，但那次他特意去了，为的就是问一问乔立国的下落。

这十几年来，当年的战友散落在天南海北，谁也不知道谁的近况。后来还是一个已经转业进了地方单位的老战友告诉明骏，前年他偶然遇见过乔立国一次，那会儿乔立国已从原单位辞职，下海开了一家外贸公司。

明骏立刻循迹找去，万万没想到，乔立国竟然去年遭遇车祸离世，只留下了乔皙这么一个女儿。

乔立国负伤退伍后，没多久他妻子就跟他离了婚。这么些年父女相依为命，乔立国一去，乔皙便没着没落地被寄养在了几个叔伯家里。

明骏叹口气，语气里是满满的无奈："我找到她的时候，小姑娘跟个乞丐似的，今天在这个伯伯家住两个月，明天在那个叔叔家住三个月……你说这叫什么事？我能就这样把她扔在那里？"

祝心音并不是狠心肠的人，先前闹脾气不过是因为丈夫没将这事提前知会她而已。

现在听明骏这么一说，她心里的气一下子散了。

她也是有女儿的人，菀菀要是受这样的委屈，光是想想，她便要心疼死了。

见妻子的态度软化下来，明骏也松了口气，安慰她道："晢晢很听话，不会给你添麻烦的。"

"小姑娘看着是挺好的。"祝心音忧心忡忡，"可就是……可就是……"

想起自己的那一瞥，小姑娘身姿挺拔、眉目秀丽。

就是长得太漂亮了。

家里可不只有菀菀，除了菀菀，还有个十六岁的半大小子。

满怀心思、青春萌动的少男少女共处一个屋檐下，又有之前那件不愉快的事情在心里梗着，她这个当母亲的，能不担心能不多考虑？

明骏看出来妻子的担忧，当下便拍着她的手掌宽慰道："你放心，你那个儿子你自己还不知道？平时除了那些数学公式，他还对其他什么东西上心过？老沈家的闺女天天追到家里来，他不也没正眼看过人家吗？"

丈夫这样说，也不是没有道理。

其他的事情，小姑娘就在她家里、她眼皮子底下，她看紧一点，应该不会再发生之前那样的事情了。

这事儿放下了，她问："那小姑娘现在来了，上学的问题你给解决了没？"

"你放心，我已经让人去办了。"明骏拍拍妻子的手背，"就在附中念。"

将乔晢接过来时，他便让人连带着将乔晢的户籍和学籍一并转了过来，虽然目前事情还没办好，但九月份乔晢应该能顺利入学。

说起这个，明骏又想起一件事来。

"我接她的时候，中考成绩刚出来。"他说这话时，脸上还带着一股自豪。

祝心音迷糊了："所以？"

"小姑娘成绩好，"明骏颇有几分扬扬得意，"这次她中考呀，全区第一、全市第三！"

祝心音有一些惊讶，但也没太吃惊。毕竟自家儿子从小优秀，她早就看淡这些排名了。

不过全区第一、全市第三的成绩,足够说明小姑娘聪明伶俐。

长辈们都喜欢聪明懂事的孩子,祝心音也不例外。

她拉着丈夫起身,往门外走:"先下去吧,把小丫头扔在下面那么久,再不下去,她该以为我对她有意见了。"

夫妻两人一路走到楼梯口,站在这里正好可以看见二楼客厅,年纪相仿的两个女孩正坐在客厅沙发上,围着家里的斑比,叽叽喳喳地说个不停。

明骏忍不住笑,回头对妻子道:"还有她呢。"

祝心音一时没反应过来,疑惑地看了他一眼。

明骏看了一眼楼下猴子似的窜来窜去的女儿,笑着解释道:"她哥有什么风吹草动,哪一次不是她先回来打小报告的?有你女儿帮你盯着,你就放心吧。"

到了饭点,祝心音将两个女孩叫到一楼吃饭。

饭菜已经摆上桌,四人入座,祝心音温温柔柔地开口道:"皙皙,别拘束,就当在自己家一样。"

明骏一边提起筷子,一边对乔皙道:"皙皙,你多吃点,还在长身体,哪能这么瘦。"说着他挤了挤眉毛,示意她去看一旁正在埋头啃排骨的小女儿,声音里带上了几分笑意,"看见没?她那么能吃,你多学学她!"

乔皙原本有些紧张,手脚都不知道该往何处放,被明骏这么一逗,"扑哧"笑出了声。

明菀啃完了那块排骨才反应过来刚才爸爸说的是自己,恼羞成怒道:"爸爸!"

明骏忍着笑轻轻咳一声,突然想起来了什么似的,语气微微沉了下来:"你哥呢?这臭小子,怎么成天不着家往外跑?"

"瞎说什么?"一旁的祝心音瞪了他一眼,"儿子的事情你半点不上心,我不是告诉过你,他这周去苏黎世参加比赛了!"

错怪了儿子,明骏有些不好意思:"我给记成下个月了……就让他一个人去?没人陪着他?"

明菀在旁边叽叽喳喳地插嘴:"国家队一共六个人参赛,哥哥这次去瑞士是白教授带队的!"然后,她又转头对乔皙说,"小乔姐姐,我跟你说，我哥哥他好厉害的！"

乔晳放下了手中的筷子，瞪大了圆溜溜的眼睛，很认真地听菀菀接下来的话。

明菀脸上写满了自豪："他这次是去参加 IMO。IMO 你知道吗？就是国际数学奥林匹克竞赛！哥哥这么聪明，这次肯定能轻轻松松拿个金牌回来的！"

乔晳吓得咽了一大口口水。

好厉害啊……这是惊呆了的乔晳脑中冒出来的唯一想法。

她当然知道 IMO。

她以前就读的西京一中是整个西北地区最好的高中，可过去十年里，西京一中统共也就拿了一个 IMO 银牌。

这位"银牌"师兄后来保送去了 P 大数学系，毕业后又去了国外名校深造。多年来这位师兄一直为老师们所津津乐道，直到现在还是西京一中的一个传奇。

祝心音显然并不这么认为，她瞪了一眼明菀，声音里带了几分不悦地提醒道："菀菀。"

明菀吐吐舌头，心虚地低下了头："好啦好啦，我知道了，我不说了。"

"不是说你这个。"祝心音的语气更严厉了几分，"和哥哥一起参加比赛的都是很厉害的选手，没有谁能随便拿金牌。你这样说，不光是不尊重哥哥的对手，也是不尊重他的努力。"

明骏赶紧拍了拍女儿的脑袋，从旁打圆场："妈妈说的听见了没？"

明菀不情不愿地点了点头。

显而易见，明菀并不同意祝心音的说法，而是固执地认为自家哥哥最厉害。

至于乔晳，她和明菀的意见完全一致。

在她看来，除却那么几个数学特别强的国家，来参加 IMO 的国家队的人，是从中学生里杀出来的佼佼者。

而中国参加 IMO 的国家队六人，是从几千万中学生里杀出来的天才。

千万分之一的概率。

乔晳实在想象不出，这个未曾谋面的同龄男生会是怎样的人。

把饭后水果端上来，祝心音坐下，用叉子挑了一片蜜瓜递给乔晳，语气和蔼："晳晳以前在家的时候，暑假都是怎么过的？"

暑假……

爸爸还在的时候，每个暑假都会给她报上几个培训班，而他要是有空，还会抽出一两周的时间带她去旅行。

爸爸走了之后，暑假时乔晳都是在大伯家的店里帮忙照看店里的生意。

乔晳迟疑了几秒，然后道：“就是……在家看看书。”

“这样啊。”祝心音想了想，然后雷厉风行地给她安排好了去处，“你明伯伯和你说了没？等开学了你就和菀菀一样在附中上学……附中有新生夏令营，你也去参加一下，正好和同学们提前熟悉熟悉。”

盘腿坐在一旁沙发上的明菀刚结束了一局游戏，听见她们俩的对话，放下手机，将脑袋凑过来——

“妈妈，那小乔姐姐以后怎么住呀？”

提到这个，祝心音便忍不住在心里埋怨起丈夫来。

明骏没和她商量半句，生怕她反对似的，不声不响就将小姑娘接了过来。现在可好了，她什么都没来得及准备，不知道的还以为她故意怠慢人呢。

还没等祝心音开口，明菀又抢先道：“妈妈，让小乔姐姐住我隔壁好不好？”

祝心音看女儿一眼，语气嗔怪：“住你隔壁就要被你烦死了。”

明菀信誓旦旦：“我保证不会去烦小乔姐姐的！”

祝心音想了想，转头看向乔晳，耐心地同她解释：“家里其他的房间都还没收拾出来，今晚你先住菀菀隔壁那间房，等明天你再挑一间你喜欢的房间当卧室，好吗？”

祝阿姨这样问，乔晳受宠若惊，赶紧道：“不用挑了，我住菀菀隔壁就很好！”

吃过水果，祝心音便带着乔晳去了楼上的房间。

房间很大，陈设简单，风格简约，入目尽是黑白灰三色，近落地窗的一面墙边摆着巨大的立式书柜，里面挤着满满当当的书册。

祝心音同她解释：“这个房间以前是菀菀她哥住的，后来她哥嫌她吵，就搬到另一头去住了。不过他的东西没搬干净，这些书都是他的。你先这样住几天，下周我找人把书柜搬走。”

乔皙咬了咬唇。

爸爸去世之后，她辗转流离在几个叔伯家。

在三叔家，她还能睡在堂妹房间的榻榻米上，可轮到去大伯家住时，她只能在堂姐房间里打地铺。

眼下明伯伯一家能够给她一个单独的容身之所，对她来说够好了。

更何况，她贸然住进明家，已经很打扰了，她怎么还好意思再麻烦祝阿姨为她费心？

她轻声开口道："祝阿姨，房间很大，书柜放在这里没关系，不用管我的。"

"傻孩子。"祝心音叹了口气，顿了好几秒才再开口说话，这回的语气却是不容置喙的，"书柜一定要搬，房间里家具也都是男孩子的风格，也都换一换……周末让小张开车带你出去，你挑些喜欢的新家具。"

说完，她便出去了，留下乔皙一个人在房间里。

乔皙茫然地站在原地，脸上有几分不知所措。

她也不知道自己说错了什么，惹得祝阿姨生了气。

乔皙抱着膝盖坐在床尾，突然有些难过。

爸爸还在的时候，她从来不知道，原来旁人的一个眼神、一个微笑，背后都可能有深沉丰富的含义。

爸爸没了，寄人篱下的日子让她练就了一身察言观色的好本领。

可是，她现在不知道祝阿姨为什么生气。

从前她住在几个叔伯家时，那几个伯母、阿姨每一次生气，她都清楚对方为什么生气。

或许是因为学校里发新的辅导书需要交钱；或许是因为她又长个子了，旧的衣服不再合身，需要花钱买新的。

乔皙轻轻晃了晃脑袋，算了，还是不想了。

祝阿姨愿意接纳自己这样一个非亲非故的陌生人进家门，已经很好很好了，她不应该随便揣测祝阿姨的想法。

"小乔姐姐！"乔皙还在发呆，门口突然探进来一个脑袋。

是菀菀。

明菀盛情邀请乔皙来自己房间一起看动漫。迎着那么明媚的笑脸，乔皙实在说不出自己并不喜欢看动漫这样的话。

动画片看了没过一会儿，八点刚到，明菀放在桌上的手机便振动了两下，进来了一条消息。

是一张图片。

发件人是明屹。

明菀抱着乔皙的胳膊，哀求的语气带着哭天喊地的气势——

"哥哥临走前给我布置的习题我都是抄答案的！他现在要小测，我肯定不会！小乔姐姐你不是中考状元吗？这题目对你来说肯定很简单，你救救我吧！"

乔皙呆了半晌，愣愣道："他……他不是在比赛吗？怎么有时间……"

"有的、有的！"明菀泪流满面打断她的话，"他就是变态！哪怕两场考试中间只有半个小时休息他也会抓着我背书的！"

好……好严厉啊。

乔皙也吓坏了。

"可是……"乔皙的声音十分没有底气，"我要是帮你做了……"这不就是作弊吗？

"你救救我！"明菀晃着她的胳膊，"就这一次！"

两人还在僵持，明菀的手机再次振动。

新的消息进来了："十分钟。"

"啊啊啊啊啊！"明菀吓得抱着乔皙猛晃了一阵，"还剩九分半钟了！小乔姐姐你快看题目啊！"

乔皙被她摇得一阵头晕，就这样被赶鸭子上架接过手机，点开了那张图片。

"怎么样怎么样？"明菀在旁边十分紧张，"十分钟能做出来吗？"

乔皙有些迟疑："我好像不会……"

图片上是一道几何证明题。

初中数学难度不高，她数学练习题又做得足够多，绝大多数题目看一眼就能想出解法，因此她的数学成绩还不错。

只是……眼前的这道题目，她看了半天，实在是没有半点头绪。

明菀在一旁急得哇哇大叫："小乔姐姐你不是中考状元吗？怎么会做不出来？我完蛋了、我完蛋了！"

"因为教材不同吧……我没做过这类题。"乔皙长长地呼了一口气，"你别说话，让我想想。"

说着，她拿起一旁的笔，开始在草稿纸上演算。

十分钟……

二十分钟……

半小时过去了，乔皙才在密密麻麻的草稿纸上圈出了一小块。

她轻轻呼出一口气："这是证明过程。"

明菀如获至宝，赶紧将证明过程誊抄下来，又拍了张照片发回自家哥哥。

想了想，她又拿着手机敲了半天，打了一段字过去："虽然花的时间久了点，但这是我独立思考的结果！"

乔皙觉得这样骗人实在不好，更何况……

菀菀那个凶巴巴的哥哥，听起来实在叫她心生畏惧。

"万一……"

还没等乔皙将后面半句"万一被发现了怎么办"说出口，明菀的手机屏幕上便弹出来一条语音请求。

上面的名字赫然是明屹。

题目已经做完了，明菀毫无心理负担地将语音接起来，语气还颇得意："你看！我说了我有好好看书的！你还不相信！"

"发错了。"手机里传来略微低沉的男声，语气听起来凉飕飕的，"我发给你的是我们的训练题。"

明菀和乔皙一脸无奈。

"所以……"手机那头的声音依旧平静，但一股如同大魔王一般恐怖的气场却弥漫过来，"是谁帮你做的题目？"

短暂的愣怔过后，明菀气得哇哇乱叫："好哇，你怎么可以钓鱼执法？"

电话那头的人声音十分冷静地反问："钓你还需要用这种题？"

说得好像也有道理哦……

明菀突然很想哭。

"你真的很过分！"事到如今，明菀自然打算抵赖到底打死不认了，"你早说是竞赛题我就不用浪费半个小时做了！"

见菀菀居然没将自己供出来，乔皙又羞愧又感激，一张白净的脸蛋涨得通红。

电话那头的人语气淡淡的："真是你自己做的？"

明菀理不直气也壮："我说了是我自己做的！"

"行。"到了这会儿，电话那头的大魔王声音里终于带上了几分笑意，却更叫一旁的乔皙无端端地觉得心惊胆战。

明菀声音也有些发虚："行……行什么？"

"下周一。"大魔王不紧不慢地开口，"来国家集训队试训。"

说完，他便将语音挂了。

两人面面相觑，房间里一片死寂。

五分钟后，明菀轻咳一声："小乔姐姐，奥数国家队了解一下？"

乔皙吓得赶紧摆手，将脑袋摇成了拨浪鼓，声音都在发颤："我……我不行的……"

"喂！他们内部的训练题你都做出来了！"明菀简直不知道小乔姐姐的心虚从何而来。

如果她这么有本事，她恨不得昭告天下！

乔皙咬了咬嘴唇，声音低沉："说来说去还是怪我。"

她比菀菀大，本来就该管着菀菀的。结果倒好，菀菀不懂事，她不但没纠正，反而跟着菀菀一起胡闹。

乔皙懊恼极了。

如果她能坚守原则，那她们两个也不会当场就被抓包，更不会有现在这样尴尬窘迫的情况。

这也能怪到她身上？明菀觉得家里新来的这个小乔姐姐简直是个神人，沉默两秒，她默默道："怪你太聪明……"

乔皙低下了头，一言不发。

明菀挠了挠头，有些愁："我哥哥是很凶啦，但我跟你保证……"乔皙的推托在明菀看来简直不可理喻，"他真的不会吃人。"

乔皙也不知道该如何向菀菀解释自己的种种顾虑。

刚才那道题不过是她瞎猫撞上死耗子，凭着运气做出来的……她还没有自大到觉得解出了这道题，自己的水平就和国家队的那些大学霸一样。现在要她去奥数国家队试训……不就是在线丢人吗？

"好啦好啦……"

见小乔姐姐沉默着半天也不说一句话，明菀没来由地生出了几分心虚。

事情说到底还是因自己而起。明菀瘪了瘪嘴："算啦，你要真不愿意去的话，等哥哥回来，我去跟他承认错误……我就说是我们班同学帮忙做的。"

乔皙咬了咬下唇："菀菀……"

"不过，小乔姐姐，"明菀慢吞吞地开口，"我真的觉得你很聪明啊。奥数这种东西，对我来说当然是很难啦。可是……你这么聪明，你要是去了国家队，肯定很快就能赶上他们的！"

见乔皙不说话，明菀又忙不迭地补充道："你别不信！我说的是真的！你看我哥哥，他在集训队里是最晚接触奥数的那一个，但他的成绩比谁都好啊！"

乔皙突然觉得好扎心啊。

"菀菀。"乔皙搂着抱枕，低声喊了她一句。

"哎？"明菀眼睛一亮，"你也觉得我说得有道理是不是？"

乔皙摇了摇头，只觉得自己更加虚弱了："其实……我就是你刚才说的那种人，衬托别人优秀的背景板。"

学得比人家久，成绩还没人家好。

周末的时候，明家来了客人。

正窝在房间里背单词的乔皙被明菀强行拖了出来，乔皙一只脚上的拖鞋都差点掉了："哎哟，菀菀你慢点。"

望着楼下那对仿佛是从一个模子里刻出来的漂亮母女，明菀凑在乔皙耳边小声道："好像是江教授的家人。"

乔皙疑惑："江教授？"

明菀耐心地同她解释："是 P 大数学系的教授……他之前在 MIT（麻省理工学院）教书，今年才回的国。哥哥好像对他的研究方向很感兴趣，反正两个人经常会在一起探讨问题啦……江教授以前还来我们家吃过好几次饭呢。他太太和女儿一直在美国，但之前听他说最近也回国了。"说着，明菀又伸长了脖子往楼下看，"虽然没见过，不过我觉得她们应该就是。"

话音未落，楼梯上就传来祝心音的脚步声，以及她微微提高的声音——

"菀菀、皙皙，出来见客人了。"

在外人面前，祝心音并未言明乔皙的身份——她知道这个年纪的小姑娘大多是要面子的，恐怕不愿叫太多人知道自己孤女的身世，况且她不愿旁人怠慢了小姑娘。

所以，祝心音笑着对江家母女介绍道："这是皙皙，我的侄女。现在就寄住在我们家。"说完，她又伸手揽过乔皙的肩膀，帮乔皙拨了拨头发，"这是邵阿姨，这是若桐……我没记错的话，若桐今年十六岁吧？我们家皙皙该叫若桐姐姐。"

江若桐从沙发上站起身来，落落大方地说："叫我若桐就好了。"

祝心音笑着看向身边的女孩子们，道："若桐刚从国外回来，等开学了也在附中念书。你们俩都上高一，到时说不定还在一个班呢。"顿了一下，她笑着对一旁的江夫人道："真羡慕你，有若桐这么优秀的女儿。不过我们家皙皙也不差，她可是中考状元呢……你们两个小姑娘应该有很多共同语言，可以多交流交流。"

两位太太在楼下的小花园坐着喝茶说话，明菀则带着两个姐姐去了楼上自己的房间。

出于愧疚和补偿心理，刚才乔皙正抓着菀菀在房间里恶补数学——补的正是明屹离开之前给她布置的习题。

这会儿来了客人，明菀赶紧抢先提议道："我们一起看动画片吧！你们想看什么，我这里都有！"

乔皙道："我都行。"

江若桐也笑着道："你选吧，我们陪你看。"

大家这样说，反倒让明菀觉得很不好意思。

她在架子上翻了半天，最终选出一部她认为的"大众口味"的电影："那就看《哈利·波特》吧。"

没等她将影碟取出来，江若桐就走到了书桌旁边，看了一眼上面堆着的习题册："原来你们刚才在学习啊……我是不是打扰你们了？"

"没有、没有！"明菀吓得赶紧否认，"我们正好要休息！"

于明菀而言，小乔姐姐给自己开的小灶，实在让她苦不堪言。

往常哥哥给她补习，她若是不乐意，撒娇要赖多少还有点用处。况且大多数时候，哥哥给她讲上几道题便没了耐心，最后只会扔给她一摞习题册让她自己去做。

小乔姐姐就不一样了。

乔皙温柔又有耐心，她不明白的题目就一道道地掰开揉碎了给她讲，搞得她脾气都不好意思发。

可她实在厌烦透了数学，都忍不住撒泼打滚了，小乔姐姐也不生气，只是等她那股劲儿过去之后，又将书拿过来，温温柔柔地开口："菀菀不气啦，我们继续吧。"

就这样，明菀被迫学了一个上午的数学，现在她觉得自己再看一眼数学能立刻吐出来。

"咦？"江若桐看见了放在书桌一角的那张被写得密密麻麻的演算纸，伸手拿起来，研究了一会儿上面的几何图形，"国内的初中数学已经这么难了吗？"

明菀看清楚对方手上的那张纸，正是之前乔晢解那道几何证明题的草稿纸。

她赶紧解释道："不是啦，这个是奥数题。"

江若桐很感兴趣的模样："我可以看一眼题目吗？"

除了自家哥哥，短短时间内居然碰到这么多对数学兴趣盎然的"变态"……

明菀开始反思，她的体质可能有问题。

她找到手机里和哥哥的聊天记录，递给江若桐："就是这个啦。"

江若桐看了一眼聊天界面上的名字："原来是你哥哥发给你的呀。"

"对呀。"看《哈利·波特》的美好愿景被打破，明菀兴致缺缺，"是他们的训练题。"

江若桐看了一眼题目，又拿起先前乔晢写的那张演算纸，来回对照着看了几眼后，笑着道——

"这个解法有些烦琐……用西姆松定理的话会简洁很多。"说着，她又看向一旁的乔晢，"这题是你做出来的吗？"

没等乔晢回答，明菀便抢着回答："对呀！小乔姐姐以前没学过奥数，厉不厉害？"

这话令江若桐更惊讶了几分，再看向乔晢的眼神已经多了几分赞叹："那你真的很聪明。"说着，她又自嘲般地摇了摇头，"这道题如果不用西姆松定理的话，我想不到这个解法的。"

对方这样一说，明菀更加来劲："很厉害是不是？我哥哥还叫她去国家队试训呢！"

一旁的乔晢满面通红，就差捂住她的嘴："你还好意思说……"

见她们这副模样，江若桐微微睁大了眼睛，语气里带了几分好奇：

"这里面还有故事呀？"

乔晢都不好意思说。

明菀挠了挠后脑勺，红着脸将事情原原本本地告诉她了。

听完之后，江若桐有些惊讶地看向乔晢："你……你没发现那是奥数题吗？"

乔晢垂着脑袋，也有些不好意思："我以为 A 市的教材和我们那里不一样。"

闻言，江若桐忍俊不禁，笑完她又略带羡慕地看向乔晢："你运气真好。"

哎？

乔晢吃惊地望向江若桐，这话怎么说？

江若桐笑了笑，难得流露出了几分落寞的神色。

因为家学渊源，江若桐从小便对数学十分感兴趣。

前一年，她还在美国念书的时候，在 AMC12（全美数学竞赛，针对高一到高三的学生）拿到了靠前的名次，同时被邀请参加 MOSP（美国数学奥林匹克夏令营）。

MOSP 类似于国内的奥数国家集训队，筛选出的最后六人将代表美国参加 IMO。

在所有受邀参加 MOSP 的中学生里，江若桐是年纪最小的，也是唯一的九年级生。

她原本是冲击 IMO 美国国家队的有力人选，却因为突如其来的骨折，导致无法参加夏令营，自然也就无缘 IMO 了。

换言之，如果没有骨折，那江若桐现在很可能和明屹一样，正在苏黎世参加这届 IMO！

乔晢见识少，再次很没见过世面地"哇"了一声。

"好厉害。"这几天她已经不知将这个词重复了多少遍。

江若桐无奈地笑了笑："在国外，我的数学算是强项吧……但国内就不行了，我担心我连国家集训队都进不了。"

每年奥数国家集训队不过三十个名额，这三十人都是从省队、冬令营里层层筛选上来的，最后集训队里成绩最好的六个人，才有资格代表中国出征 IMO。

"国内有数学天赋的人实在太多了，"江若桐看向乔晢，微微笑起来，"就比如你。"

"啊?"乔晢一愣，然后大为紧张地摆起手来，"我没有啦！那道题真的是我运气好才……"

乔晢脑中突然冒出一个大胆的想法。

"你想进国家集训队?"乔晢有点心虚，于是连声音也不自觉地小了下去，"如果你不介意……"

如果江若桐不介意被认作是帮菀菀做题的那个人的话，那乔晢觉得……她完全可以代替自己去国家队试训。

江若桐这么厉害，国家队的老师肯定能慧眼识珠吧！

直到江家母女离开，明菀还没回过味来："你就……就这样把机会让给她了?"

迎视着菀菀带几分质问的目光，乔晢莫名有些心虚："她去，不是比我去更合适吗?"

明菀终于忍无可忍地翻了个白眼："小乔姐姐，我觉得你肯定会后悔的！"

才不会呢。

乔晢在心里小声回答。

吃晚饭的时候，趁着祝心音去客厅里接电话，明菀动作迅速地将自己面前的茄子全部夹进了乔晢的碗里。

乔晢望着自己面前满满的菜碟，同样愁眉苦脸："我也吃不下啦。"

"茄子上面没沾我的口水啦……我们交换！"明菀狗腿地笑，然后将乔晢面前的西红柿全部夹进了自己的碗里，"我帮你消灭西红柿，你帮我消灭茄子，这样很公平嘛！"

乔晢不挑食，并不像菀菀那样讨厌茄子的味道。她叹口气，轻轻揉揉肚子，然后埋头继续努力吃了起来。

"你比哥哥好多啦，他从来都不——"明菀话说到一半猛地收住。

原来是接完了电话的祝心音从客厅里回来，脸上带着明显的喜色。

明菀脑海中电光石火，一个猜测已经在脑海里成型："哥哥他们的比赛……出结果啦?"

"真被你说中了。"祝心音刮刮女儿的鼻头，喜形于色，"金牌，满分金牌。"说完，她又赶紧拿起桌上的手机，上楼去给明骏报信了。

短暂的愣怔过后，下一秒，明菀便拉着乔晳的手，欣喜若狂地跳起来："哥哥真的拿金牌了！啊啊啊啊啊！我哥哥最厉害啦！"

连乔晳也被她的喜悦感染，这一刻只觉得她口中的哥哥是个再普通不过的、疼爱妹妹的好哥哥，而非之前的那个大魔王。

"嗯。"乔晳被她拉着也跟着蹦了好几下，这会儿也连连点头，"真的很厉害！"

在原地蹦了三分钟之后，带着余喜，明菀开始上网搜索相关新闻。

果然，好几个门户网站已经有了报道，她将手机递给一旁的乔晳："你快看你快看！"

乔晳的手里被塞进了一部手机。

首先映入她眼底的便是一张合影。

照片最左侧是一个穿着西服的中年男人，六个年轻男生在他的左手边一字排开。

她一眼便看见了明屹。

其实，她从未见过明屹，却在这一刻无比笃定，站在最末尾那个个头高高、神色冷漠倨傲的男生，便是菀菀的哥哥，轮廓清晰、眉眼狭长、嘴唇细薄。

他冷漠的神情，配上过分好看的五官，居然出奇和谐。

第二章
Chapter two
见 面 礼

周一的时候，乔皙便在祝心音的安排下去了附中的夏令营。

因为夏令营需要住宿，所以前一天晚上祝心音和明菀都到了她房间帮她收拾行李。

祝心音一句话没说，反倒是明菀先哇哇大叫起来："小乔姐姐，你这都是什么衣服啊？"

直白且不加掩饰的话语叫乔皙微微红了脸，也引得祝心音狠狠瞪了小女儿一眼。

青春期的女孩子长得快，乔皙的个头每年都要蹿上一截，从前爸爸给她买的那些衣服早就穿不下了，现在她身上穿的都是堂姐们淘汰下来的旧衣服。

明菀反应过来自己说错了话，懊恼得不行。

她偷偷觑一眼乔皙的脸色，见乔皙脸色如常，一时也拿不准乔皙有没有生气，只能拙劣地转移话题。

"咦……小乔姐姐，这是什么呀？"她随手拿起乔皙床头柜上的一本书，"The wind among the …… 这个单词怎么读呀？"

"Reeds，芦苇的意思。"乔皙解释道，"是叶芝的诗集，中文名《苇间风》。"

"哦。"明菀悻悻地将那本英文诗集放回去，觉得自己这个话题转移得并不算妙。

趁着两个小姑娘说着话，祝心音回了自己的卧室。

一进卧室，见躺在床上看书的丈夫，祝心音终于忍不住轻声埋怨起来："你说你这办的是什么事！"

明骏有些莫名其妙："我又怎么了？"

祝心音强压着火气跟他解释："你去接人，就光顾着把人接回来，其他什么也不管？你也不看看小姑娘穿的都是什么衣服，"祝心音越说越生气，觉得天底下的男人简直都是猪脑子，"你那个战友老乔，自己开公司，也就这么一个女儿，出了事难道就什么都没给女儿留下？"

明骏本来就是军人出身，粗枝大叶惯了，这些年来又久居高位，做事向来抓大放小，哪会考虑这些细节？

这会儿经妻子这么一提醒，他自己也回过味来，当下便讪讪道："我当时看到小姑娘那样，光顾着生气了，哪还能惦记这些东西？"

乔父去世的时候，乔皙还在念初中，十三四岁的孩子，要是她的那些叔伯有意隐瞒，恐怕她连家里有哪些财产都一无所知。

如今时过境迁，说什么都晚了。

这样一想祝心音又生起气来："你说说那个老乔，只教女儿读书，其他什么也不教她。这么个傻乎乎的性子，以后被人卖了都不知道！"

乔皙聪明乖巧，自然有她的优点。可在祝心音看来，若是将乔皙同自家女儿比，那还是大大不如。

菀菀调皮贪玩，成绩中游偏下，难免令家长头疼。

可菀菀好就好在，小小年纪，看人看事足够精准，性子也足够厉害，是个轻易不吃亏的性格。

乔皙同她一比，性子就太软了。

只是明骏不以为意，当下笑了笑："这不是有你嘛。皙皙年纪还小，你好好教她就是了。"

知道同他说了也是白说，祝心音翻了个白眼，不再搭理他，自顾自地进了衣帽间。

明天是夏令营第一天，营服还没发，只能穿自己的衣服去报到。

祝心音是知道附中里那群小姑娘的，乔皙要穿她那些衣服去学校，到时候非被她们挤对死不可。

也是她考虑不周，先前只觉得小姑娘穿得朴素，并未往深处想，现在出去买肯定是来不及了。

十四五岁的女孩子正是蹿个子的年纪，乔皙比菀菀大一岁，个头却高了一大截，菀菀的衣服她必定是穿不下的。

在自己的衣橱里挑了半天，祝心音终于挑出来一条自己很少穿的素色连衣裙，拿出来给明骏看："这件给她穿，你看怎么样？"

明骏自然是没有异议的，他合上手里的杂志，笑道："看，你可比我关心小姑娘。"

听了这话，祝心音知道他是在拿话试探自己，冷哼了一声，不再搭理他。

在明菀的强烈要求下，乔晢终于扭扭捏捏地换上了那条素色连衣裙。

裙子是米白色的无袖样式，长度刚到膝盖，下摆上绣了大朵的山茶花暗纹，看上去精致繁复。

镜子里的少女高挑纤细、身姿窈窕，连衣裙的剪裁版型俱佳，将十五岁的少女衬得亭亭玉立。

明菀在旁边迅速为她决定："明天就穿这件去学校！"

乔晢摩挲着裙子上的花纹，心里还是有些不安："上学穿成这样……是不是不太合适？"

明菀瞪大了眼睛："哪里不合适啦？"

学校规定上课要穿校服，于是附中的女生们便挖空了心思在配饰和鞋子上攀比。

要是赶上不用穿校服的场合，附中的那群富家女恨不得把当季最新款全都堆在身上穿出来。

"小乔姐姐，你放一万个心。"明菀在床上翻了个身，"明天你去，绝对是最朴素的那一个。"

夏令营的第一天举行简单的开营仪式。

今年附中招了不到三百名高一新生，其中一大半是从附中初中部升上来的，剩下的不是各区的中考尖子生，就是在全国性赛事中拿过奖项的"大神"。

这些尖子生之间大多早已脸熟，因此像乔晢这样的生面孔格外惹人注意。

不过这会儿并没有人注意到乔晢，大家的注意力全都聚焦在了江若桐身上。

一个女生围在她身边问："若桐，你都拿到了史岱文森的 offer（录取通知书），干吗还来我们这里念书啊？"

此言一出，四周立刻安静下来。

几秒之后，教室里的气氛瞬间热烈起来，大家七嘴八舌议论。

"史岱文森？是我知道的那个史岱文森吗？"

"大神啊！为什么要来这里虐我们？"

"放着那么好的学校不去上，干吗回国体验 hell（地狱）模式啊？"

"不要这样说。"江若桐的声音温柔，却认真地反驳大家，"我没有觉得附中有哪里比不上史岱文森。"顿了一下，江若桐又笑道，"没有去史岱文森，是因为爸爸收到了 P 大的 offer，所以我和妈妈都跟着他回国了。"

乔皙在旁边听了半天，也没听懂她们口中的"史岱文森"到底是什么，但能让附中的同学们这样惊叹的，想必是所很好的学校吧。

入营仪式结束后，江若桐费了老大的劲儿，终于甩开那几个围着她问东问西的女生，走到正在收拾书包的乔皙身边，笑道："你怎么坐在角落里？我找了你好久呢。"

没想到江若桐会特意来找自己，乔皙有些受宠若惊。她笑了笑，解释道："我来晚了，只剩这里有座位。"

江若桐很亲热地挽住她的手臂："你中午在哪里吃饭？陪我去食堂吃好不好？"

乔皙愣了愣："可是……还没发饭卡哎。"

"我借到啦！"江若桐笑眯眯地将一张紫色卡面的校园卡在她眼前一扬，"我请你！"

原来刚才那几个围着江若桐说话的女生都是附中初中部的学生，江若桐的饭卡是从她们那里借来的。

正值暑假，偌大的校园食堂只开放了教工食堂。

想起菀菀之前向自己盛情推荐过教工食堂的海南鸡饭，乔皙便提议她们可以一起去吃这个。

江若桐并没有异议，她笑着道："我现在觉得国内的什么都很好吃。"

两人取了餐，找了个安静的角落坐下。

没过几分钟，又有一群学生模样的人端着餐盘在她们旁边的位置坐下。

乔皙看着觉得脸熟，他们应该也是夏令营的营员。

其中一个女生突然开口道："你们知道吗？今天 T 大的老师过来抢人了。"

另一个男生愣了愣："这都什么时候了？通知书早发完了吧？宋伊人和林翰都去的港大，其他人不是早就定了吗？"

"宋伊人"和"林翰"这两个名字乔皙是有印象的。

早上她来的时候，一进附中的大门，便看见了这两个高挂在光荣榜上的名字。

这两个师兄师姐分别是今年高考的市文理科状元。

每逢招生季，各大高校都铆足了劲、无所不用其极地争夺高分考生，状元的待遇就更不用提了。

"不是呀。"之前起话头的女生摇了摇头，"我是过去老师办公室领课表的时候听见的。"

"是明屹，"女生说起话来轻言细语，"T 大的老师想要的是明屹。"

此言一出，旁边的人纷纷倒抽了一口凉气。

"他还没升高二呢，怎么就有学校来抢啦？"

"金牌啊，这届 IMO 唯一一个满分金牌，T 大数学系当然赶着来抢他回去当门面啊。"

经过菀菀孜孜不倦的"科普"，乔皙已经懂得 IMO 满分金牌的意义。

IMO 的比赛时间一共两天，考试题目也就六道题，满分四十二分。每届 IMO 的金牌数量都是取参赛总人数的一定比例，并没有固定的分数，一般来说，拿到三十分以上，就可以确定拿金牌了。

拿到金牌固然厉害，但满分可遇不可求。

换言之，金牌常有，满分却不常有。

显然江若桐也听见隔壁桌的议论，她笑了笑："明师兄真的很厉害。"

"嗯！"乔皙赶紧点点头，但马上她又想起江若桐因为骨折错过比赛的事，悄悄看了看她的脸色。

她看起来好像不太高兴。

乔皙安慰她道："你也很厉害啊！明年的这个时候，T 大来抢的人肯定就是你了！"

江若桐无奈地笑了笑："你就别打趣我了。"顿了一下，她又问，"明师兄回国了吗？"

乔晳默默摇了摇头，至少她今天早上从明家出来的时候，明屹还没有回家。

江若桐看起来没什么胃口，她兴致缺缺地拨了拨盘子里的米饭，又开口道："我很好奇，明师兄到底是什么样的人呀……你不是他表妹吗？跟我说说吧。"

乔晳愣了一下。

一个……一个听声音就让人觉得很恐怖的大魔王。

"其实我和他也不太熟。"乔晳轻声嘟囔着，"你可以去问菀菀啦。"

江若桐也许不过是随口一问，却足够叫乔晳发愁了。

乔晳知道，祝阿姨说自己是她的侄女，只是想护自己。

可乔晳也知道，自己这个身份根本经不起推敲，无意间说错话就会被戳穿，到时候反辜负了祝阿姨的一番心意。

幸好刚才吃饭的时候江若桐没有继续问，不然她是一定要露馅的。

祝阿姨不在家，菀菀在二楼，正跟家庭教师学器乐。

乔晳在楼下不安地转了两圈，决定出去遛斑比。

在明家住这么几天，乔晳和斑比混熟了，从前天起，都是她出去遛的斑比。

这会儿正是下午四五点钟的光景，没有先前那样热了，又因为还没到下班时间，大院里此刻静悄悄的，正适合遛狗。

乔晳内心纠结着"表哥表妹"的问题，并未注意到今天的斑比格外兴奋。

一出门，斑比就一个劲儿地往前冲，乔晳跟在后面跌跌撞撞地追。

转了个弯，一人一狗跑到了树荫下，只听斑比兴奋地"汪汪"叫了两声，然后撒丫子冲向了路旁停着的一辆跑车。

乔晳从满脑子的"表哥表妹"里回过神来，立刻反应过来它要干什么了，她吓得连连拽绳子，连声音都变调了："不行！斑比，不能在这里！"

虽然她认不出这跑车的牌子，可这么骚包的明黄色，一看就很贵！

没等乔晳冲上前弯腰将斑比抱开——

斑比施然地抬起一条后腿，冲着跑车的轮胎，撒了一大泡热腾腾的尿。

三秒过后，跑车的车窗慢慢降下来，露出一张戴着墨镜的年轻男人的脸。

"妹妹。"年轻男人将墨镜滑下来一点，露出半张英俊的脸庞，他的语气似笑非笑，"你家狗怎么回事啊？"

他来回打量了她好几遍。

过了好几秒，他才收回目光，将墨镜摘下来，手肘撑在车窗沿上，依旧是那副似笑非笑的模样，语气却陡然暧昧了许多："妹妹，你预备拿什么赔我啊？"

乔皙何曾遭遇过这样的调戏，一张脸涨得通红，半句话都憋不出来："我……我……"

突然，她脚边的斑比大声"汪汪汪"地叫了起来，猛地向前奔去，竟将抓着绳子的乔皙也拉得往前迈了一大步。

她定一定神，再抬起头，发现那个被斑比绕着打圈、亲热地蹭着裤腿的人，和大魔王长了一张一模一样的脸。

可在这一刻，大魔王对于乔皙而言也变成了救世主一般的存在。

大脑还来不及思考，她便听见自己带着哭腔，委委屈屈地喊了一句："表哥！"

半米之外的明屹皱了皱眉，然后一言不发地朝她伸出了手。

乔皙眼眶里还含着泪，这会儿见对方这样，虽然心里对他还是很畏惧，但犹豫了三秒，她将自己的手轻轻地放在了他的手掌上。

少女的手掌洁白柔软，冰凉的手指轻轻握住了自己的手掌……明屹居然有一秒钟出神。

等再反应过来，明屹微微皱着眉挣开了面前少女的手掌，终于说出了第一句话。

他的语气冷冰冰的——

"狗绳给我。"

乔皙长到这样大，还从未有过这样丢脸的时刻。

明明两人才第一次见面，她认得明屹，明屹却根本不知道有她这个人。

乔皙也不知道自己刚才到底怎么了，居然对着他喊出"表哥"这称呼……再联想到自己刚才那样自作多情的举动，她简直恨不得钻进地缝里去。

看见明屹，原本坐在跑车里的容砺也推开车门下来了。

一看见他，乔皙瞬间又紧张起来，下意识地便往明屹身后躲。

"表妹，别怕呀。"一见小姑娘这反应，容砺心里直乐，面上还是似笑非笑的。

他斜倚在跑车上，看了一眼旁边的明屹，又直勾勾地盯着乔皙，语气无比熟稔自然："你管他叫表哥，那也该管我叫表哥啊。"

乔皙抬头看了一眼明屹，又看了一眼对面的年轻男人，这才后知后觉地意识到，这两人原来是认识的。

明屹没吭声，也没搭理容砺，看了一眼站在自己身侧满脸通红的少女，一言不发地从她手里拿过那条狗绳。

乔皙反应过来，赶紧松手，但明屹的手指还是不可避免地擦到了她的掌心。

明屹并没有什么异样反应，乔皙还是悄悄地将手缩到了身后。

她的掌心残留着些许温热的触感……可联想到他刚才挣开自己的手，乔皙猜他肯定不喜欢外人触碰。

她刚自作多情把手放他手里，一定被讨厌了吧。

乔皙默默地想。

容砺轻咳一声，然后道："自我介绍一下，我叫容砺。"说着，他又将视线投向了明屹，声音里带了几分戏谑，"明屹，也不给我介绍一下表妹？"

明屹下意识地往旁边站了站，不动声色地挡住了对方肆意打量的目光。他低声对着身侧的小姑娘开口："你先走。"

语气依旧冷冷的。

等到目送乔皙的身影走远，容砺才再次开口，语气比之前的还要不正经，他极力忍着笑："表哥？表妹？你们年轻人现在都玩这么刺激的？"

明屹微微皱起眉，语气比之先前更嫌恶："无不无聊？"

两人十分亲近，容砺不以为意，微微正了色，语气里带了几分认真："哎，说真的。你哪来这么漂亮的表妹？"他靠在跑车上，语气懒洋洋的，"是菀菀的同学？"

乔皙回到明家，明菀的器乐老师刚离开，见她独自一人回来，明菀吓了一大跳，顿时便从沙发上坐起来了："斑比呢？丢啦？"

"没有、没有。"乔皙赶紧解释，"它好好的。"

实在不知道该如何向菀菀复述刚才发生的一系列事情，乔皙只能简单解释——

"刚才我在外面碰见了……你哥哥，斑比看见他很高兴，所以我把斑比给他了。"

"他刚从机场回来的吗……咦？你怎么认识他？"

"上次你给我看过照片的。"

"哦哦。"明菀想起这茬，过了一会儿自己又乐起来了，"可他不认识你呀……他没把你当偷狗的坏蛋抓起来吗？"

在明屹心里，她的形象和偷狗的坏蛋也差不了多少吧。乔皙沮丧地想。

"对了，菀菀。"犹豫了好一会儿，乔皙还是忍不住开口问了，"你认不认识一个……叫容砺的人？"

"容砺？"明菀一副了然的样子，"你刚刚在外面碰见他了？"

乔皙点点头。

原来容砺真是明家兄妹的表哥。他是明菀大姨的儿子，也住在这个大院里，在念大学。

"他是不是找你搭讪啦？"显然明菀对于这个表哥颇为了解，"你别怕啦，他见到漂亮女孩子就是这样，但他人不坏啦，就是嘴上不正经。"

两人又说了一会儿话，乔皙便回楼上房间躲着了。

明屹到家时，明菀正躺在客厅的沙发上打游戏。她一见自家哥哥就惊喜地尖叫一声，扔下手机，蹦跶几步，整个人都扑了上去："哥哥你回来了！"

明屹没动弹，由着明菀树袋熊似的在自己身上挂了五秒后，他开口道："你可以下来了。"

明菀充耳不闻，搂着他的脖子一阵晃："我的礼物呢？礼物呢礼物呢？"

明屹又面无表情地重复了一遍："下来。"

哇哦……

明菀赶紧从他身上跳了下来。

国家队在苏黎世的日程很紧，但比赛结束后全队在当地多待了一天，除了明菀指定要他买的项链，他也给家里其他人带了伴手礼。

兴致勃勃拆礼物的明菀突然停下了动作，戳了戳哥哥的胳膊："喂。"

明屹"嗯"了一声。

"你知道吗？家里来了个小乔姐姐，爸爸和她爸爸以前是战友——"

明屹打断她，淡淡反问："小乔？"

"她叫乔晳啦，'晳'就是——"明菀一时间忘了该如何向自家哥哥描述这个"晳"字，卡了壳。

"好了，我知道了。"明屹敷衍地点点头，脸上分明写着"我就是随便问问你不用这么当真"。

被这样敷衍，明菀自然很愤怒。

她十分执拗地扳过自家哥哥的肩膀，一副一定要让他知道"乔晳"的"晳"到底是哪一个"晳"的架势。

明屹将手机拿起来，找出乔晳的微信给他看："你看，就是这个'晳'啦……哎，我给你看她的照片！小乔姐姐很好看的！"说着明菀便点开了乔晳的朋友圈。

手机被举到自己面前，明屹不得已，还是抬头看了一眼。

"不错。"他点点头，简单点评道，"毛色光亮。"

明菀将手机收回来，这才发现乔晳的朋友圈里一张自拍都没有，仅有的几张照片上的主角还是那只她用来当头像的狗狗。

明菀从朋友圈界面退出来，有些失望地小声嘟囔："她怎么都不放自拍的呀。"

"见过了。"明屹淡淡道。

"对哦！"明菀这才想起刚才两人已经在外面见过一面了，又凑过去，"你觉得她好看吗？"

"你的话很多。"明屹显然不想回答这个问题。

不是第一次被这样嫌弃了，明菀气哼哼地"唔"了一声，继续去拆先前没拆完的礼物。

"就小乔姐姐一个人没有礼物哎……"拆到一半，明菀突然发现这个问题，有些发愁，她担心乔哲会觉得难过、尴尬，"要不别告诉她了？礼物我躲起来拆。"

明屹还是在下了飞机、在回家的路上才知道这么个"表妹"的存在，根本来不及给她准备礼物。

当然，祝心音的原话是这样的——

"有个小姑娘暂时借住在我们家，就住在你以前的房间。男女有别，你要什么东西让菀菀去拿，别进人家小姑娘的房间，记住了没？"

给菀菀的项链是她自己要求的，给父母的伴手礼是他在机场顺手买的。

礼物不值钱，更没包含什么心意，但是……

听明菀这么说，明屹突然想起刚才小姑娘慌慌张张的模样，眼前浮现起那双泪光闪闪的眸子，这令他有些烦躁。

要是她发现自己没有礼物的话……会哭吗？

明屹思考了五秒，觉得答案应该是肯定的。

这个认知令他更加烦躁。

又思索了三秒，明屹将自己脖子上的那个玉坠取下来，递给妹妹。

"帮我给她吧，"他将那只白白胖胖的小花生玉坠放在了明菀的掌心，"见面礼。"

明菀只觉得自己吃下了一个惊天大瓜！

她蓦地瞪大了圆溜溜的眼睛，满脸惊诧地看向自家哥哥。

明屹似乎对妹妹为何如此震惊无知无觉。看着明菀两只眼睛瞪得像铜铃似的，明屹皱了皱眉："你还有事？"

语气里的不耐烦已经很明显了，弦外之音分明是——礼物都准备好了，还有什么问题吗？

明菀咽下一大口口水，然后猛地摇头："没……没事。"

没事才怪。

明菀将那个白白胖胖的"小花生"塞进口袋，目送着明屹上楼后，火速拿出手机打算告状。

他和小乔姐姐什么关系啊就要送人家"小花生"？

这个小花生玉坠可是爸爸结婚那年爷爷给妈妈的，配套的还有一个"小辣椒"。

　　明菀出生的时候，"小花生"早就给了明屹，留给她的就只剩下"小辣椒"。

　　"小花生"白白胖胖，比她的"小辣椒"要可爱上一百倍，明菀从小就闹着想拿"小辣椒"换哥哥的"小花生"，可惜一直都没能成功。

　　现在……"小花生"他说送就送了？

　　她不允许！

　　电话接通，手机那头传来祝心音的声音："菀菀，怎么了？"

　　"妈妈！"明菀气呼呼地告状，"哥哥他——"

　　她的话才说到一半便戛然而止，引得祝心音在电话那头追问："哥哥怎么了？"

　　明菀沉默了三秒，然后慢吞吞道："哥哥他……回家了。"

　　"一惊一乍的做什么？我知道他回来了。"祝心音语气嗔怪，"你今天的大提琴课好好上了没？"

　　明菀猛地咽下一口口水："上了、上了。"说完便忙不迭地挂了电话。

　　明菀突然意识到一个问题。

　　这次的情况和从前好像有些不同。

　　以前她向妈妈打小报告，好像都是因为有女孩子要她帮忙递情书送礼物给哥哥。哥哥原本就不胜其扰，所以对她的这种行为一直睁一只眼闭一只眼。

　　可是……这回是他自己要把"小花生"送给小乔姐姐的！

　　虽然还不确定他把"小花生"送给小乔姐姐到底出于什么想法，但明菀十分肯定，要是她敢告状，哥哥绝对饶不了她。

　　思索了五分钟，明菀揣着"小花生"敲开了乔皙的房门。

　　夏令营那边需要住宿，晚上七点就要查寝，所以乔皙往书包里装了几本书就准备回学校了。

　　"咦？"明菀抓起她正要塞进书包里的那本诗集，没话找话，"你去学校还带这本书呀？"

　　明菀这样问，乔皙有些不好意思。

　　看着菀菀手里的那本《苇间风》，她解释道："是我刚念初中时爸爸送给我的……其实我也看不太懂啦，就是随便翻着玩玩。"

　　明菀将诗集翻开，找到目录那一页："那你最喜欢里面的哪一首诗呀？"

乔晢想了想，然后笑起来："*Down by the Salley Garden*《经柳园而下》。"

明菀将书还给乔晢，觉得自己的话题找得不怎么高明。她将口袋里的"小花生"拿出来，塞进乔晢手里："哥哥给你的……"她补充道，"见面礼。"

看着被塞进自己手心里的那个白白胖胖的"小花生"，乔晢愣了三秒才不知所措起来。

"这个……这个我不能要……"她手足无措地想要将"小花生"塞还给明菀。

她知道菀菀脖子上也戴了一个同系列的"小辣椒"，这东西一看就是他们兄妹俩从小戴到大的，她怎么能要？

"小乔姐姐，你也觉得很奇怪吧？"明菀突然凑近她，压低了声音，语气神神道道，"你说哥哥他为什么要送你这个呢？"

乔晢只觉得自己跳进黄河都洗不清了，她又想哭了："我……我不知道啊。"

明菀做了一个很大胆的推断："难道他想认你当妹妹？"

感觉自己的地位受到威胁，明菀微微鼓起了脸颊，有些不开心。

"不可能！不可能！"乔晢也被吓到了，一颗脑袋几乎要摇成拨浪鼓以证清白，"你哥哥他很讨厌我的！"

"哦？"明菀敏感地嗅到了八卦的气息。

为了让菀菀相信，乔晢语无伦次地同她讲自己先前同明屹见面时的出糗经历："我以为他的意思是……结果他就直接把我的手挣开了，他怎么可能把我当妹妹啦！"

明菀轻轻地"啊"了一声，然后若有所思地笑了起来。

乔晢很紧张地盯着她看："这下你相信了吧？"

"小乔姐姐，你知道吗？"明菀再次凑近她，神秘兮兮地开口，"如果换成别的女生，哥哥他就不是'挣'，而是直接'甩'了。"

附中夏令营的第二天，便是选课。

同国内的那些游学夏令营不一样，附中的夏令营还是以上课为主，但优势在于，附中的课程设置要比国内的一般高中丰富有趣得多，光是语言课就有六七门可选。

又因为夏令营实行的是小班教学制，每门课的容量只有二十人，连选课都参照了大学里填志愿抽签抢课的形式，所以大家都在发愁该将志愿如何分配。

身边的江若桐凑过来，轻声问乔晢："你要选什么语言课呢？我们选一样的吧？"

看着面前的课表，乔晢想了想，然后道："我还没想好……但我想选自己喜欢的，你也选自己喜欢的吧。"

乔晢性子有些软，可从小到大很少为了别人而放弃自己喜欢的事情。

你喜欢德语，我喜欢法语，那各自去学喜欢的语言好了。

她不愿因为迁就别人而去学一门自己不喜欢的语言，也不想别人来迁就她。

这大概是她从小到大朋友很少的原因吧。

在这里，乔晢还没有交到除了江若桐之外的新朋友。

她和江若桐每天上课时坐一起，吃饭也一起，班上很多同学以为她们俩一早就认识，还有些同学以为乔晢也是从国外回来念书的。

直到班级里自我介绍时，乔晢告诉大家她来自西京一中，只听见"嗡"的一声，大概是惊讶，大家低声议论了起来。

乔晢的脸微微红了。

不是因为难堪，只是她向来不习惯被大家关注议论……现在有些尴尬而已。

好在同学们并没有议论太久，不过数秒钟，教室里的声音便平息了。

正当乔晢准备走下讲台时，第一排一个一直低着头的女生突然抬起头来，又大又圆的眼睛盯着她看了几秒，然后脆生生道："哇，你看起来一点也不像是从西京来的！"

乔晢愣了好几秒，才听出来这话的弦外之音。

旁边同学的脸色也都微微变了。

其实……乔晢自己没太大感觉。

大概是受年龄和阅历所限，大家对来自遥远陌生地域的同伴或多或少有一些奇怪的误解吧。

就像是乔晢初二那年，班上转来了一个来自内蒙古的同学，那时大家以为他家就住在蒙古包里，每天都要放成群的牛羊呢。

见周围的气氛异样，刚才说话的那个女孩子突然睁大了眼睛，嘴唇微动，大概是反应过来自己说错话了。

还没等女孩开口，一旁的江若桐站了起来，她面色微沉："沈桑桑，道歉。"

江若桐的音量不高，语气却十分严肃认真，这一声成功地让偌大的教室安静了下来。

不过，安静只是一瞬间。

其他不知发生了什么的同学纷纷窃窃私语。

"怎么了？谁和谁吵架了吗？"

"沈桑桑，"见对方没有反应，江若桐又提高了些许音量，重复了一遍，"向乔皙道歉。"

乔皙知道江若桐是出于好意，可站在讲台上的她，还是尴尬得手足无措。

她看着坐在下面的沈桑桑，想告诉沈桑桑自己并没有生气，不需要道歉。可她嘴唇动了动，一时间竟什么都没说出来。

这么一耽搁，沈桑桑红着眼睛，瓮声瓮气地说了声"对不起"，然后一把推开椅子，跑出了教室。

坐在沈桑桑座位旁边的一个女生似乎和她交好，见她跑出去了，也赶紧追出去了。

对方追出去之前，还对乔皙赔不是："她就是这脾气，你别和她一般见识啊。"

乔皙赶紧摇摇头："我没有生气。"

等她回到座位上，江若桐叹了口气，道："你的性子怎么这么软……她刚才说那种话你都不生气？"

乔皙咬了咬唇，然后轻声道："她不是有意的……我真的不生气。"顿了一下，她又开口，"若桐，我知道你是好意，不过以后不要了……真生气的话，我自己会说的。"

上午的课程结束后，两人去食堂吃过午饭，江若桐挽住她的胳膊："乔皙，你陪我去找一下明师兄好不好？我想问问他国家队试训的事。"

乔皙手上的动作停住了，她想起了放在自己书包夹层里、被她层层包裹起来的那个"小花生"。

原本乔皙想让菀菀帮忙把东西还了的，可菀菀鬼精鬼精的，才不蹚这浑水，说什么也不答应，只让她自己去还。

昨天傍晚她出门来学校前曾经去敲过明屹的房门，但她一靠近便听见房间里传来"哗哗"的水声。

他……大概是在洗澡。

这个认知令乔皙吓得跑走了。

这个"小花生"她不敢留在家里，生怕祝阿姨帮她收拾房间的时候发现。

这会儿听江若桐喊她去找明屹，乔皙就打算将"小花生"还回去，否则她连睡觉都不安心。

附中一直以来都是整个华北地区的奥数强校，暑假期间，奥数国家队的几位教练在附中开了奥数夏令营，几乎汇集了华北地区所有的奥数尖子生。

毫不夸张地说，代表中国参加下一届 IMO 的国家队六人，超过一半会在这群人里诞生。

由于附中是这届夏令营的主办学校，因此夏令营对附中的在校生同样开放，只要感兴趣就可以去旁听。

江若桐说："我问过了，他们中午一点就开始集训了。明师兄是助教，应该也在的。"

虽然人数并不多，但附中专门开放了一栋教学楼给奥数夏令营，和乔皙这批人上课的那栋楼正好在校园的两头。

两人顶着烈日走了快二十分钟，终于走到那栋教学楼外，奥数夏令营在二楼上课。

到了楼下，乔皙又打起了退堂鼓。

现在把"小花生"还给他吗？那她该怎么解释呢？难道说她害怕祝阿姨生气所以才不收的吗？

这话要是说出来，感觉像在说祝阿姨的坏话。

"乔皙？"江若桐停下步子，疑惑地回头看停在原地的乔皙。

乔皙到底还是有些怯："我在楼下等你。"

"好吧。"江若桐伸手拉了她一把，温柔地笑道，"别站太阳底下，你在走廊里等我一下吧。"

乔晢点点头："你加油哦！"

目送江若桐上了楼后，乔晢便往走廊的另一头走去。因为在教学楼的侧面有一片茂密的竹林，看起来很凉快的样子。

"明屹师兄——"前面一间教室里突然传来一道甜美娇俏的女声，"这道题我不会，你能不能帮我看看？"

没想到这里还有人，乔晢被吓了一跳，当即便停住了脚步，屏住呼吸，不敢说话。

三秒过后，明屹不带任何感情的声音传来："你叫什么名字？学号多少？"

"我……我叫童微。"女生的声音娇俏可爱，语气里的兴奋和激动按捺不住，"我是来旁听的，我的学号是 2017——"

没等她说完，明屹便出声打断了她："你明天不用来了。"下一秒，他将那本练习册扔回桌面，"这种题不会做，再来也是浪费时间。"

女孩低低的啜泣声在教室门口响起。

与之前稍显娇揉造作的声音不同，女孩现在的伤心真情实感得简直不掺半点水分。

她哭得实在伤心，大概因为对她所遭受到的尴尬太过感同身受，哪怕事不关己，站在教室外的乔晢也忍不住想要安慰一下她。

乔晢知道自己笨嘴拙舌，憋了半天可能也憋不出一句安慰的话，再想到造成女孩哭成这样的"罪魁祸首"，她一时连大气都不敢出了。

乔晢低着头默默在书包里找纸巾。

还没等她找到纸巾，教室里又传来那个冷冰冰的男声——

"楼上在上课。"

女孩停住了啜泣，但气息里还带着几分抽泣。

乔晢总算在书包夹层里找到纸巾，此刻却不敢动作。

略嫌冷淡的男声再一次传来："别在这儿哭。"

好凶啊！

乔晢吓得手一抖，纸巾重新跌进了书包里。

短暂的愣怔过后，将将止住哭泣的女孩子"哇"的一声哭得更厉害了。

乔晢哆哆嗦嗦地重新从书包里翻出纸巾来，正撞上从教室里奔出来的女孩。

对上泪眼蒙眬的女孩子，乔皙愣了愣，极力挤出了几分笑容让自己看起来友善一些，然后将手里的纸巾递给了对方。

大概是没想到这么丢人的事情居然还有人听墙脚，女孩越发悲伤，掩面哭着跑走了。

乔皙有些尴尬地收回自己举在半空中的手。

下一秒，又一阵脚步声传来，是明屹出来了。

看见教室外面还站了人，明屹大概也有几分意外。

不过很快，他发现站在门外的，似乎是自己的"表妹"。

乔皙咽了一大口口水，就那样干巴巴地站在那里和他对视着。

小姑娘眼里的谴责意味明显得令明屹无法忽略，以至于他不得不发问："觉得我很过分？"

被大魔王直指内心深处，乔皙先是吓了一大跳，然后迅速地摇了摇头："我没有！"

她还以为自己掩饰得很好。

像只猫。

明屹突然不着边际地想。

只是……看着小姑娘慌里慌张的模样以及微微发红的鼻头，明屹立刻否定了自己刚才的想法。

哪里像猫？

她的胆子明明比猫还小。

突然意识到她大概很害怕自己，鬼使神差地，明屹难得开口多解释了一句："这种程度的基础题都不会做，去哭一下清醒清醒也好。"

他讨厌愚蠢又懒惰的人。

乔皙一时语塞。

他好像还没弄明白……刚才那个女孩子不是因为不会做题才哭的……

"明师兄。"身后突然传来江若桐的声音。

她在楼上没有找到明屹，问了夏令营的其他同学，才知道他被旁听的女孩子叫了出来。

她笑一笑，模样姿态大方得体："我是 Vanessa，爸爸和我提过你很多次。"

明屹同江教授之间关系密切，算是江教授的半个学生，但他和江若桐先前并无任何交集。

他对江若桐的全部印象，都来自江教授作为一个自豪的父亲夸赞自家女儿的那些话。

明屹脸上并无讶色，只是点点头："听说你回国了。"

江若桐笑了笑："之前菀菀的事情，对不起。"

明屹只是听着，并没有吭声。

江若桐语气里带几分抱歉："我也学过几年奥数，那时看菀菀着急，所以我帮她做了……不是要故意骗你的。"

听完江若桐的话后，明屹淡淡地"嗯"了一声。

江若桐等了片刻，并未等到他的下文。

她再次略带抱歉地开口："明师兄，你……是不是生气了？对不起，我不该帮菀菀做题。"

"你的解法是错的。"明屹淡淡开口了。

原本他以为那道几何证明题是菀菀的同学帮她做的，因为只有没学过奥数的人，在做那道题的时候才会舍弃最简便的西姆松定理不用，而选择用最基本的初中几何知识来证明这道题。

可明屹知道，江教授的女儿从小就开始学奥数，她选择那种基础解法，只不过是为了炫技。

可惜的是，她用来炫技的解法，是错的。

题目是几何证明题，但她的解法里未经证明就默认了一个等式成立。

其实这个等式的证明过程非常简单，忽略掉它不过是个小错误。

可江若桐是学过好几年奥数的人，会解这道题本来就不稀奇，犯下这样的低级错误，在明屹这里等同于不及格，他没有必要向国家集训队推荐她。

江若桐愣了愣，但到底是聪明人，不消明屹提醒，她已经回忆起了那天在演算纸上看到的解法，明白过来是哪一步出了问题。

江若桐虽然有些懊恼，可到底是教养良好的女孩，哪怕再想进国家集训队，也要姿态好看，并不会纠缠不休。

她笑了笑："那……我只能努力进 CMO（全国中学生数学冬令营）咯！"

全国高中数学联赛每年都会选拔出一批省队队员，也正是这批队员才有资格参加 CMO。

最后从参加 CMO 的这两百人里取分数最高的三十人出线，入围当年参加 IMO 的国家集训队。

国家集训队的这三十人已经是优中取优，可最后能够代表中国参加 IMO 的，就只有其中最优秀的六个人。

明菀之前给乔皙"科普"过这个选拔流程。

当然，明菀是为了吹嘘自家哥哥有多厉害，而乔皙也不负所望听呆了。

当时乔皙没反应过来，过了好几天后，她后知后觉地发现这过程类似养蛊。

最后选出来的国家队六个人就像养蛊养到最后胜出的蛊王。

至于明屹……乔皙努力将脑海中的"满分蛊王"这几个字摒除，生怕自己不小心说漏了嘴。

明屹先看了一眼面前的江若桐，随后又看向乔皙。

他的话一贯少，这是为数不多的长句："感兴趣的话，可以来听课。"

乔皙赶紧点头，见两人应该是说完了，于是悄悄拽了拽江若桐的袖子，示意她离开。

谁知满分蛊王……不，谁知明屹又对着她道："你等等。"

乔皙惴惴不安地留在原地。

走廊里还能听到楼上教室里传来的老师讲课声，乔皙不安地左顾右盼。

明屹察觉到，于是领着她往教学楼侧面的那一片小竹林走去。

两人在小竹林的入口处站定，明屹才语气淡淡地开口："学校里有人欺负你吗？"

嗯？没料到他问这个，乔皙愣了愣，赶紧摇头。

两人都是锯嘴葫芦的性子，这样一问一答后就彻底沉默了。

明屹的视线从少女的脸庞上往下移，落在了少女清秀纤瘦的锁骨上。

才看了一眼，他便移开了目光。

"给你的东西，怎么不戴？"

乔皙如梦初醒，赶紧从书包里将那个包得严严实实的"小花生"掏出来。

她举起"小花生"，犹犹豫豫不知是不是该直接塞还给他。

明屹看了她手上的"小花生"一眼，反问道："不喜欢？"

"不是！"乔晳赶紧点点头，马上又摇摇头，几乎有些语无伦次了，"我喜欢的，可这是……"

他打断她："喜欢就戴着。"

乔晳哪里敢戴？

她急得冒汗，一张脸涨得通红："可这是你家里人给你的，菀菀说你从小就戴着……"

"我不喜欢。"明屹语气淡淡，"正好你喜欢，所以给你，有什么问题？"

乔晳从牙缝里挤出来两个字，像蚊子哼哼："骗人……"

如果他不喜欢这个"小花生"，怎么会菀菀问他要了那么多次他都不给？

小姑娘的眼睛水汪汪的，鼻头有些泛红，一副敢怒不敢言的模样，活像只受了欺负的猫。

明屹朝她伸出了手："拿来。"

乔晳愣愣地将"小花生"交给他。

明屹从小戴着"小花生"，不过他不喜欢被人看见自己戴这小孩玩意儿，所以绳子一直留得长，好将"小花生"藏在衣领下面。

这红绳对乔晳来说，实在太长了。

明屹估摸着将挂着"小花生"的红绳收了三分之一，这样她戴上去正好合适。

将绳子收好，他将"小花生"递还给乔晳："可以了。"

乔晳捏着那个白白胖胖的"小花生"，还是不知如何是好。

见她迟迟不戴上，明屹的面上终于露出了几分不耐烦的神色来。他微微皱起眉来："你到底喜不喜欢？"

这个问题有这么复杂？

喜欢就戴上，不喜欢就还给他，他再挑一样东西给她当见面礼就是了。

乔晳被他这么一凶，有些害怕，还有点想哭。她不敢再纠结，直接将那个"小花生"戴在了脖子上。

乔晳伸手摸了摸脖子上那个白白胖胖的"小花生"，小声道："喜欢……我要回去上课了。"

明屹点点头："去吧。"

明屹站在原地，看着少女的身影一点点、慢慢地消失在连绵的树荫下。

他从口袋里拿出手机，打开微信，点开置顶的那个微信群。

菀菀已经将她拉进群了，昵称就是简简单单的"乔皙"两个字，头像是一只狗。

明屹点开她的头像，盯着那只狗看了几秒。

然后，他笑了起来："受气包。"

第三章
Chapter three

苇 间 风

乔晢回到教室时，已经两点过五分。

她顶着整个教室的注视，猫着腰快速走到了自己的座位边。

"明师兄找你说什么了，怎么这么久？"江若桐压低了声音悄悄问她，"我还以为你迷路了呢。"

顶着太阳一路跑回来的，乔晢脸上红扑扑的，浑身上下都冒着热气。

她吐吐舌头，有点不好意思："的确差点走错方向了。"

"咦？"江若桐突然指了指她的脖子，"这个你也有？"

乔晢下意识反手摸了摸脖子，然后摸到了那个白白胖胖的"小花生"。

"小花生"已经在她手里待了好几天，乔晢第一次认真打量它。

"小花生"是用上好的羊脂白玉雕成的，触手温润，一看便知价值不菲。"小花生"外壳上的纹路精致逼真，花生壳上开了一条小缝，露出里面三颗饱满圆润的花生，看上去的确可爱极了。

"好可爱呀。"江若桐伸手摸了摸"小花生"，随即放开，"你们家的女孩子都有吗？我看菀菀也有一个'小辣椒'。"

听到"你们家"这三个字，乔晢没来由地一阵心虚。

她憋了半天，最后憋出一句："我就是借来戴着玩玩。"

好在江若桐并未深究下去，她像是想起了什么似的："对了，选课结果出来了，你快看看自己的课选上没！"

附中的夏令营不过短短一个月，实行的是学分制，每门课的学分在两到三分之间，积满十二个学分才能拿到结营证书。

闻言，乔晢赶紧登录上了自己的选课账号，发现自己选的五门课中了四门，唯一掉的那门课是《高中化学实验》。

乔晢有些惊讶："大家都对化学这么感兴趣呀？"她以为不会有多少人选这门课，所以将它放在了志愿的最后。

"当然不是。"江若桐笑起来，"这门课有三个学分，但学时和两个学分的课一样长，而且听说老师给分松。"

乔晢恍然大悟。

她看了一眼自己选上的那四门课，一共九个学分。

她还差三个学分，选三个学分的课刚刚好，如果选两个学分的课，就意味着她不得不多选一门。

虽然很想多选一些课，但乔晢知道，自己的基础相较其他同学而言薄弱，尤其是这种兴趣课程。

贪多嚼不烂，五门课是她给自己定的上限，再多的话她怕自己应付不来。

乔晢翻了翻选课系统，发现三个学分的课大多已经满了。

直到翻到选课列表的最后一页，乔晢的眼睛突然亮了，还剩下一门课，课容量二十人，而选课的只有三个人！

等她再定睛一看，才发现课程叫《基础代数》。

听起来很基础的样子……为什么没人选呢？

乔晢又点进课程页面看了一眼，这才发现，原来是因为这门课的学时比其他课多出了快一半，难怪报名的人寥寥。

不过，对乔晢来说，多上一半的课也好过上两门课。

因此，她顺利地成了《基础代数》这门课的第四名学生。

夏令营的课程安排得十分紧密，但都是兴趣课程，所以大家的压力并不算大。

除了乔晢。

在夏令营里上了一周的课，她才终于无比清晰地认识到自己同新同学之间的差距。

法语课上，尽管她自认在语言学习上颇有天赋，可同班的同学大多早在小学时便已经学完了全部的初级课程。

编程课上，乔晳刚学会打出第一个"hello world"时，大部分同学却已经掌握了好几种编程语言，甚至有人初中时就在全国编程大赛拿到金牌。

认识到了目前的自己注定会在很多方面比不过别人甚至中游水平都达不到这个事实后，从来都是尖子生的乔晳，陷入了严重的自我怀疑中。

她从前浪费的时间，好像太多了。

唯一令乔晳觉得庆幸的是，她在此时此刻发现这个致命的问题。

世上绝大多数问题，只有越早发现，才能越早开始改变。

"呼……"坐在图书馆里的乔晳轻轻吐出一口气，推开面前已经看了一整晚的法语课本。

虽然她学起来还是有些吃力，但她今天给自己定下的学习任务好歹算是完成了。

目前除了奥数夏令营在上课的那层楼，其他教学楼都是晚上八点关门，图书馆晚上十点闭馆，所以学生们大多选择了来图书馆自习。

人一多，便容易心浮气躁。

乔晳出去打了次水，回到座位后发现自己还是没心思背单词，索性收拾书包出了自习室。

图书馆的五楼是校史馆，人少清静。

乔晳之前来过一次，在电梯背后发现了一个很隐蔽的小露台，她在露台背好几次单词，从没遇见过其他人，清静又自在。

天气好的傍晚，站在这里还可以遥遥望见西山。

不过……才享受了几分钟惬意的晚风，乔晳放在书包里的手机便轻轻地振动起来。

是盛子瑜，乔晳的新舍友。

电话一接起来，便听见盛子瑜在那头哇哇大叫："晳晳，快回宿舍！打麻将三缺一，就差你了！"

她的这位新舍友千好万好，唯一的缺点就是……精力太充沛了。

见她不说话，电话那头的人又撒娇起来："你不回来的话，我们三个人就坐在你床上等到你回来！"

她看一眼手表，快九点了，反正她也看不进去书了，不如早点回去，于是她答应道："好。"

"我们等你！"电话那头少女的声音元气满满，"噢，对了，你回来的路上顺便帮我买一盒雪糕！爱你噢！"

乔皙笑得温柔又无奈："好啦，给你买。"

等回到宿舍，乔皙才发现宿舍里只有两个人：盛子瑜和她的闺密林冉冉。

一见她，盛子瑜便先发制人，气鼓鼓地开口："你看！你回来得这么晚，麻将搭子都跑了！"

好在乔皙已经习惯这位新舍友的行事风格，当下也不生气，只是将雪糕递给她，然后给她顺毛："那对不起嘛。"

"没关系。"盛子瑜嘿嘿笑了两声，然后从身后变出了一副扑克牌来，"三个人正好斗地主。"

乔皙扶住额头，欲哭无泪："你……真的不怕老师来查寝吗？"

"咦？"盛子瑜惊讶地看了她一眼，"你这个人好奇怪啊，麻将都敢打，还不敢斗地主吗？"

乔皙很无力地辩解："我没有要打麻将……"

"好啦！"盛子瑜动作迅速地洗了一遍扑克牌，然后往乔皙手里塞了一张，"快拿牌，别磨叽！"

虽然向来很少玩牌，但没想到乔皙今天一上手就连赢了好几把，手气好得不得了。

没过一会儿，盛子瑜就先不干了！

连输七把，感觉自己受到了幸运女神的制裁，盛子瑜满腔委屈地将手里的纸牌一扔："什么手气，我不要玩啦！"

盛子瑜是真的生气，整个人都气成了一只气鼓鼓的河豚。

乔皙忍住笑，一本正经道："我都说了不玩，是你逼我的。"

盛子瑜愣了两秒，然后反应过来："哇！你怎么也和那个明屹一样算牌！数学好了不起是不是？！"

明屹……听到这个名字，乔皙愣了愣。

一见盛子瑜吃瘪，林冉冉伸手捏了捏她的腮帮子："可以啊你，明师兄制裁你的时候怎么不见你有这么多牢骚？"

说着，林冉冉兴致勃勃地同乔皙"科普"起来——

原来他们几家的大人都熟识，前几年过年时几家聚会，盛子瑜拉人打牌，结果烦到明屹头上去了。

明屹被他们吵得不行，答应了一起玩，但是要玩带赌注的。

结果一个下午，明屹就将盛子瑜他们几个刚到手的压岁钱全都赢走了。

打那以后，他们这个小圈子里，就再没人敢叫明屹来打牌了。

听到这里，乔晳忍不住颤抖了一下。

真凶残。

同一时刻，八百米外的明屹毫无预兆地打了个喷嚏。

手边的咖啡因为他刚才的动作被碰倒，半杯咖啡泼出来，全数洒到了旁边放着的那本不知主人的书上。

明屹赶紧将那书提起来，抖落了几下，却于事无补。

封面已经染上了大片的棕褐色，里面的书页也未能幸免，被浸得半湿，空气里弥漫着咖啡的苦味。

刚才明屹来的时候书就在这儿了，大概是上一个坐在这个露台上的人落下的。

书被咖啡泡成这样，自然是废了。

明屹再次将书提起来看了一眼，大大的"苇间风"三个字印在封面上。

将别人的书弄成这样，自然要赔一本新的还给人家。明屹上网搜了搜，发现这本书是八年前出版的，早就断货了。

身后突然传来一阵脚步声，明屹回过头，发现来人是江若桐。

这里很少会有人来，而这会儿图书馆马上就要闭馆了。

明屹反应过来："书是你的？"

江若桐愣了愣，显然没反应过来。

明屹将那本诗集举起来，在她面前晃了晃："抱歉，被我弄脏了。"

书是已经断货了，没等明屹想出合适的赔偿方案，站在他对面的江若桐突然开口了："明师兄，你也喜欢叶芝？这里面你最喜欢哪一首？"

哪怕是曾令整个华北地区闻风丧胆、瑟瑟发抖的"奥数大魔王"，哪怕是一度在国家集训队内占据了长达半年时间统治地位的"满分蛊王"，明屹还是和他这个年龄段的绝大多数男生一样，在诗歌审美上的修养近乎于零。

他对叶芝的全部了解，仅限于，爱尔兰诗人的名字要比俄国诗人的名字好记一点。

因此，他毫无心理负担地答道："不喜欢。"

听他这样说，江若桐只是笑了笑，并未感觉到被冒犯。

女孩的声音清脆："明师兄，我最喜欢的一首是 *Under Ben Bulden*。"

这首诗的中文名大多被翻译成《班磅礴山麓下》，作成于叶芝的晚年。

叶芝死后，这首诗的最后一句成为他的墓志铭。

江若桐轻声开口，像是说给他听，又像是在自言自语："Cast a cold eye, on life, on death, horseman, pass by!"

对生，对死。

掷以冷眼。

骑士，向前！

明屹看了一眼站在自己面前的女孩，又将手里那本已经不成样子的诗集拿起来看了一眼。

他将书递还给江若桐，声音里带了几分歉意："我赔你一本。"

江若桐将那本诗集接过来，轻轻摸了摸封面，模样有些心疼。

过了好几秒，她才抬起头来，脸上重新挂上了笑容："不用啦……是很早以前出版的书了，应该买不到了。"

没等明屹回答，江若桐又抢先开口了："明师兄，要不这样吧……"她指了指明屹放在一边的那本《泛函分析》，笑盈盈地开口："你把这本书借给我看一个月，可以吗？"

闻言，明屹顺着她手指的方向看过去。

江若桐说的这本《泛函分析》是切斯科洛夫的那一版，国内没有引进翻译，国外也早已绝版。

明屹手里的这本，还是专门托了他那个在国外大学教书的小舅舅从图书馆里弄来的影印版。

"拿去看吧。"明屹直接将那本书拿起来递给对方，语气很随意，"不用还了。"

反正他已经看完了。

乔晳从浴室里洗完澡出来，已经十点多了。

宿舍里盛子瑜正躺在床上看动画片，而乔晳的书桌前正坐着江若桐。

一见乔晳出来，江若桐便道："我刚才去图书馆五楼看了，没有。你是不是忘在自习室了？"

刚才乔晳回来后收拾书包，发现那本爸爸送自己的诗集不见了。

思来想去，她觉得最有可能的就是她将那本诗集落在了那个小露台上。

图书馆马上闭馆，她从宿舍再赶过去肯定来不及。

她想到自己离开的时候江若桐还在图书馆里自习，打了电话让她帮自己上五楼去看一眼。

乔晳轻轻地"啊"了一声，显然十分懊恼。

她小声嘟囔："我记得我放进书包了的呀。"

江若桐满脸无奈地耸耸肩："那我就不知道了。"

"好吧。"乔晳的语气很失落。

那本诗集还是爸爸送给她的礼物呢。

家里的房子卖掉时，她的那些课外书、旧课本都被伯伯当废纸卖掉了，是她把这本《苇间风》一直藏在书包里，它才能陪她这么久。

看动画片看得正在兴头上的盛子瑜抽空探出了个脑袋来安慰她——

"哪有人会捡书啊？脑子坏了吧！你放心吧，肯定是你忘在哪里了，没人会拿的！"

乔晳想想，觉得盛子瑜说得也有道理。

虽然她保护得很好，但那是本旧书，应该没人会拿的。

"对了，"江若桐突然开口，"明天我有事，不能和你一起自习了。"

夏令营周末是不上课的，本来两人是约好了要一起在图书馆上自习的。

听她这样说，乔晳赶紧道："我也正准备跟你说呢，明天我要回家一趟，所以也不能和你一起了。"

刚才她接到了祝阿姨的电话，说是让她明天回去吃饭。

"对了，乔晳。"江若桐像是想起了什么，"你经常去图书馆五楼吗？"

"去过好几次。"乔晳愣了愣，"怎么了？"

"以后没事还是别去了吧。"江若桐将上衣的袖子挽起来给她看，雪白的小臂上赫然显现出了几道伤口，看着恐怖极了。江若桐无奈道，"被那里的野猫抓的。"

乔皙吓了一跳，赶紧抓住江若桐的手臂细看起来。她自责极了："都怪我让你去那里……我们先去医务室看看吧！"

江若桐将衣袖放下来，遮挡住手臂上的伤口："我们宿舍有药箱，我回去包扎一下就好了。"顿了一下，她又笑着道，"我没事啦，和你说这个就是想让你小心点……难怪那个地方没什么人去，你以后也别去了。"

周六的时候，明骏难得有空待在家里。

只是到了吃午饭的时候，看着饭桌边的妻子和小女儿，他颇为纳闷："其他人呢？"

明菀一边啃着鸡翅膀一边道："小乔姐姐说她晚上回来，哥哥的话，我不知道他去哪儿了。"

明骏皱了皱眉，和小女儿凑在一起说儿子的坏话："又去学校看书了？这小子，你说我和你妈妈怎么就生出了这么个儿子呢？"

明骏不止一次同小女儿提过，说儿子一生下来便是如今这副鬼样子，家里人甚至一度怀疑他是脑瘫，令明骏损失了许多做父亲的乐趣。

直到明菀作为一个正常的婴儿来到这个家庭，明骏的内心才稍稍受到抚慰。

今天他再一次提起，明菀难得听出了点弦外之音来——

"所以，你和妈妈决定生我……是因为怀疑哥哥是脑瘫？"

明骏回过神来，自己大意了。

明菀伤心极了："原来我根本就不是你们爱情的结晶！"

逗小女儿逗出了事，明骏手忙脚乱地哄了好一会儿，看女儿不伤心了又赶紧转移她的注意力："哎，你哥哥最近有什么情况没？"

果然，一说到这个，明菀立刻来了精神！

她吸了吸鼻子，大声道："昨天若桐姐还找我问他的电话！"

明骏疑惑道："若桐姐？"

先前一直在旁边默默看着这父女俩上蹿下跳的祝心音，这会儿也忍不住皱起了眉头："她找你哥哥有什么事？"

"她说有问题想请教哥哥。"明菀又拿了一个鸡翅膀啃起来，"可能哥哥今天就是和她约好了才出去的吧。"

明屹从外面回来的时候，其实还不到五点，但因为正下着瓢泼大雨，外面已经是一片漆黑。

明骏和祝心音吃过午饭后便出门了，明菀吃过饭就去午睡了，现在还没起。

外面雨下得太大，原本在楼上复习功课的乔晳匆忙下了楼将斑比抱进了房子里，这会儿正坐在客厅的地毯上和它一起玩。

陡然看见这么个湿淋淋的人进了家门，乔晳吓得猛地站起身来。

等看清是明屹后，乔晳更是吓了一跳。

少年身上的衣服被雨水浸得湿透了，头发也在湿答答地往下滴着水。

明屹将书包往旁边一扔，伸手抹了一把脸，贴在额上的几缕头发被拨开，他那张向来冷若冰霜的脸，因为这动作显现出了几分少年气。

乔晳的心跳突然就漏了一拍。

好在失神只不过是一瞬间，她反应过来，赶忙结结巴巴道："你怎么弄成这样了……我……我去帮你找毛巾。"说着便要往楼上走。

"回来。"明屹手一伸拽住了乔晳衣服上的帽子，揪着她不让走，"转过来。"

乔晳十分忐忑地转过身来，不安地迎接着大魔王的检阅。

明屹居高临下地将她从头到脚打量了一遍，等看见少女白皙的脖颈上露出来的那一圈红线后，满意地松开了手："去吧。"

乔晳有一种被招之即来，挥之即去的感觉。

不过这话乔晳自然是不敢说的，当下她便一边往楼上走，一边小声嘟囔："我……我去拿毛巾，你让刘姨给你煮姜汤喝吧……不然会着凉的。"

"回来。"明屹再次伸手拽住了乔晳的帽子，将她拉回了原地。

他像提溜一只小鸡崽，将乔晳提溜回了斑比面前："玩你的狗去。"说完便冲上了楼梯。

斑比一脸茫然地在原地打着转。

乔晳心里很不安。

既然他人都在外面了，那等雨势小一点再回来不好吗……家里有金子吗，干吗要急着回来啊？

想起刚才明屹被淋得全身湿透的模样，乔皙还是放心不下。

乔皙将斑比放回窝里，自己一个人静悄悄地上了楼。

她走到明屹房门口时，就听见里面传来"哗啦啦"的水声。

原来他在洗澡啊……乔皙自然不敢贸然打扰，想了想，她又"噔噔噔"跑下楼去敲刘姨的房门。

敲了半天都没人应，乔皙试探性地推了推房门，发现门锁着。

原来刘姨也不在家。

乔皙叹了口气，又"噔噔噔"跑到厨房，在冰箱里翻找了好一阵。

痛痛快快洗完了热水澡，明屹换了身T恤长裤，一边擦着头发一边从浴室走出来了。

他打开音响，正打算放音乐时，门口突然传来轻轻一声响。

家里就这么几个人，会这样敲门的只有一个。

他甚至想象出一只猫踮着脚在外面用爪子挠门的景象。

明屹走过去"唰"的一声将房门拉开，果然，门外站着的正是乔皙。

见她手上还端着个杯子，明屹将她放进来，自己坐回了书桌前。

乔皙像条小尾巴跟在他身后，举着还冒着热气的杯子，声音有些忐忑："你喝吧。"

明屹瞥了一眼："什么东西？"

乔皙将杯子举到他面前："板蓝根。"

不用闻味道，光是这三个字便成功地令明屹厌恶地皱起了眉："不喝，拿走。"

被拒绝了……乔皙小心翼翼地劝道："要喝的。"

明屹拒绝得干脆利落："不要。"

乔皙有些发愁，语气像哄小孩子一样："一点都不苦的，你喝一口就知道了。"

板蓝根的味道已经冲进鼻腔里，明屹厌恶地偏过头："说了不喝，拿走。"

"喵！"

站在他面前的乔皙突然将杯子往桌面上重重一搁，大概是因为太用力，里面深棕色的药汁还溅出来了几滴。

"不行！"乔皙的声音陡然提高了几十分贝，语气斩钉截铁，"必须喝！"

明屹面无表情地看向她。

这一眼迅速令乔皙清醒过来——自己……居然在凶大魔王？

"我……我的意思是……""刚"不过三秒的乔皙光速变回受气包，语无伦次地解释，"你……你喝了，我就给你糖。"

寂静，死一般的寂静，在偌大的房间里迅速蔓延着。

迎视着大魔王冷冰冰的目光，乔皙的脑海里一时间涌现出了无数想法。

——药是一定要喝的，不喝是不可能的！

——这就跟菀菀今晚要做完二十页数学题一样天经地义，就跟斑比今晚要洗一次全身澡一样理所当然，这碗药他一定要喝！必须喝！

——可……可是，他看起来真的好凶啊……算……算了吧……实在不想喝也没关系，反正就算真的感冒了，一周也该好了吧……

——不行！不行！感冒很容易会转成肺炎的！到那个时候可就糟糕了！

还没等乔皙将无比有力的理由说出来，一旁的明屹就伸出手，拿过桌上那杯板蓝根，一声不吭地全数灌下了肚。

"哇……"乔皙不由得笑起来，下意识拿出了平时夸奖明菀的口吻，"真——"

刚说出了一个字，乔皙立即反应过来，当下便将后面那个"乖"字硬生生地憋了回去。

明屹一脸平静地抬头看向她，似乎在等待她的下文。

"真……"乔皙憋得一张脸通红，"真是一条好汉。"

明屹轻咳了一声，万年不变的冰块脸上难得有了一丝极其微弱、不易察觉的笑意。

乔皙突然发现，大魔王……可能只是一只纸老虎。

当然，此刻的大魔王绝对料不到眼前这个受气包居然有这么大胆的想法。

尽管之前菀菀在他耳边念叨了无数遍小乔姐姐聪明温柔，仍不妨碍明屹觉得——

这个受气包，蠢乎乎的。

明屹朝她伸出了手："糖呢？"

乔皙无奈地看着他。

刚才她不过脑子说出哄小孩的话，他还真的要糖啊？

怎么好意思呀……

见面前的受气包一副蠢蠢欲动想要溜走的模样，明屹抢先一步攥住了她的手腕。

他攥着少女的手腕，轻轻往前一拉，便将她拉得离自己近了些。

明屹眯起眼睛来打量她，一副要笑不笑的模样，语气懒洋洋："骗我喝完了药，就不给糖是不是？"

被明屹握住手腕的瞬间，乔皙像是被烫到了一般，身子猛地一颤。

本应该结结巴巴的受气包突然超大声地吼了一句："你干吗啊？"

下一秒，在明屹略带几分错愕的目光中，乔皙甩开了他的手，慌不择路地夺门而出。

被独自留在房间里的明屹有几分莫名奇妙。

她这是……生气了？

就因为他说她骗人？

看着是个受气包，没想到脾气还挺大的。

明屹这样想道。

明菀推门进来的时候，乔皙还维持着身子趴在床上，整张脸埋在枕头里的姿势。

明菀一看就吓了一大跳："小乔姐姐，你不舒服吗？"

"没有……"乔皙从床上爬起来，脸上还残存着几分可疑的红晕。

"最后一盒香草味啦。"明菀递给她一盒雪糕，笑眯眯地开口，"给你吃。"

"谢谢。"乔皙将雪糕接过来，打开盖子，挖了小小一勺放进嘴里，终于感觉全身的温度有所下降。

"小乔姐姐——"明菀拉长了声调，语气里竟有几分闷闷不乐，"我说过了，你肯定会后悔的。"

乔皙手上动作一顿，疑惑道："怎么了？"

"上次有那么好的机会可以去国家队试训，结果你把机会让给别人了。"明菀鼓着脸颊，一副气呼呼的模样。

乔皙愣了愣，然后安慰她："只是一个试训的机会啦，又没说一定能进的。"

就算她真的去了，恐怕连第一关都过不了吧。

毕竟像江若桐这样学了那么多年奥数的大神，都在明屹那里铩羽而归了呢。

听她这样说，明菀更加生气了："数学这东西是要看天赋的好不好？天赋不行多学十年又怎样？"

乔皙敏锐地察觉到菀菀话中有话，当即便道："这不是你不做数学练习册的理由！"

隐藏的小小意图被戳破，明菀颇有几分恼羞成怒："管头管脚！乔皙你好烦！"

乔皙重新打起精神来："你做了多少？拿给我检查。"

"我说真的啦，"明菀气鼓鼓地说，"谁说人家进不了国家集训队，我看她马上就要进了！"

看乔皙没说话，明菀迅速补充道："昨天很晚她还问我要哥哥的电话呢，说是哥哥借给她一本书，她有几个地方看不懂要找哥哥问！今天哥哥一大早就出去了，谁知道是不是和她一起去上自习了呀！她这样天天拉着哥哥给她辅导，进国家队是迟早的事！你就不学学人家！哎呀，我好气呀！"

听完菀菀这番话，乔皙愣了愣。

难怪昨晚江若桐说不和自己一起上自习，原来是因为她已经和明屹约好了。

原来……今天一整天，他们俩都在一起上自习啊。

难怪……外面那么大的雨他都要出去。

周一上午有两节《基础代数》课，看着空荡荡的教室里的其他三人，盛子瑜懒洋洋地打了个呵欠："好困哦。"

盛子瑜环顾了一圈，发现除了站在讲台上的戴老师，教室里的四个人，分别是——

学霸一号，乔皙；

学霸二号，韩书言；

学渣一号，沈桑桑；

学渣二……噢不，是美少女一号，盛子瑜。

戴老师站在讲台上唾沫横飞："我知道这对你们来说很难，但是不要灰心，代数学不好是正常的，学好了才是变态。学代数，最重要的是开心。老师我向来都是倡导快乐代数的——"

乔皙一边默默地记着笔记，一边打量着周围的同学。

坐在她旁边的男生叫韩书言，戴一副细框眼镜，模样白净斯文。

听说他在附中初中部的时候成绩便保持在前三，数理化实力非常强，因为正在准备九月份的奥数省级联赛，所以他选了这门课。

至于其他两人……

盛子瑜理直气壮："反正都是睡觉，在哪里睡不是一样？"

而沈桑桑，那个上次同乔皙起了小小冲突的女生，在课上的绝大多数时间，她春心荡漾地托着腮望向门外。

盛子瑜悄悄和乔皙咬耳朵："她在等助教。"

连戴老师都对沈桑桑语重心长道："沈桑桑同学，别看窗外了，看一眼戴老师吧。"顿了一下，戴老师又叹口气，"是我让他别来的……大家体谅一下老师，他坐在教室里我紧张，压力太大，讲不好。"

虽然大家都没说那个助教是谁，但……乔皙突然生出了一种不好的预感。

五分钟后，她这预感迅速得到了证实。

教室的后门被轻轻推开，讲台上的戴老师嘴里磕绊了一下，乔皙转过头，看见明屹坐在了自己旁边的座位上。

坐在前方的沈桑桑从五秒一回头变成了将脑袋固定成斜四十五度，深情地注视着后方。

戴老师也明显语无伦次起来，短短三分钟内重复了二十八次"不对不对，等我想想"。

乔皙闷不吭声地低头做着笔记。

一旁的明屹十分好心地提醒："刚刚过去的五分钟里，他什么知识点都没讲。"

乔皙咬住下唇，没有理他，依旧闷不吭声地低头涂涂写写。

"瞎写什么？"一旁的明屹终于忍不住将乔皙压在手肘下、不停涂写着的笔记本扯过来。

果然，笔记本最新一页上面除了一堆无意义的字符，半点东西都没有。

明屹没忍住，"扑哧"一声笑了。

乔晢咬住唇，一言不发地将笔记本从他手里抢回来，"唰"的一声撕掉全是鬼画符的那一页，然后将纸团成一团，丢进桌肚里。

到了这会儿，明屹终于后知后觉地发现，今天的受气包有点不对劲。

她被人欺负了？

明屹扫视了一圈教室里的其他三个人，最后目光停留在讲台上正在"快乐代数"的戴老师身上。

两人目光相接，戴老师瞬间紧张起来，以为自己又讲错了："不对不对，等我想想……"

艰难地挨完了这节课，下课铃声一响起，戴老师就大大松了一口气："今天的课就讲到这里。对了，刚才我说的那本参考书你们抓紧时间去买一下，要不你们选个人去一起买了吧，下堂课要用的。"

乔晢默默地举起手："老师，我去。"

一旁的韩书言也赶紧道："乔晢你一个人拿不动，我和你一起去吧。"

明屹吃了一惊，今天的受气包太奇怪，板着一张脸，几乎要变成丧气包了。

难道她真的被人欺负了？

明屹终于开始正视刚才自己那个随意的猜想。

明屹跟着两人一起去了新华书店。

大魔王的名声在外，尽管非常崇拜他，但韩书言轻易不敢跟他说话，一路上只是在和乔晢讨论刚才课上的知识点。

刚才教室里的四个人已经没了两个，受气包还是一副闷不吭声的丧气包样。

根据控制变量法的话……明屹将注意力集中在了站在前面扶梯上、此刻正回过身同乔晢说话的韩书言。

就是他了。

扶梯缓缓升上去，韩书言先一步迈出扶梯，然后转过身，朝着乔晢伸出了手："小心脚下，你扶着我。"

还没等乔晢开口拒绝，下一秒，韩书言便看见站在她后面扶梯上的明屹伸出双手，抄在乔皙的肋下，将她整个人提溜起来，随着扶梯的升势，将她放在了一边的平地上。

下一秒，明屹也迈出了扶梯，将乔皙挡在自己身后，面无表情地看向了韩书言。

他的声音冷冰冰的："你欺负她？"

刚被放下地的乔皙吓了一跳，当下便赶紧冲上去挡在韩书言面前："他没有欺负我！"

闻言，明屹脸色变了。

他直接将乔皙一把扯回了自己身后，然后面无表情地看向旁边茫然的韩书言，声音冷冰冰的："你看她做什么？"紧接着，他又侧头看了身后的少女一眼，极力令自己的声音听起来不那么可怕，"我在这里，你不用怕他。"

怎么有人这么……

乔皙气得跺了跺脚，向来脾气软乎乎慢吞吞的她，这会儿声音里带了几分气恼："我说了他没有欺负我！"

一旁的韩书言推了推鼻梁上的细框眼镜，试探着开口："明师兄，你是不是对我有什么误会？"

明屹冷哼一声："我觉得没有。"

乔皙只觉得尴尬极了，不知是因为觉得明屹丢脸还是觉得自己丢脸。

她将挡在自己身前的明屹推开，又对着韩书言十分抱歉地开口："韩同学，要不你先进去买书吧……真的对不起。"

到了这会儿，明屹终于对自己刚才的判断有几分动摇。

难道……欺负她的，不是眼前这个书呆子？

明屹皱着眉头思索了三秒，然后拽着乔皙的衣领，将她整个人转过来。

"所以……"他目光炯炯地看着乔皙，"欺负你的是盛子瑜，还是沈桑桑？"

明屹是知道的，女生之间的事情很复杂，远没有看上去那么简单。

这回还没等乔皙开口，一旁的韩书言说话了："明师兄，乔皙同学人聪明，成绩好，性格也好，爱帮助同学，班上的同学都很喜欢她，我也是。"

明屹没搭理他，只是盯住了面前的受气包："那你今天为什么不高兴？一起上课的就他们三个人。"

一旁的韩书言适时地出言提醒："明师兄，一起上课的，还有你。"

明屹当然知道还有自己，所以呢？

难道受气包变成丧气包是因为他吗？

明屹转头看向韩书言，冷冷地重复了一遍对方先前的话："你也是？"

韩书言愣了愣，一时间没明白过来他在说什么。

看着面前这个明显对受气包有某种意图的书呆子，明屹声音冷冰冰的，语气却是斩钉截铁、不容置疑的："她十八岁前不准谈恋爱。"

一旁的乔晢脸涨得通红，这个人在说什么啊？！

乔晢只觉得自己此生的脸都要丢尽了，她强忍着尴尬，对韩书言道："韩同学，你先走吧。"

看起来斯文秀气的韩同学，似乎并不惧怕面前这个大魔王。他推了推鼻梁上的细框眼镜，不疾不徐地反问："明师兄，你有什么权利干涉乔晢同学的恋爱自由？"

虽然不知道这两个人为什么突然就自己的恋爱问题这么认真地聊了起来，但乔晢还是认为，明屹应该不会理这种无聊的质问。

但出乎乔晢的预料……一旁的明屹冷哼一声："我为什么没有权利？"

乔晢的心跳突然漏了一拍。

下一刻，她便听见明屹继续道："我是她的表哥，我当然有权利。我们家的规矩，十八岁前不准谈恋爱。"

谁知一听明屹这样说，韩书言之前带了几分隐隐敌意的态度突然变了，瞬间毕恭毕敬起来："表……不不，明师兄，抱歉，我不知道你和乔晢同学是——"

明屹突然出声打断他："你一个人拿不动四本书吗？"

韩书言不假思索地否认："当然拿得动！"

"很好。"明屹满意地点了点头，"那辛苦你一个人去买书，我带她回家吃饭。"

就这样，被"套路"了的韩同学独自留在原地，一头雾水。

回去的时候，明屹再一次问乔皙："真没不高兴？"

乔皙默默摇头。

当她知道明屹察觉到她的情绪不对时，她便为自己先前的失态感到羞耻。

他和江若桐出去自习，给江若桐讲题……这些和她有什么关系？

她没有资格对明屹生气。

沉默了许久，她才抬头对一旁的明屹开口道："我没有对谁生气，我只是……"

走在她身侧的高大少年停下了脚步，一脸认真地等待她的下文。

乔皙耻于叫他知道自己生气的真实缘由："我只是……生气自己太笨了。"

"因为代数课？"明屹觉得这理由颇为匪夷所思，可转瞬便想到，刚才韩书言同她探讨那些知识点时，她的确是一直一言不发的。

还真的是个受气包……明屹默默这样想道。

像菀菀，只有小学五年级前，才会因为成绩不好哭鼻子。

明屹双手插在裤兜里，将视线从身侧少女沉静的脸庞上收回来，漫不经心地开口："不会的，我教你。"

乔皙默默摇了摇头。

还没等她将那句"我不想学了"说出来，身侧的明屹便再次攥住了她的手腕，将她身子拽过来面对着自己。

他盯住了乔皙，语气严肃认真："我刚才说的是真的。"

乔皙有点错愕："什么？"

"我们家的女孩子，十八岁前不准谈恋爱。"

刚才那个书呆子眼珠子就差黏在她的身上了，司马昭之心简直昭然若揭。

见乔皙不说话，明屹提高音量重复了一遍："听见了没？"

乔皙回过神来。

他皱着眉，语气中重新带上了几分不耐烦："有不懂的来问我，别去问其他人，他们都没安什么好心，听见了没？"

明屹总有一种感觉，要是自己不干预一下，等不到开学，这个受气包就被高一那群臭小子骗走了。

先前一直没说话的乔皙突然开口问："那你呢？"

明屹有几分莫名其妙："我什么？"

乔皙默默道："十八岁前不谈恋爱……你也是这样吗？"

"我？"大概是因为这问题实在有些荒唐滑稽，以至于明屹的声音里带了几分笑意，"十八岁后，我也没有时间谈恋爱。"

明屹扬了扬手，在路边拦下一辆出租车。他将乔皙塞进出租车里："我中午不回家吃饭了。"

乔皙的手扒在车窗玻璃上，眼巴巴地瞅着他："那……你要去哪里呀？"

看着被遗弃的小动物一样的受气包，明屹发现自己竟然在进行他并不擅长的解释："江——"顿住几秒，他发现自己并不能准确记起江教授女儿的名字。他索性放弃回想，只是道，"就上次和你一起的那个女生，叫 Vanessa 的那个，她中午找我有事。"

下午的时候，乔皙在法语课上再次遇见了韩书言。

韩书言和她旁边座位的女生换了座位，然后一坐下便轻声道："乔皙，中午的事情对不起。我不知道明师兄是你表哥，我以为他……"说到这里，韩书言似乎有几分不好意思，"我还以为他意图不轨，所以对他的态度不太友善。"

乔皙沉默了足足半分钟才开口道："你怎么会这样想……他怎么可能……"

"如果不知道你们是表兄妹的话……"韩书言尴尬地解释起来，有些语无伦次，"我的意思是，你成绩这么好，人也聪明，连性格都这么好，没谁会不喜欢你的。"

"是你把我想得太好了……"乔皙指了指面前摊开的法语课本，苦笑着开口了，"第一节课，老师叫我起来读人名，我连法语里的'h'不发音都不知道……和你们比，我差得真的太多了。"

"法语里的'h'不发音，你现在已经知道了。"韩书言看着她，语气突然变得认真起来，"乔皙，你难道真的觉得，现在这些你不会的东西，以后会是你的障碍吗？"

乔皙愣了愣，没有说话。

"我爸爸是外交官，他大学和研究生的专业都是德语，所以我很小的时候就开始学德语了。如果要比德语，你一定比不过我。可是，"韩书言推了推鼻梁上的细框眼镜，十分严肃，"我们现在坐在一间教室里学法语，我除了比你多知道几个单词，多知道几条语法规则，你觉得，我还有任何比你强的地方吗？"

乔晢嘴唇动了动，没有说话。

"我的家庭可以让我没有负担地学习、没有顾虑地选择兴趣爱好、自由地去想去的地方……这个教室里的其他人也都一样，可就只有这么多了。"韩书言抬起头，环视教室一圈后才开口道，"如果仅仅因为我们比你多知道几件事情，多认得几样东西，多去过几个国家，你就觉得这是差距，那你想错了。

"你以为他们跑得快，其实他们只是比你跑得早。

"用不了多久你就会发现，所有你以为的差距，在真正的实力面前，都会一点点被抹平。

"比起家世出身带来的差距，刻在基因里的差距可能才是最不可弥补也最不可逾越的。"

"乔晢，你应该自信一点。"韩书言紧紧盯着她，语气严肃认真，"我觉得，二十年之后，你会是现在这间教室里最有成就的人。"

乔晢沉默着没有说话。

二十年后吗……她还从没想过那么遥远的事情。

两节法语课的中间，江若桐过来找乔晢。

上午的时候她给乔晢发过信息，说自己中午有事，想拜托乔晢去图书馆帮自己借两本和泛函分析有关的书。

这会儿韩书言出去打水了，所以江若桐坐在了他的位置上。

她像是刚从外面跑过来，面容姣好的白净脸蛋上起了一层淡淡的红晕。

江若桐用手轻轻地扇着风，语气里带一点抱怨小声嘟囔着："都怪我爸爸啦，非让我中午去外面吃饭，弄得我中午都没休息好。"

乔晢愣了愣，轻声问道："你今天中午……是和你家里人一起吃的午饭吗？"

江若桐点点头："是和一个远房姑妈啦，其实我都没见过她。"说着，她又看向乔晢，"对了，我说的那两本书你借到了吗？我在网上查了一下，这两本书市图书馆都没有，我们学校的图书馆就只有一本。"

乔皙下意识捏紧了书包带子，那两本她中午刚从图书馆借来的书，此刻正安静地躺在她的书包里。

大概少有人问津，两本书都还是崭新的模样。

这两本书对江若桐来说，应该是重要的吧。

下一刻，乔皙松开手里攥着的书包带子，然后她听见自己答——

"没有，书已经被别人借走了。"

第四章
Chapter four

勒贝格积分都不会
你好意思啊

大概是这结果出乎意料，江若桐愣了愣，然后说："你认真找过了吗？这么冷门的书，按道理不会有人借呀……"

正在此时，上课铃声响起。

乔晳出言提醒她："上课了。"

到底是聪明人，三言两语，江若桐就察觉到了今日乔晳对自己的态度较往常有异。

想了想，她轻声道："乔晳，你是生气了吗？对不起，但我中午是真的没有时间，所以才找你帮忙的……"

乔晳摇摇头，同样轻声道："我没有生气。"顿了一下，她又道，"你该回去上课了。"

被占了座位的韩书言也在过道上站了很久。

江若桐一离开，乔晳就低头打开书包，将里面的那两本从图书馆借来的书拿出来，递给身侧的韩书言："给你看吧。"

刚才她到教室的时候，韩书言看见了她借的这两本书，当下兴致勃勃地同她讨论起来："你也在自学这部分内容吗？我之前看过高教版的，但听说这两本写得更系统一些。"

当时乔晳只是摇头，道："我是帮若桐借的。"

她看出来韩书言对这两本书很感兴趣，所以才会在拒绝江若桐之后，第一时间就将书给了他。

方才两个女生之间的对话，韩书言都听见了。

但他向来很有分寸，听到乔皙说自己没借到书时，他没有多言，见乔皙将这两本没借到的书拿了出来，他也没有多问一句。

韩书言默默将那两本书收下，过了好一会儿，他突然开口道："乔皙，我们一起参加全国数学联赛吧。"

夏令营下午放学早，四点出头下午的课程就全部结束了。

以往乔皙会先留在教室里自习两个小时，等到六点食堂的人不那么多了再去吃饭。

今天一下课，乔皙便和韩书言去了奥数夏令营所在的那栋教学楼。

和兴趣性质的新生夏令营不同，奥数夏令营的课程安排得十分密集，晚上都要集训到九点，大家下课后还要练习。

"我也是来这里旁听。"韩书言同她轻声解释，"里面的正式营员都是要升高三的学长学姐，所以都很拼命。"

乔皙愣了愣："都是高三的？我还以为……"

她还以为，像明屹和江若桐这样在高一便崭露头角的，才是常态。

韩书言一听便明白了她的意思，摇了摇头，笑道："明师兄是特例，附中十年也出不来一个的。"顿了一下，韩书言又解释道，"他现在就是坐镇国家队的大神，明年如果没有好苗子，到时候恐怕还要他再参加一届。"

老师正在讲台上讲题，他们两个悄悄从阶梯教室后门进去，在最后一排坐下了。

两人都轻手轻脚，仍不免发出了声响，只不过前排的人全神贯注，头都没回一下。

韩书言轻声解释道："现在参加夏令营的，基本都是奔着保送去的。"

前几年环境宽松，在五大学科竞赛里拿到省一（省级一等奖）的高中生便可以获得不错大学的保送资格。

但最近几年政策渐渐收紧，只有国集（国家集训队）队员才有保送资格，剩余的国一国二（国家一等奖、二等奖）学生能拿到的只有降分录取资格。

韩书言从书包里将自己整理好的资料递给乔皙，压低了声音："这是全国高中数学联赛的考试大纲，你可以先看看。"

乔皙接过那沓资料看，才发现这绝不是韩书言所说的大纲这么简单。

　　大纲的每个知识点后面都有对应的详细解释和典型例题，连乔皙这样从没接触过奥数的人都能看明白五六分。

　　她没想到韩书言竟然这样周到，有些手足无措起来："谢谢，这太麻烦你了……"

　　韩书言笑了笑，说："没什么麻烦的，我也正好巩固知识点。"

　　在教室后排坐了一个半小时，听了完整的两堂课后，乔皙发现，奥数……好像的确没有她想象中的那么难。

　　至少……她觉得，台上老师讲的内容，她能听懂一半。

　　恰在此时，一旁的韩书言凑近了些。

　　大概是怕她听不懂信心受挫，韩书言好心地解释："初赛的考试内容都在高中课本范围内，听不懂也别怕，回去翻翻书很快就能掌握了。"

　　如同一盆凉水兜头泼下，乔皙心情复杂地"哦"了一声。

　　原来是课本内容……就在前一秒，她还误以为自己真的蛮有天赋。

　　没过半分钟，乔皙的一颗心再次透心凉。

　　讲台上的老师放出来一页幻灯片，上面是一个函数公式，题目要求算它在某一点的积分。

　　题目刚亮出来，底下便是一片怪叫。

　　"老师这个是实变函数吧？"

　　"竞赛不考这个的啊——"

　　"对呀对呀，老师这个超纲了吧！"

　　"超什么纲？"老师敲了敲教鞭，气势很足，"你们看我什么时候是照着大纲来讲课的？"

　　下一秒，老师笑眯眯地开口："我现在要找两位同学上来做一下。"说着他便环视整个教室，"让我看看，是哪两个小朋友这么幸运呢？"

　　底下一片哀号声，很快又安静下来。大家纷纷低下头，生怕自己成为那个幸运的小朋友。

　　乔皙当好学生当惯了，尽管并不会做黑板上的题目，但她并没有在这种时刻要低下头避免同老师对视的意识。

　　是以，当她愣愣地研究着幻灯片上的那道题时，一道来自厚底眼镜片后的犀利目光盯住了她。

　　她这会儿再转开视线已经来不及了，老师笑眯眯地开口："最后一排的那个女同学……别低头，我说的就是你，上来做一下这道题。"

其实乔皙根本连题目都看不懂……Riemann 积分是什么？ Lebesgue 积分又是什么？

救命啊……

她在黑板前站定，老师再次轻轻敲着教鞭，笑眯眯地开口："还要再抓一个小朋友……让我看看，是哪一个——"

他话音未落，前排有人主动举手了。

是江若桐。

她看了站在黑板前的乔皙一眼："老师，我想试试。"

见有人自告奋勇，老师大喜过望，朝江若桐招招手："小江同学，你来你来。"

同傻站着的乔皙不同，江若桐显然有了完整的思路，一站上来便胸有成竹地开始解题。

在课堂上，最尴尬的事情莫过于被老师叫到黑板前解你并不会解的题目。

而比这还尴尬的事情就是，你的旁边有一个思路清晰下笔如飞的同学作对比……

乔皙向来学习好，从来都是各科老师的宝贝命根子，哪里经受过这样的公开处刑？

她盯着幻灯片上的题目，面红耳赤，一张脸都要烧起来了。

耳边是江若桐在白板上写字的"嗒嗒"声，乔皙勉强定下心神，强行将注意力重新聚焦在幻灯片的题目上。

Riemann……乔皙紧盯着那个单词。

Riemann……Riemann 翻译成中文不就是黎曼吗？

黎曼积分就是大学高数里最常用的微积分……因为感兴趣，乔皙以前自学过一点。

虽然她学的只是皮毛，但是……按照黎曼积分的定义来说的话，函数在这个点上，应该是既不连续也不可积的。

所以，第一小问，题目要求算函数的黎曼积分，应该只是个陷阱，因为函数在这个点上根本就是不可积的。

至于第二小问的 Lebesgue 积分，乔皙这回是彻彻底底的一头雾水了。

可想起老师刚才提问时的态度和语气，还有教室里的其他人也说题目超纲了……

乔晳大着胆子猜测了一下，第二小问的答案……应该也是不可积的。

教室的前门突然被推开。

是明屹。

他手里捏着一罐冰可乐，金属罐的外壁沁着水珠，罐里发出一阵碳酸气体碰撞的轻微声音。

教室进门左手的第一排一直都是他这个助教的专属座位，这会儿他没坐回座位，而是将手里的可乐罐轻轻放下，站在靠墙的地方看着黑板。

尽管不确定明屹是不是注视着自己，一想到他就站在自己身后，乔晳的后脑勺还是紧绷起来。

她深吸一口气，将"此处不可积"五个字写在了黑板上作为答案，然后低着头溜回了自己的座位。

靠着墙抱肩站立的明屹看了乔晳一眼，重新将目光集中在了黑板上。

不一会儿，江若桐也写完了自己的答案，回到了座位上。

看着黑板上两个人的答案，教室里的同学低声讨论了起来。

当然，大家都在讨论江若桐的解题过程，毕竟——乔晳的答案只有五个字，并没有什么可讨论的。

第一小问，Riemann 积分。

江若桐的答案和乔晳一样，都是函数在此处不可积。

第二小问，Lebesgue 积分。

看到江若桐洋洋洒洒写了一小片黑板，乔晳就知道，自己肯定做错了。

一旁的韩书言也压低了声音同她解释："Lebesgue 积分就是勒贝格积分，比黎曼积分更'高级'，很多在黎曼积分里不可积的函数，可以用勒贝格积分来解。"

讲台上的老师盯着两人的答案，笑眯眯地开口："两位同学都很有想法嘛。"

说着，他拿起讲桌上的红色记号笔，在江若桐的答案上画了一个大大的叉。

下一秒，他走到乔晳的答案前面，在下面打了个钩。

教室里瞬间安静下来。

大家纷纷看向老师，等待着他的下文。

原本靠墙站着的明屹也坐回了座位,没再看黑板,而是低着头不知在捣鼓什么。

老师笑眯眯地看向前排的江若桐,语气里带着几分恶作剧得逞的得意:"小江同学,上当了吧?没发现这道题就是错的吗?"

江若桐人聪明天分也高,平日里十分刻苦努力,上课时爱与老师互动,老师一早便对这位新同学印象深刻:"知道你聪明,但还是太粗心了,太想当然了。"

他在幻灯片上将题目里的函数右半部分圈出来:"上节课我怎么说的?函数可测,勒贝格才可积……你看看,函数在这个点上可测吗?"

江若桐恍然大悟,一时间有些懊恼。

老师笑眯眯地看向乔晢:"这位同学,上节课我没见你来呀,你是自己回家偷偷学习了吗?"

教室里响起一阵善意的哄笑声,大家纷纷转过头来看乔晢。

迎着大家注视的目光,乔晢有些脸红,声音不大却十分清晰:"因为是超纲内容,我觉得老师您应该不是想要难倒我们,而是想考察我们对定义的掌握程度,所以着重考虑了定义……"

老师愣了愣:"大家多向这位同学学习一下,很会揣摩出题人的意图,以后就算不学数学了,学心理学也会很有出息嘛!"

教室里再次响起一阵善意的哄笑声。

老师敲敲黑板,再一次强调道:"考试虽然不会这样考,但我知道你们很多人有这样的坏毛病,拿到题目也不仔细看,不管三七二十一就开始做,做到后面才发现是无用功!"

前排的江若桐低着头,一言不发地从书包里拿出一本书,翻开一页摊在面前,没有吭声。

第一排的明屹靠在座位上,没有回头,只是拿起面前的可乐罐,仰头喝了一口。

哼。

明明就是瞎猜的。

课程结束的时候已经是晚上九点了,外面才刚下过一场暴雨,这会儿教室里的空调关了,前后几排大窗全部打开,带着几分凉意的夜风呼啦啦地涌了进来。

乔晢正在收拾书包。

韩书言已经将书包收拾好了，站在一旁等她。

韩书言的妈妈是 A 大的教授，A 大教职工家属区和附中离得很近，走不到五百米就是了。

新生夏令营的查寝制度不算严格，他每次从奥数班回去后都过了查寝时间，索性回家住。

"有点晚了，我送你回宿舍吧。"韩书言说。

尽管这个时间点走在学校里面并不会有什么危险，但韩书言一番好意，又是顺路，乔晢并没有拒绝，而是道了谢。

将东西全部收进书包里，乔晢拉紧书包拉链，忍不住看了一眼教室前方的明屹。

教室的后门已经锁了，坐在后排的乔晢和韩书言想要出去，就必须经过明屹的座位。

老师已经走了，不过这会儿很多人围住他问问题。

菀菀说得一点不错，哪怕是在奥数夏令营这种地方，明屹依旧是碾压式的存在。

大多数人困惑的问题，他只需要看一眼，便能找出解题的关键步骤。

不过一会儿，围在明屹身边的人就减了半。

等韩书言和乔晢经过他的座位时，就只剩江若桐一个人站在他的座位前面了。

江若桐的声音清脆悦耳："明师兄，关于实变函数我还有些地方想请教你……可以在回去的路上和你一起说吗？"

明屹的语气不咸不淡："走吧。"

这时，一阵凉风从大开的教室前门涌进来。

江若桐抱了抱肩，嘟囔道："好冷呀……"她指了指明屹搭在一旁椅子上的校服外套，"明师兄，你的外套可以借我披一下吗，我有点冷……"

闻言，注意力集中在别处的明屹收回视线。

他从座位上站起身来，叫住刚从他面前经过的韩书言："等一下。"

韩书言茫然地回过头。

明屹言简意赅："你的衣服给她。"

韩书言一头雾水。

明屹指了指江若桐，重复："她。"

虽然一头雾水，但韩书言向来十分照顾女生，他没说什么，默默地将自己的校服外套脱了下来，递给江若桐。

江若桐笑得有些勉强，仍对着韩书言道了声谢，将衣服披在了身上。

明屹也就带了一本书和一支钢笔，他将钢笔往校服衬衫胸前的口袋里一插，左手卷起那本书，右手拎着手边的校服外套，迈出了座位。

在经过教室门口的时候，明屹将手中拎着的那件校服外套罩在了乔皙身上。

冷不丁被一件外套裹住，乔皙吓了一大跳。

他身形高大，乔皙穿着他的外套就像小孩穿大人衣服，下摆都遮到了她的大腿处。

乔皙愣了愣，等她轻声嘟囔出"我不冷呀"这几个字的时候，明屹早大步走远了。

就这样，莫名其妙的乔皙一路罩着明屹的外套回到了宿舍。

她一进宿舍，趴在床上看动画片的盛子瑜就探了个脑袋出来，语气里带了几分轻微的撒娇意味："你怎么才回来呀，我还留了半个蜜瓜给你呢！"

乔皙一转头，这才看见自己桌前放着的半个蜜瓜，不由得抱歉道："对不起，我不知道你在等我，我去奥数班旁听了。"

"奥数班？"盛子瑜有些惊讶，啧啧有声，"皙皙是魔鬼吗？"她搂着正在放动画片的平板电脑，在床上惬意地翻了个身，"是瓜瓜不好吃还是动画片不好看？躺在床上不舒服吗？大好的人生为什么要浪费在奥数班呢？"

经过这几天的相处，乔皙对盛子瑜的家世已经有了粗浅的了解。

在课堂上因为无聊，将几千钱一瓶的墨水玩得洒了一桌，弄脏一万多块钱的笔袋和好几万块钱的衣服，这是盛子瑜能做出来的事情。

在西京时，乔皙便知道人人有别。

来到 A 市，来到附中，她更是做了十足的心理准备来面对新同学。

如果非要说羡慕，那她羡慕的应该是盛子瑜的天真单纯和无忧无虑吧。

想了想，乔皙笑着开口道："小鱼，我给你讲个故事吧。"

"好哇！好哇！"一听她这样说，盛子瑜立刻一骨碌从床上爬了下来。

"从前有一天，一个砍柴的人和一个放羊的人在山上相遇了，两个人一见如故，聊得十分投机，不知不觉就聊了一整天。

"等到太阳落山，两个人都要回家了，砍柴的人才发现，趁着他们聊天的工夫，放羊人的羊已经吃饱了草，而他自己的背篓里却空空如也。"

盛子瑜听得一愣，下一秒便哈哈笑起来："这个砍柴的人好笨哦！"

乔皙眨眨眼睛。

见她没有下文，盛子瑜又疑惑地开口了："然后呢？没了吗？砍柴的人没去打放羊的那个人吗？"

乔皙突然觉得自己这个故事讲得似乎并不高明，于是试图终结这个话题："我们聊点别的吧。"

"哎？"盛子瑜突然想起来，"你怎么不吃我给你留的蜜瓜？日本进口的！很贵的！"

乔皙愣了愣："对不起啊，我肚子不舒服，不能吃凉——"

说到这里，她突然醒悟过来。

她脱下披在自己肩上的宽大校服外套，一溜烟跑进浴室。

房间里的盛子瑜拿起那件被她扔下的校服外套，找到校服胸前绣着的姓氏，八卦兮兮地开口："Ming？哇，这是哪个野男人的啊？"

与此同时，浴室里。

乔皙对着镜子一照，果然发现自己的校服裤子上不知何时染上了一点淡淡的血迹。

浴室里明亮的灯光倾斜而下，那一点淡淡的血迹更是一览无遗。

乔皙原本白净的脸瞬间涨得通红。

洗完澡，乔皙头发也没来得及吹，把浴室门锁了，穿着睡裙、顶着一头湿发，站在洗手台前一遍一遍地搓洗着明屹的那件校服外套。

其实外套根本就不脏……可一想到明屹是那样一个有洁癖的人，乔皙就忍不住懊恼。

明屹将校服借给她挡着，是教养使然。

可他的心里……一定是很嫌弃的吧。

念及此，乔皙不由得咬紧了下唇，对着那件校服外套，更加卖力地搓洗了起来。

盛子瑜在外面"哐哐哐"地敲着门："我尿急！"

乔皙如梦初醒，反应过来后，赶紧将东西收拾好，打开了浴室的门。

门一打开，盛子瑜就"腾"地蹦了进来，手里举着一个东西，笑眯眯地看着乔皙："原来是这个'Ming'啊！"

乔皙定睛一看。

盛子瑜的手里拿着一张校园卡。

正是她刚刚在明屹校服外套的口袋里找到的那张。她反应过来，劈手就将那张校园卡夺了下来。

盛子瑜拍着小胸脯，一副被吓到的模样："皙皙好凶！"

乔皙闷不吭声地将那张校园卡塞进了自己的书桌抽屉里。

本该尿急的盛子瑜这会儿却十分优哉地跟在乔皙身后："明屹不是你表哥吗？你害羞个什么劲儿？"

乔皙死鸭子嘴硬："我才、才没有、没有害羞！"

"说真的。"盛子瑜突然凑近她，八卦兮兮地问，"你真的是明屹的表妹吗？可我觉得不像哎！"

乔皙不擅长说谎。

同学们都以为她是明屹的表妹，她虽然没有承认过，可光是默认，就已经让她心理压力很大了。

这会儿盛子瑜又将这件事单拎出来问她，她既撒不出谎，也不想骗这个新交到的好朋友。

沉默了好一会儿，她轻轻摇了摇头："我不是他的表妹，我爸爸和他爸爸是战友……"

"这就对嘛！"盛子瑜"噢"的一声，兴奋地拍了拍手，"我就说嘛，你要真是明屹的表妹，性子不得和他一样傲到天上去啊。"

咦？乔皙愣了愣，可……菀菀也不傲啊。

盛子瑜一眼就看出来她心中所想，当下便撇了撇嘴："明菀和我……不不，和沈桑桑一样都是学渣，有什么好傲的！"

盛子瑜拍拍乔皙的肩膀，语气意味深长："我会帮你守住这个秘密的……明屹可是我们附中的排面，你要把握好机会哦！"

说完，她抱起那剩下的半个蜜瓜，跑到隔壁宿舍去串门了。

房间再度安静下来，乔皙发了一会儿呆，然后拉开了自己书桌的抽屉。

卡面上的照片被磨得有些虚化了，但仍能清晰地分辨出照片上人的轮廓。

年轻男孩的下巴微微昂着，嘴角紧紧抿着，表情冷漠，正如同乔皙大多数时候见到他时那样。

子瑜说得没错，这个人的确是……

傲到天上去了。

时隔半个月，明屹终于收到了那个在天津和保定之间来回辗转了一个月的包裹。

他甚少购物，网购更是不曾有过，因此明菀看见后颇为惊奇，直接一把攥住那个包裹，满脸兴奋道："哥哥你买什么宝贝了？快给我看看！"

明屹伸出手掌，覆在妹妹脸上，将她脑袋扭了个方向："回你自己房间去。"

"到底是什么吗？"明菀像条小尾巴好奇地跟在他的身后，"还有，你之前借我的网银账号买的又是什么？"

被穷追猛打，明屹向来如冰山般不变的脸上终于涌现出了几分恼羞成怒："不关你的事！"

他"啪"的一声关上了房门。

坐回了书桌前，明屹轻咳一声。

他买的东西并没有什么见不得人的，可这事说起来，又的确是有些丢人。

将江若桐的那本诗集弄脏后，当晚回来明屹便在网上找了一圈，想买一本赔给她。毕竟，他不愿欠人东西，更不愿因此和旁人扯上太多关系。只是这本书早断货了，网上有零星几家网站卖二手书。

不过，看着介绍里写的"九成九新"……明屹估算了一下，觉得还是要比那本被他弄脏的新不少。

他花了标价的十倍价钱在网上将那本诗集拍下，却久久没有收到货物。

等他想登录网站查看货物状态时，却发现自己的账户已经被封禁。

明屹觉得这事蹊跷，于是在吃饭的时候状似无意地问起明菀某某家网站的口碑如何。

明菀一愣，当即便心直口快道："没听说过，别是骗子吧！"

换言之，他遭遇到了电商诈骗，还是最低端最弱智、只能骗骗不上网的老年人的那种。

今天收到的这个包裹是明屹下的第三单。

他没抱任何期待将包裹拆开，意外得到了一本真正意义上九成九新的《苇间风》。

明屹将书翻了一遍，只发现了一些翻动过的轻微痕迹和少数几页上的笔迹，书的品相很好。

"哥哥！"房门突然被推开，明菀气喘吁吁地走进来。

明屹将那本诗集收起来，转头看向推门而入的妹妹，声音里带了几分不悦："敲门。"

明菀吐吐舌头，强词夺理道："谁让你自己不锁的？"说完她举起手里的那件校服外套，"小乔姐姐让我给你的！"

"哦。"明屹面无表情地接过，随手挂在了一边。

明菀想了想："她还让我跟你说，她洗了很多遍……干吗说这个啦？你的衣服被她弄脏了吗？"

明屹看了一眼挂在一旁的校服外套，同样有些莫名其妙："没有。"

哪里脏了？

周末，乔皙将那件洗干净后的校服外套套上了干净的袋子，藏在书包里，鼓鼓囊囊的。

一回到明家，她便躲回房间，将校服外套拿了出来，又偷偷摸摸地交给菀菀，生怕被发现。

将这些事情做完后，乔皙总算松了口气，觉得心口压着的一块大石头落了地。

"皙皙在吗？"门外响起祝心音温温柔柔的声音。伴随着她的声音，门外还传来几声"嗷呜"的狗叫，是斑比。

乔皙赶紧放下正在看的法语课本，起身去开门。

祝心音全身上下穿戴整齐，她脚边套了狗绳的斑比这会儿也戴上了嘴套，一人一狗都是一副要出门的模样。

见到乔皙，斑比先扑上来抱着她的腿不住地"嗷呜嗷呜"地叫着蹭着。

祝心音笑起来："知道你回来了，我要遛它它还不愿意，一路就拉着我上来了。"

乔皙愣了愣，笑着道："是哦，我都好久没遛斑比了，我这就带它出去吧。"

"好孩子，"祝心音微笑着摸摸乔皙的头，"别总躲在房间里看书，去外面逛逛，也休息休息眼睛。"

乔皙点点头，模样乖巧："那您等我一下，我去换双鞋。"

既然乔皙去遛斑比，祝心音便回房间换回了家居服，下楼和刘姨一起在厨房里做蛋糕。

目送乔皙牵着斑比远去的身影，祝心音低声道："你觉得这小姑娘怎么样？"

刘姨笑了笑："皙皙挺乖的，看着也老实本分……应该不会和先前那个一样。"

不一会儿，江若桐也到了明家。

先前刘姨就和祝心音提过："菀菀说今晚有朋友来家里吃饭，就是上次来过的那个江教授的女儿。"

祝心音心里存了几分疑窦，但面上并不显，只是道："好，那你晚上多做点孩子们爱吃的菜。"

刘姨笑："本来就是要做的，今天皙皙不是回来了吗？"

江家和明家离得不算远，江若桐打扮得也很随意，来的时候带了一盒小蛋糕，就像是邻居来串门。

祝心音语气嗔怪："你人过来就行了，还带什么东西！"

江若桐笑眯眯地说："我以后还想多来蹭几顿饭呢，这不是要给阿姨您留个好印象吗？"顿了一下，江若桐又道，"阿姨，明师兄也在家吧，我有个……"说到一半，她的话音戛然而止。

因为她敏锐地察觉到了祝心音脸上一闪而过的一丝不悦。

祝心音很快就收敛了情绪，笑着道："他就在楼上呢，我还以为你是来找菀菀的。"

江若桐愣了愣，也笑了："我当然是来找菀菀的，只是……"思索几秒，江若桐继续道，"只是昨天我看明师兄把自己的外套借给乔皙穿了，昨晚温度很低，我担心他着凉，所以……"

祝心音明显一愣："乔皙？"

"哦，是这样的。"江若桐赶紧解释，"昨晚不是下雨降温了嘛，乔皙说她冷，所以明师兄把外套借给她了。"

祝心音这会儿回过神来，笑了笑，道："我看他没什么事，应该没着凉。好了，你上去找他们玩吧。"

敲门声响起的时候，明屹正躺在床上看书。

听见声音，他没动弹，只扬声叫了句"进来"。

看着出现在门口的江若桐，他有些意外。

明屹放下手中的书，在床上坐了起来。

他想起才拿到手的那本《苇间风》，便走到了书桌前，拉开抽屉，将那本书拿出来："找到一本半新的，正好给你。"

目光触碰到诗集的书口，明屹短暂地愣了愣。

他买的这本书品相很好，书口处洁白如新，只有中间细细一道颜色略深，代表着这几页被之前的主人时常翻阅。

明屹想起来，那一晚，在图书馆的露台上被他失手弄脏的那本书，在大约书口三分之一的地方，也有这样颜色略深的痕迹。

明屹低头将书翻开，这本诗集三分之一的地方，并不是江若桐所说的那首她最喜欢的 *Under Ben Bulden*。

是另一首诗，*Down By the Salley Garden*，中文名是《经柳园而下》。

明屹将书合上，语气淡淡地发问："你上次说，这里面你最喜欢的是哪一首？"

大概是没想到他会问自己这个，江若桐愣了愣："*Under Ben Bulden*。"

明屹看了一眼书的目录，*Under Ben Bulden*，是这本诗集里收录的最后一首诗。

被他弄脏的那本书，最后几页根本没有翻阅过的痕迹。

明屹将书合拢，重新放进了书桌抽屉里。

下一秒，他看向站在自己面前的少女，面无表情地说："那本书不是你的。"

短短几秒间，江若桐思绪已经转了好几个来回。

明屹刚才的那句话，不是疑问句，而是陈述句。

他甚至没有给她辩驳的机会。

江若桐没想明白明屹到底是怎么发现那本书不是她的……难道是乔

皙告诉他的？

下一秒，明屹的话便让她否认了自己的这个猜测——

"书到底是谁的？"

江若桐咬了咬嘴唇，目光低垂："我也不知道。"她抬头看了明屹一眼，表情里带了几分局促，"是我说谎了，对不起。"

明屹没有吭声，他逆着光站在那里，江若桐看不清他的表情。

她继续说："那天你误以为那本书是我的，我也不知道自己当时为什么没有否认……"女孩的声音里带了几分极轻微的哽咽，很难不让人动容，"因为他们都说你很难接近，我以为可以借着这个机会……是我自作聪明了。"

明屹低着头，没吭声。

江若桐抬头看他，声音很低："明师兄……你生我的气了吗？"

"没有。"明屹的语气淡淡，似乎的确并未动怒。

事实也正是如此，他没有将本就不多的情绪浪费在不相干的人身上的习惯。

"书记得还给我，你出去吧。"

明菀下楼的时候，家里已没了江若桐的踪影，她惊奇道："咦，妈妈，若桐姐呢？不是说她来了？"

此刻祝心音心事重重，并未留意到女儿在说什么。

还是一旁的刘姨答道："说是临时有事，走了。"

明菀"哦"了一声，忍不住嘟囔："怎么一阵一阵的？"

一旁的祝心音从沙发上站起身来，对刘姨说道："上次给皙皙买的衣服，你洗好熨好了没？"

刘姨赶紧应道："早就熨好挂起来了，还没来得及给她呢。"

祝心音点点头："没事，我帮她拿上去吧。"说完她便往楼上走。

挑这些衣服没费祝心音太多心思，毕竟小姑娘活脱脱一个衣架子，什么衣服穿在她身上也不会难看。

小姑娘很乖，哪怕如今这里已经是她的卧室，她也没有上锁。

祝心音轻轻一拧门把手，便将房门打开了。

教养使然，祝心音不会去翻乔皙的东西，但她忍不住打量起这间屋子来。

房间里原本那个占据了一整面墙的立式书柜还在原地，祝心音已经叫人将里面的书搬得七七八八差不多了，还剩下少数明屹不会再用到的书。

将洗净熨烫好的新衣服挂进衣柜里后，祝心音又伸手扶了扶歪倒在一旁矮柜上的书包。

乔皙书包的拉链没拉，这一扶，里面的几本书"哗啦"一声掉了出来。

祝心音弯腰俯身，将滑落到地上的两本书捡起来。

一个小小的东西从书页里掉了出来。

祝心音将那张卡捡起来，看了一眼，脸色微变。

明屹的校园卡……怎么会在她的书包里？

祝心音对乔皙的印象很好，聪明懂事的小姑娘，安安静静不爱出风头，一点也不像从前那一个喜欢往人跟前扎。

之前江若桐的那番话的确令祝心音有些不悦，但仔细一想，又觉得话里有些蹊跷，难保没有添油加醋的成分。

看着这张从乔皙书包里掉出来的校园卡……祝心音不由得想，这算是"人赃并获"？

其实小孩子间的正常来往祝心音并不介怀，可这两人在她面前，分明是一副完全不熟的样子。

明屹就算了，祝心音知道他从来都懒得在这种事上掩饰，学校里那么多女孩子喜欢他，他一直觉得不耐烦，可从来没为哪个女生在父母面前刻意遮掩过。

如果刻意遮掩的人是乔皙……祝心音简直不敢想，这小姑娘到底存着什么心思。

祝心音轻轻敲了敲明屹的房门："出来吃饭了。"

明屹应了一声，将手里的书放在一旁，不待他起身，就见祝心音推门进来了。

她走近明屹，将手里的那张卡往他面前一放，语气嗔怪："丢三落四，要不是我看见了，你上哪儿找这东西去？"

明屹愣了愣："忘了。"

"我不是跟你说了，"祝心音的语气里带了轻微的责备，"没事别再往那间房去，现在皙皙住在那儿，男女有别，你进进出出像什么样？"

顿了一下，祝心音又自动自发地给他找了个理由，"这卡是你进去找书的时候落在那儿的？"

祝心音进来的第一秒钟，他便察觉到了不对劲，这会儿她这番话连珠炮似的，他不由得皱了皱眉头："不是。"

明屹对自己这个妈实在太过了解，想都不用想就知道她这会儿是在套话。

他顿了一下，简单解释道："我送——"他思索了几秒，才继续道，"送若桐回家的时候正好碰到乔晢，她裤子脏了，所以把衣服给她挡一挡……卡忘在口袋里了。"

明屹并没把话挑得太明，好在祝心音听明白了……难怪刚才她叫乔晢吃水果她说肚子不舒服。

不过，祝心音的重点并不在这里。

她看向自家儿子，有几分忧心忡忡，但她面上不显，只道："也是，昨天你那么晚才回来，的确不能让一个女孩子单独回家去。"

"也没有太晚。"明屹的神色淡淡，语气漫不经心，"昨天九点就送她到家了，不过留下多讨论了一会儿问题。"

祝心音脸色彻底变了。

昨晚儿子十一点半才回家来，要按他说的，九点就将人送到了家，那他岂不是又在江家待了两个多小时？

注意到祝心音难看的脸色，明屹没吭声，径直出了房间。

昨晚在江家和他聊了两个多小时的对象其实是江教授这件事……似乎没有必要让他妈知道。

晚饭吃到一半的时候，明骏回到了家里。

见这一大家子人没等自己便先开了饭，他心里有几分不爽快。

明骏看了一眼，发现明屹碗里最干净，快要吃完的样子，当即照着"脑瘫"儿子的后脑勺敲了一下："都不知道等等我！"

早习惯明骏没事找事，无端端挨了一下打，明屹也没太大反应，仿佛挨打的根本不是他。

他将筷子放下，站起身来："我吃饱了。"

"等等。"明骏突然发现了异样，出声叫住了他，"你的'花生'呢？"

乔晢手一抖，筷子一滑，刚夹起的丸子骨碌骨碌地滚出去了老远。

一时间大家都转过头来看她，明屹也借着这个机会，不动声色地横了一眼坐在她身边的明菀。

明菀一口汤呛在嗓子里，呛得泪眼汪汪，咳得惊天动地。

祝心音赶紧帮她拍拍背，无奈极了："谁跟你抢了？慢点喝行不行？"

明屹假模假式地伸手在裤兜里掏了掏，发现一无所获后，淡淡开口："忘了，我回去找找。"

明骏又一巴掌不轻不重地拍在儿子的后脖子上："让你放好别乱丢！你爷爷给你的，以后是要给你媳妇的！"

先前被打了一下也没什么反应的明屹，这会儿被打了第二下，似乎突然生了反骨，当下便暴躁地顶回去："丢了就丢了！有什么大不了？！"说完便头也不回上了楼。

周一的时候，乔皙照例和韩书言一起去奥数班旁听。

课间，明屹从一堆围着他的人当中挤出来，径直走到教室最后排，看了一眼坐在外面的韩书言，语气居然颇为和蔼："你去上个厕所。"

韩书言愣了愣，硬生生憋出三个字来："我不想……"

明屹转而看向乔皙："那你出来一下。"

听他这样说，韩书言乖乖起身，将外面的座位让给他："那……我还是去一下吧。"

经过前一晚的小插曲后，明屹意识到自己做了一件蠢事。

但是送出去的东西怎么好意思要回来？

他斟酌了好一会儿，最后干巴巴地说："'花生'还给我吧。"话刚说完，他就敏锐地感觉到受气包大概要哭了，赶紧在后面又加了一句解释，"不是因为要留给未来的……只是万一被我妈看——"

他一边说着一边看向身侧的受气包，正想着若是受气包伤心了该如何安慰，不料没有看到他预料中的沮丧，却意外地对上了一双饱含喜悦的眼睛。

明屹的话还没说完，乔皙已经举着双手将"小花生"递到了他面前，脸上写满了"如释重负"四个大字。

她本来想放学后就把"小花生"还给明屹的，没想到他先来找她了。

明屹猛地收了声，意识到自己难得的体贴实在有些多余。

他一言不发地从乔皙手里接过那个"小花生"，沉着一张脸离开了。

走出两步，明屹又回过头来，语气不善："今晚留下来补课。"

乔皙吓了一跳："啊？"

"啊什么啊？"明屹皱着眉，"勒贝格积分都不会你好意思啊？"

今天的课程结束得早，晚上八点就下课了。

教室里只剩下乔皙和明屹两人，还不到八点半。

明屹将自己的东西搬到了最后一排，他自己坐在了先前韩书言的座位上。

两人面前摊着一张白纸，明屹瞥她一眼："黎曼积分知道吗？"

乔皙犹犹豫豫地"嗯"了一声。

其实她也不太了解，可明屹的口气让她觉得，知道黎曼积分应该是天经地义的事情。

明屹并未察觉到她语气中的犹豫，径自开始讲了——

"黎曼积分的原理是将定义域拆分成无数个狭小的部分，进而求对应的值域。但如果在这个狭小范围内值域上下波动剧烈，此时黎曼积分就失效了，也就是通常所说的'不可积'。

"勒贝格积分不划分定义域，而是对值域进行划分，这就很好地解决了黎曼积分的局限性……"

明屹的声音平缓，逻辑通顺，从积分的定义一路讲到积分的应用，一边说一边给她在纸上演算，面前的白纸被他写满了大半。

乔皙能听懂他的每一句话，可连在一起之后……她觉得自己像个智障。

大概是注意到她的沉默，每讲完一小段，明屹都会问一句："听懂了没？"

直到他把一小段重复了三遍，乔皙终于不好意思再摇头了。

她咬了咬嘴唇，硬着头皮开口，声音有些发虚："听懂了……"

明屹停下手中的笔，侧头看了她一眼。

就这么一眼，乔皙知道他看穿了自己的不懂装懂。

乔皙很难堪，一张白净的脸涨得通红。

她既羞耻于自己的愚笨，又羞耻于自己的不懂装懂。

"我……我……"乔皙的声音里带了轻微的哽咽，听起来更显得局促，"我太笨了，我真的听不懂……你走吧，别浪费你的时间了。"

她豁出去一般说出这么一大通话，只为尽早结束这羞耻的折磨。

她的话说完，连头也不敢抬，只怕撞上明屹的目光。

两人之间静默良久。

不知过了多久，明屹放下手中的钢笔，一言不发地从座位上起身离开，径直走出了教室。

目送着他大步离开的身影，乔皙先是松了一口气，可是很快，心中被满满的失落淹没。

她的确不希望明屹再浪费时间给自己讲解，可等他真的这样头也不回地走掉，她还是难过极了。

乔皙吸了吸鼻子，泪眼蒙眬地又将面前白纸上的演算步骤看了一遍，发现自己还是一点都看不懂。

她果然一点都不适合学奥数吧，她根本就没有这个天赋。

不但她自己发现了这个事实，连他也知道了她的愚笨。

她笨得都把他气走了……

乔皙趴在桌上，鼻头再度泛酸。

她努力忍过那一阵泪意，没有让自己哭出来。

不过是蒙对了一道题，她怎么就有信心觉得自己能学好奥数这么难的东西呢？

教室前面突然传来一声轻微的响动，门被推开。

乔皙泪眼蒙眬地抬头看去，明屹朝她走来。

他将手里那瓶刚从自动贩卖机里买来的奶茶放到了乔皙面前，语气淡淡地开口："喝完了就继续吧。"

第五章
Chapter five
对不起，以后再也不骗你了

那天晚上，将乔皙送到宿舍门口后，离开前明屹突然开口道："记得报名。"

乔皙愣了愣后才反应过来，他说的是全国高中数学联赛。

韩书言之前就和她说过，全国联赛初赛考的是高中数学的内容，而经过初赛选拔后，复赛的考试范围和IMO一模一样。

经过了刚才的折磨……乔皙觉得，自己可以考虑放弃数学竞赛这条路了。

见她不吭声，明屹语气淡淡地开口道："奥数考的不是超前学习能力，而是数学思维。"

有些学生会为了准备奥数考试而提前学习大学里的高等数学知识，其实这是本末倒置。

不说IMO，就是国内举办的CMO，老师在出题时也会尽量避免那些可以由高等数学知识暴力求解的题型，那些基本上都是可以用初等数学知识巧妙解开的。

换言之，这个考试选拔的是顶尖聪明的那一小撮人，这些人可以是初中生甚至小学生，他们哪怕没有掌握任何高等数学知识，仍能通过与生俱来的数学思维来解题。

乔皙不免有些畏首畏尾："九月就要比赛了……"

她只剩下一个月的时间准备比赛，要怎么赢过那些准备了一两年的竞争者呢？

"不用准备什么。"明屹看向她，语气有几分轻描淡写，"你上次做出来的那道几何题，只用初中数学知识不也做出来了吗？"

听起来很有道理的样子……毫无疑问，大魔王的话立刻给乔皙打了一针强心剂。

只不过……乔皙觉得好像有哪里不对的样子。

明屹看她一眼，又重复了一遍："记得报名。"

说完，他转身离开了。

目送着明屹渐渐走远的背影，乔皙猛地反应过来——他知道上次那道奥数题是自己做的了！

当然，明屹没有逼问更没有拷打，那天他只是突然想起这件事，察觉出了几分蹊跷，之后他便将明菀叫到跟前来，才说了五个字："之前那道题——"

不等他说完，明菀就含着泪不打自招了："你要怪就怪我一个人，不关小乔姐姐的事！"

想到自家这个蠢货妹妹，明屹的心里有些复杂。

这会儿他到家，刚走进自己房间，明菀便推门冲了进来，大呼小叫道："哥哥！哥哥！"

明屹"嗯"了一声。

"这个周末就是小乔姐姐的生日了哦，我在给她挑生日礼物，要不要算你一起？"

"生日？"明屹愣了愣，显然没想到她会说这个。

"对呀，她是狮子座的嘛，这不就快了吗？"明菀拿出手机来给哥哥看，"她上次说她去年生日是和球球一起过的，我就翻了一下她那条朋友圈是哪天发的，所以就知道她的生日是哪一天咯。"将这一大通话一气儿说完，明菀抬头看自家哥哥，一脸美滋滋求表扬的表情，"我是不是推理大师明侦探？"

明屹十分敷衍地点点头。

过了两秒，他问："球球是谁？"

"就是她拿来当头像的那只狗啊！"明菀气鼓鼓的模样，"好像是她以前在西京时养的，她可宝贝啦！上次我说球球丑，她还跟我生气了呢！"她特意将乔皙的头像图片点开，递给明屹看，"你看你看，是不是很丑？"

明屹看了一眼："不丑。"

明菀不解："你不是连斑比都觉得丑吗？"

明屹语气平静地反问："斑比不丑吗？"

"斑比哪里丑啦？"盯着手机屏幕上的那只狗，明菀越想越生气，"我们斑比比这个什么球球好看多啦！"

明屹轻笑一声，拿过一旁的手机，找到家里的那个微信群，点开乔皙的头像，发了好友申请过去。

明菀小声嘟囔完，这才想起正事，于是又问了一遍："那我给她买礼物就算你的那一份哦？"

过了好一会儿，明屹才不咸不淡地说了句"随便"。

当然，得益于明菀的宣扬，祝心音第二天也知道了乔皙的生日在即。

小姑娘到自己家来了快一个月，没给自己添过任何麻烦，祝心音私底下问过学校老师，老师也对小姑娘赞不绝口。

除了给几个钱，帮小姑娘挑了几身衣服，祝心音几乎没费什么心思，她有些不安。

因此，晚上乔皙回来吃饭的时候，祝心音便给她一张卡，说："生日那天多请些要好的同学一起吃饭，吃完饭好好玩玩放松一下。"顿了一下，祝心音笑道，"十五岁我们家的规矩是不大办的，等明年你满了十六岁，我们再好好办一场，好不好？"

陡然见了那张银行卡，乔皙吓了一跳。

不说大办，她连小办都不想……

她吃明家的，用明家的，学费、夏令营的报名费，全都是明家给的。

如今她生日，祝阿姨还给她钱让她请同学……她实在是没脸拿这个钱。

乔皙小心翼翼地将那张银行卡推回到祝心音面前："我买一个小蛋糕，请要好的几个同学吃就可以啦。"

她身上有一些钱，是这几年奶奶给她的压岁钱，虽然不多，但可以买一个生日蛋糕。

听乔皙这样说，祝心音立刻板起了脸："生日怎么能这样随随便便过？"

乔皙默默低下了头，没有说话。

见乔皙这副模样，祝心音发觉自己刚才的语气大概太过严厉，吓着了乔皙。

她叹一口气，语气缓和不少："皙皙，我和你明伯伯让你在附中上学，不止是因为附中的教学质量好，更因为你将会在附中认识的那些同学……不出意外，你的同学们都会进很好的大学，找到很好的工作。

"阿姨不是教你带着功利心去交友，也不是想要你利用别人。校园时代的友谊是最牢固的。你现在能交到很优秀的朋友，将来你也能和你的朋友们互相帮助互相扶持，这不是很好的一件事吗？

"你不要急着和所有同学撇清干系，你过生日请他一起玩，他过生日也请你……关系不就是这样建立起来的吗？"

顿了一下，祝心音又笑道："你要是不好意思拿这钱，那就算是阿姨借你的……等你以后拿了奖学金、有了工作，再给阿姨买礼物，行不行？"

"对呀、对呀！"明菀也在一旁帮腔，将那张银行卡塞给乔皙，"我们过生日妈妈都会给我们钱的，以前小夏姐姐在的时候也——"

祝心音横过来一眼。

明菀硬生生地将后半句话咽了回去。

好在乔皙并未注意到这个细节，默默接过那张银行卡，对祝心音低声道了谢。

周五上法语课的时候，乔皙才将自己过生日的事情告诉盛子瑜。到下课的时候，全班就都知道了这个周末是乔皙的生日。

一见老师出了教室，盛子瑜便跳上了讲台，用教尺"哐哐哐"地敲着桌子："大家安静一下！皙皙大宝贝这周末生日，今晚她请客吃饭！你们都要来啊，不来就是不给我面子！"

虽然班上绝大多数同学和乔皙不太熟，但乔皙学习成绩好，长得也漂亮，是以乔皙在班上同学尤其是男同学中的人缘很是不错。

大家都知道她平时总是和韩书言一起自习上课，忍不住开起他们俩的玩笑。

"我倒是想去啊，就是不知道韩书言会不会生气。"

"对呀对呀，要不咱们还是问问韩同学的意见？"

"喔喔……"站在讲台上的盛子瑜看热闹不嫌事大地也跟着起哄，

"韩书言你什么意思？想要独占皙皙？经过我允许了吗？"

教室里顿时哄堂大笑。

虽然知道大家并没有恶意，这只不过是玩笑，乔皙还是因为尴尬而红了脸。

坐在第一排的韩书言倒是岿然不动，等那阵哄笑声低下去后，他才回过头看了一眼乔皙，发现她低着头一副局促的模样。

韩书言站起身来，推了推鼻梁上的眼镜，声音温和："大家要开我的玩笑，怎么说都没关系，但别开女孩子的玩笑了，这样不太好。"

"就是嘛！"讲台上的盛子瑜反应过来，赶紧圆场，"都没经过我同意，你想和我们皙皙传绯闻？想得美！"

最后，法语课和编程课的同学加起来，二十多个同学要来参加乔皙的生日会。

盛子瑜一拍桌子，选好了地方："那我们就去马克西姆吧！"

乔皙起先不知道那是什么地方，等在网上搜了一下人均消费，才吓了一大跳。

这家西餐厅比菀菀推荐的那几家贵了好几倍！

乔皙当场否决盛子瑜的这个提议："换一家……便宜点的吧。"

"哎？"盛子瑜愣了愣，意识到什么后便赶紧安慰她，"别怕啊，我请客啦。"

"那也不要啦！"人均五百的西餐厅，乔皙长这么大自己都没吃过这么贵的，更别说是请别人了。她拽拽盛子瑜的衣袖，"你爸爸妈妈赚钱也很辛苦的，不要浪费啦。"

"他赚钱才不辛苦呢！"盛子瑜鼓起了带几分婴儿肥的脸颊，气呼呼的样子就像只小河豚，"不管！我就是要请！你不让我请就是看不起我！"

乔皙一脸愣怔地看着她。

"不过我也不是没条件的啊，"盛子瑜抠着指甲，话锋一转，"我请客的话，那个江若桐就不能一起去哦……我不喜欢她，感觉她每次看我都像看大傻子一样。"

乔皙愣了愣才慢吞吞道："我没有说要请她呀。"

"是吗？"盛子瑜狐疑地看了她一眼，"你和她不是挺要好的吗？"

乔皙低下了头，没有说话。她之前的确觉得江若桐人挺好，温柔大方又善解人意。

可是那天中午午休，江若桐明明是和明屹在一起，她却骗自己说是和家人吃饭……乔皙性子软，不愿和人发生争执，但并不代表她喜欢被人当成傻子。

因此，乔皙不太愿意再和江若桐来往了。

而江若桐，大概是敏锐地察觉到了这一点，也没有再来找她玩了。

五点钟的时候，明菀便到了学校，要和他们一行人一起去吃饭的地方。

明菀有些不安："要不要叫哥哥一起去呀？"

几天前，乔皙才被大魔王抓包帮明菀做题，她也有些不安："叫了他也不会来吧……"

明菀觉得她说得很有道理："你说得对！"

哥哥连礼物都没准备好呢。

虽然邀请他，他可能不会答应来；但万一他答应来，临时去买礼物，那岂不是很尴尬？

乔皙很认真地点点头："你说得也对！"

晚饭是子瑜请客，她再叫人，似乎不太合适吧？

就这样，找了种种理由、成功说服自己和对方不应该叫明屹来的两人皆是暗暗松了一口气。

明菀觉得，没有哥哥，今晚自己肯定能玩得尽兴。

至于乔皙，她的愿望就简单多了，没有大魔王，她今晚应该能吃个好饭。

因此，晚上八点的时候，在 KTV 里接到哥哥的电话时，明菀吓了一大跳。

明屹问："你在哪儿？"

明菀犹犹豫豫道："我……刚和小乔姐姐以及她的同学们吃完饭，现在在唱歌。"

从下午五点在学校一直等到此刻却连一通叫他吃饭的电话都没有等到——甚至微信好友通过的消息都没有收到的明屹，已怒火中烧。

他面无表情道："我过来接你。"

明菀敏锐地察觉到了哥哥的情绪不太对劲，似乎……在生闷气？

难道是在生气她们没叫他？

明菀吓得赶紧说道："那……那你快过来吧……我们还没切蛋糕呢！"

明屹带了一肚子闷气去了。

他走到KTV包房的门口，透过门上的玻璃窗，看见了里面的乔皙正被大家起着哄要唱歌的场面。

向来扎着马尾辫的小姑娘，这会儿披着一头柔顺的黑发。

小姑娘眸子亮晶晶的，笑起来唇边有若隐若现的梨窝，声音软乎乎的——

"我会唱的歌不多，这首歌的曲子是爱尔兰民谣，歌词是我很喜欢的一首诗，叶芝的 *Down By the Salley Garden*。"

Down By the Salley Garden.

短短一瞬，明屹的脑海中只有三个字——

完蛋了。

包房里的灯光昏暗，越发衬得小姑娘的眸子晶亮，或许是因为热，她的两颊泛着淡淡的红，较之往常显得更灵动生气了几分。

明屹有一个优点，那便是无论心里有多慌，面上总能保持一副冷若冰霜、稳如泰山的模样。

当他一脸淡定地在乔皙身旁的那个空位坐下时，旁边人正起哄着。

"哎？乔皙这首歌往后面切！韩书言还没回来呢，不能让他错过了！等他回来再唱！"

今天一晚上下来，这群人已经不知道打趣她和韩书言多少回了。

起先韩书言还出言制止，后来却是乔皙自己放开了——她觉得自己要是太过拘束，反而像是开不起玩笑，索性由着他们说也不脸红了。

现在大家这样说，那……刚刚在她旁边坐下来的，难道不是去买饮料回来的韩书言？

乔皙疑惑地侧过头，直接撞上一双沉静若寒潭的眸子。

"大——"乔皙脱口而出，紧接着硬生生将后面两个字咽了下去。

明屹看着她，语气平静："大什么？"

乔皙慌得差点咬了舌头："大表哥！"

明屹满意地点点头，又看看包房里的其他人，沉声开口："我帮她澄清一下。"

包房里"唰"地安静下来，连在唱歌的人都停了，看向明屹。

明屹继续道："她十八岁前不谈恋爱。所以，"他的目光环视一圈，语气里带了几分警告，"都不要乱说话。"

角落里的明菀拉着盛子瑜小声说着悄悄话："他怎么没帮我澄清过？"

盛子瑜绞尽脑汁地想了一会儿，试图给出一个合理的解释："可能是因为……你看起来武力值比较高？"

明菀皱眉思索了一会儿，"哦"了一声，算是勉强接受了这个说法。

而另一边，心里发虚的乔晢绞尽脑汁搜寻话题："大表哥，你……你吃好过来的呀？"

明屹语气平静："没吃。"

乔晢小心翼翼地打量着他："是因为……看书看得忘记了吗？"

明屹语气依旧很平静："因为一直没等到你的电话。"

因为脑子里这会儿记挂着那本诗集的事情，更为了掩饰心里的慌乱，是以明屹此刻的话较之往常要多上许多，也没有平日里不出三句就要终结话题的自觉。

可乔晢根本注意不到他的这点异常。

她快被他这么云淡风轻的语气吓哭了！

完了完了！她和菀菀竟然心存侥幸地把大魔王撂下，这会儿遭报应了！

没想到他真的在等她们！

更没想到他居然饿肚子到了现在！

乔晢又是愧疚又是害怕。

她一边慌乱地四处张望着寻找盟友菀菀，一边颤抖着声音道："那……那我们现在就切蛋糕吧……你别饿坏肚子了。"

明屹看她一眼，直接说道："不用。"

完了完了！肚子这么饿都不吃蛋糕，肯定是真生气了！

乔晢不安地左顾右盼，拼命对着不远处的明菀眨眼睛，可惜后者眼神躲闪，对她发过去的信号视而不见，显然是下了决心要"卖"她。

乔晢哭丧着一张脸，转向一边的明屹："大……大表哥，吃一口吧？"

看着身侧坐立不安的胆小鬼，明屹开口道："先把歌唱完，唱完了吃。"

乔晢一头雾水。

明屹继续道："快。"

趁那个姓韩的书呆子还没回来。

只是，明屹并没能如愿。

还没等上一首歌唱完，出去买饮料的韩书言便拎着一塑料袋饮料回来了。

看着霸占了自己座位的明屹，韩书言不卑不亢地开口："明师兄，这是——"

"这是给我的？"明屹很自然地接过对方手里拿着的那瓶果汁，拧开喝了一口。末了，他还颇为礼貌地道，"谢谢了。"

韩书言震惊了，因为他从未见过如此厚颜无耻之人。

一旁的乔晢同样震惊了，只是她这会儿心里有愧，连用目光谴责明屹都不敢。

她从旁边同学的手里接过话筒，又不安地看了明屹一眼，声音很小："那，我唱完就吃蛋糕……吗？"

明屹面无表情地"嗯"了一声。

被人哄的感觉……怎么说呢？

还挺好的。

一曲终了，角落里的盛子瑜摇着汽水罐，没心没肺兴高采烈："wuli（我们）晢晢人美歌甜！"

一旁的明菀跟在后面，重复道："喔喔——人美歌甜！"

乔晢有些不好意思，微微低下了头，默默地吸着果汁。

明屹对着角落里的明菀招了招手，把她叫出了包间。

明菀蹦跶着出去，一开口就此地无银三百两："哥哥，你从家里吃好饭过来的吗？"

明屹都懒得搭理这个蠢货妹妹了，只问道："我之前在学校捡到了一本书，你看看是不是你同学的？"

"咦？"明菀愣了愣，"什么书呀，我帮你问问。"

"名字叫……"明屹拿出手机，在网上搜了一张书的照片，"《苇间风》。"

"喔喔！"明菀很激动，"这是小乔姐姐的书啊！你怎么捡到的？"

明屹不动声色地反问："乔晢的？"

"对呀！"明菀兴高采烈地点头，"这本书是她爸爸送给她的生日礼物！之前不见了她还伤心了好久呢！"

　　是她爸爸送给她的。

　　之前不见了还伤心了很久。

　　明屹轻轻咬了咬牙。

　　行了，他知道了……不要再说了。

　　他真的完蛋了。

　　明屹将手机从妹妹手里收回来，淡淡道："进去吧。"

　　"哎？"明菀扭过头来看他，"书呢？你记得把书还给她哦！"

　　明屹突然很火大："知道了！"

　　两兄妹进去时，蛋糕已经拆开摆在桌上插好蜡烛了。

　　见他们俩进来，有男生找出打火机将蜡烛点燃，门口的人也关上了灯。

　　乔皙被簇拥在人群里，暖融融的烛光映着少女的脸庞，她脸上是少有的幸福和满足。

　　她轻轻在心底开口："我不贪心……许一个愿望就好。"

　　许好了心愿，乔皙弯下腰，"呼"的一声吹灭了两根蜡烛。

　　她拿起一旁的塑料刀，笑眯眯地开口："我要切蛋糕啦！"

　　明菀在旁边探头探脑："有大草莓的这块给我！"

　　"你自己拿哦。"乔皙先将蛋糕切出了几小份出来，接着挑了一份放在纸碟里，递给身侧的明屹。

　　对自己害他饿了肚子这件事，乔皙觉得抱歉极了："你快吃一点垫垫肚子吧。"

　　虽然不喜甜食，但明屹将那块蛋糕接了过来。

　　明屹本打算待会儿趁她不注意塞给明菀解决掉的，没想到乔皙竟然眼巴巴地望着他，仿佛要亲眼见他吃下才能放心。

　　迎着小姑娘殷切的目光，明屹犹豫了几秒才皱眉道："就一口。"

　　乔皙瞪圆了眼睛："不——"

　　她一个"不"字才刚说出口，几乎在同一时刻，明屹猛地走近一步，一只手伸过来将她的脑袋一按，按在了自己胸膛上。

　　就这么短短一瞬，乔皙心跳骤停，脸上烧得滚烫。

　　大脑一片空白无法思考，耳边也是一阵"嗡嗡"声，再听不见其他声音。

直到按在她脑袋上的那只手轻轻松开，原本挡在她身前的人也往后退了一步，她才回过神来，愣愣地看着站在自己面前的明屹。

这个时候，乔皙才反应过来，明屹刚才不是突然伸手……抱她，他只是帮她挡了一下蛋糕攻击。

面前的他，右肩膀处糊了好大一片奶油，连侧脸上也有几点白色的奶油。

本想拿蛋糕来拍乔皙的盛子瑜，这会儿手里还剩个空纸碟，捶胸顿足："哇！你也太护着你们家皙皙了吧！"

明屹看了乔皙一眼，点点头，肯定了盛子瑜的说法："没错。"

三人回到家里时，将近晚上十点。

看着明屹身上那件被糟蹋了的校服衬衫，乔皙心里惴惴不安。

好在家里只有刘姨在，明骏、祝心音夫妇今晚出去应酬了，听刘姨说，他们刚刚还打了电话回来，说让孩子们早点睡觉。

乔皙偷偷松了一口气，心里压着的一块大石头落了地。

明菀又想起那本书的事情，嚷嚷起来："哦，对了！小乔姐姐，你之前不是找那本诗集找了很久吗？原来是哥哥捡到了！"说完，她火急火燎地推着明屹的胳膊，"你快拿给她啊！"

一旁的乔皙瞪圆了眼睛。

书都丢了半个多月了，她本来不抱希望能找回来。

原来……是被他捡到了吗？

明屹瞪了妹妹一眼，脸上极快地闪现过一丝不自然。他轻咳一声："去我房间，我拿给你。"

当然，明屹并没有把那本被自己弄脏的《苇间风》拿出来，而是把后来买的那本九成新的递给了乔皙。

只不过……

乔皙接过那本书看了一眼就立即还给了他："我的书没这么新……这不是我的。"

"不是你的？"明屹将书拿回来，装模作样地翻了翻，"没别人认领，你拿走吧，反正你的也丢了。"

没想到向来性子软乎乎、似乎万事都可商量的乔皙，这会儿竟然有些执拗。

她低着头，声音里带了点闷气："别人的是别人的，我的是我的。"

明屹一时间没作声，犹豫着到底要不要给她看那本已经一塌糊涂的诗集。

见他不说话，乔皙有些回过神来，也意识到自己刚才的语气有点冲。

想到他今晚因为自己饿肚子，又因为自己被蛋糕砸了一身……乔皙有些不好意思，语气软下来，轻声同他解释道："我的那本书，上面有个小乌龟，是我爸爸给我画的。"

明屹愣了愣。

乔皙轻声道："第一百九十三页，《快乐的牧羊人之歌》那一节。"

明屹默默拿过一旁的书包，从里面掏出了那本下午江若桐才还给他的《苇间风》。

"这本……"他很不自然地轻咳两声，"这本也是我捡到的。"说完，他盯紧了面前的受气包，生怕她下一秒就放声大哭。

出乎他意料之外，乔皙并没有哭。

她摸了摸书的封皮，很心疼，下一秒，她抬起头看向明屹，平静的声音里酝酿着风暴："你捡到它的时候……它就是这样的吗？"

明屹有一种不太好的预感，那就是……此刻的受气包，看起来更像个炸药包。

一秒、两秒、三秒过去……

明屹突然转过脸去，重重地咳嗽了好几声。

乔皙被他吓了一跳："你怎么了？不舒服吗？"

"咳咳！"明屹又装模作样地重重咳了好几下才转过头来，"可能是因为那天淋雨了。"

乔皙满脸的问号，这几天没下雨呀。

难道……他说的是她让他喝板蓝根的那天？

明屹又不轻不重地咳了两下才继续道："那天我冒雨跑了几十家书店都没找到这本书。"

乔皙愣了愣。

所以，那天下那么大的雨他还出去，原来……是为了帮她找新的诗集，而不是因为要和江若桐一起自习呀。

见她没有说话，明屹轻轻揉了揉嗓子，很不适的模样："那天淋了雨，嗓子现在还疼。"

他一边说，一边紧盯乔皙的表情。

果然，听他这样说，原本还隐隐有几分要兴师问罪意思的乔皙，立刻就蔫了下来。

她声音里难得带了几分抱怨，只是语气仍旧是软软的："这本书早就绝版了，你要去哪里找呀……要找的话也要等雨停呀。"小姑娘低下头，瘪了瘪嘴，小声嘟囔，"那么着急干什么……你是不是傻呀？"

生平头一次被人说傻，可此刻的明屹无知无觉，只是盯紧了面前的受气包。

他往前走了一步，离乔皙更近了几分，声音低沉："弄脏了书，我怕书的主人怪我……当然急。"

见他走过来，乔皙下意识往后一连退了好几步，直到后背轻轻抵在了门板上。

迎着对方的目光，乔皙有些不自在地低下了头。

她捏紧了手里的那本诗集，口是心非道："我不会怪你的。"

对她这么勉强的原谅，明屹似乎不是那么满意。

他侧过头，手捏成拳抵在嘴边，又低声咳嗽了两声。

见明屹这样，乔皙再次被提醒——他为了帮她找书而生病。她不由得愧疚起来，这回真心实意地说："虽然这本书是我爸爸留给我的，可是书怎么也不会比人重要呀，我真的不怪你……你以后别再这样啦。"

明屹表面上不动声色地点点头，心里却挺满意。

在她心里，他比书重要。

可以。

乔皙转身拉开房门，语气有些无奈："我刚才看到家里有梨子……我去帮你炖梨子吧。"

"回来。"明屹伸手拉住乔皙的衣服帽子，将她整个人拽了回来。

他伸手拿过她捏在手里的那本诗集，声音很低："乌龟在哪里？"

书被明屹拿在手里，乔皙只得往他身边探了探脑袋，伸手将书页翻开："嗯，我找找……喏，在这里。"

少女修长细白的手指在书页上滑过，明屹不动声色地收回目光，视线重新落在了面前的书页上。

被翻开的书页右侧空白处果然画了一只歪着头的小乌龟，乌龟壳圆圆鼓鼓的，模样憨态可掬，可爱极了。

回忆起爸爸，乔皙的眼神不自觉地柔软起来，她轻声开口："小时候爸爸带我去菜市场，正好碰到卖乌龟的，我闹着要买，但爸爸说我养不活，不给我买。回到家我一个人偷偷哭了好久，后来爸爸发现我哭，还是带着我出门想去买。不过卖乌龟的人已经走了，爸爸怕我再哭，就给我画了这只乌龟。"

明屹突然道："养不活乌龟，倒养得活狗？"

乔皙愣了愣，才反应过来他说的是球球。

"也不能算是我养的啦。"说起球球，受气包的脸上难得有了笑容，"球球是大伯家里看店的狗，我要是在大伯家住，就会每天喂它。"

明屹一时没吭声，过了好一会儿才低低"嗯"了一声，语气意味不明。

乔皙伸手从他手里抽出那本《苇间风》，看着满是咖啡渍的封面，她轻轻吸了吸鼻子，心里却已经释然了。

"我真的不怪你啦，反正书找到了……还能看就行。"

到了一楼厨房，乔皙从冰箱里拿出两个梨子，洗净削皮，又将里面的果核挖了出来，然后放进一旁装满水的炖锅里。

水刚煮沸，四处找零食的明菀就下来了。

"咦？"明菀吸吸鼻子，"你在做什么？好香呀！"

生怕明菀将已经睡下的刘姨吵醒，乔皙赶紧冲她"嘘"了一声才压低了声音道："刚好你来了，这个马上就好，待会儿你帮我拿去给你哥哥吧。"这么晚了，她不好再去敲明屹的房门。

"哦？"明菀探头往炖锅里看了一眼，皱起眉来，"炖梨子？他有什么资格喝？"

"可能是因为上次淋雨吧，他刚才咳得很厉害。"乔皙都不好意思告诉明菀，明屹淋雨是因为她。

"什么时候下雨了？"明菀满脸疑惑，"难道……你说的是半个月前的那场雨？"

乔皙一愣，放下了手中的勺子，似乎才反应过来。

明菀越发狐疑："他身体好得跟牲口似的，大冬天洗冷水澡都没事……咳嗽？你确定？"

乔皙彻底沉默了。

明菀一头雾水，闹不明白这中间有什么关系。

她踮脚往锅里又看了一眼，伸手指了指正在咕噜噜冒泡的炖锅："哎呀，这个是不是好了？要我端上去给哥哥吗？"

"不用了。"乔皙挡开明菀伸过来的手，"你别烫着。"

她将火关了，手脚十分利索地将炖锅端起来，放在了一旁的餐桌上，又给自己拿了个碗，闷声道："我一个人喝。"

明菀不明所以。

既然这样……她也从柜子里拿了碗勺："也给我一碗。"

等明屹洗好澡、换下了被糟蹋得一塌糊涂的衣服后，再下楼时，乔皙已经将碗碟都收拾好，放进了洗碗机。

而他的蠢货妹妹，这会儿正躺在一旁的椅子上，摸着圆滚滚的肚子，心满意足地打了个嗝。

听见有人下楼的脚步声，乔皙也没回头，只是默不作声地按下洗碗机的开关。

明屹伸手握拳，虚虚挡在唇边，不轻不重地咳嗽了两声。

乔皙还是没有任何反应，径自盯着面前"嗡嗡"作响的洗碗机。

看着那台噪声大作的机器，明屹反应过来，原来她刚刚没听见。

这样一想，明屹心里好受了许多，紧接着又提高了音量，重重地咳嗽了好几声。

乔皙依旧没有反应，反倒是一旁的明菀被他的声音打扰，皱着眉说道："你干吗要假咳嗽啦？你在影射什么？暗示什么？是想要引起我的注意吗？"

明屹看傻子一样看着明菀。

他想打人。

他想敲爆蠢货妹妹的头。

乔皙洗完手，默默越过兄妹两人，头也不回地上楼去了。

周末整整两天，对明屹，乔皙都是一副爱搭不理的模样。

明屹发现，受气包生起气来，一副很坚决的样子，好像真的要跟他老死不相往来。

当然，明屹从小被众星捧月惯了，从来只有他让人碰一鼻子灰的时候，还没有谁能让他碰一鼻子灰的。

他本来话就少，哪怕有心找话题也是"尬聊"，到最后两人对话多半变成了这样——

"你看，你那个球球长得比斑比好看多了……萨摩耶果然还是没有德牧漂亮。"

"球球不是德牧。"

"我看错了，黑背和德牧是容易搞混。"

"也不是黑背。"

"那是京巴、博美还是吉娃娃？"

"其实你根本就不知道这些狗长什么样吧。"

"球球的毛长得真好，你以前买什么牌子的狗粮喂它的？我让斑比也试试。"

"剩饭。"

"明天奥数班有小测，你一定要参加，不要赌气，因为这是你了解竞争对手的最——"

"那当然，我不会因为讨厌你就不去的。"

明屹感觉自己重新认识了受气包。

原来受气包并不只会哭，受气包反击起来也是很利索的。

当然，乔皙暴涨的胆量仅限于在明屹面前。

因为她是真的生气，她讨厌被当成傻子。

发现他装病骗自己……这种感受，比上次发现江若桐骗自己时，还要令乔皙生气和愤怒。

她对他的担心，对他的愧疚都是真的。

可他是在骗人。

周一一早，乔皙一到学校，就发现教室里的大家围在一起，热闹异常。

"哎？"盛子瑜一眼望见她，立马兴奋地朝她招手，"皙皙快过来！"

原来老师们那边终于确定了结营仪式的日期，就在月底的最后一个周五。

结营仪式过后，还有一场小型的晚会，要求大家出十到十五个节目。

乔皙一听就默默地缩到了一旁。

作为一个文体差生，乔皙从小到大最害怕的就是当众表演节目。

虽然以前爸爸送她去上过不少兴趣班，可她一样都没学精，到了最后发现只有念书才最适合她。

还好，附中的新同学们大都多才多艺，听着大家积极争取表演的机会，乔皙缩在座位上默默听了五分钟，发现教室里的同学们为了争夺独唱独奏独舞的机会，几乎要大打出手了。

坐在她后面的韩书言伸手拍了拍她的肩，轻声道："乔皙，你有想表演的节目吗？"

乔皙赶紧摇头："我没有什么才艺！"

"怎么会呢？"韩书言推了推眼镜，温柔地笑了起来，"那天在KTV，你唱歌那么好听，可以考虑出歌唱节目。"顿了一下，他又道，"大家想报的节目太多了，最后肯定要砍一部分节目。如果我们一起组节目，你唱歌，我钢琴伴奏，节目通过的概率会大一点。"

"哇！"一旁的盛子瑜瞪大了眼睛，"你干吗要处心积虑和我们家皙皙组节目呀？韩书言你是不是另有企图？"

陡然被这么直白地点破，韩书言白净的脸上沾染上了几分红晕，他推了推眼镜，难得有些不好意思："子瑜同学，不要乱说。"

"哦？我哪里乱说啦？"盛子瑜瞪着圆溜溜的大眼睛，"全校都知道你是钢琴业余赛全国冠军哎！你都要来伴奏，还敢说不是对 wuli 皙皙有——"

乔皙赶紧伸手捂住盛子瑜的嘴："小鱼你别说啦！"

等盛子瑜安静下来，乔皙才对韩书言抱歉地说："人一多我就会紧张，万一唱不好要糟蹋你的伴奏了……韩书言，你弹钢琴这么厉害，就算是报独奏老师也肯定会让你通过的！"

韩书言笑了笑："我是觉得……两人一个节目，可以给其他同学多个机会。"

这时，坐在一旁隔了他们一条过道，原本一直在看书的江若桐突然插嘴："韩书言。"

韩书言疑惑地转过头。

江若桐笑了笑："我想报独舞，正好缺伴奏。你能来给我伴奏吗？你说得对，这样通过的概率大一点。"

一旁的盛子瑜目瞪口呆，还有这样的操作？

就连向来表现得成熟稳重的韩书言，这会儿脸上也显出了几分尴尬。

刚才他提出做钢琴伴奏，是因为想和乔皙搭档演出。

而江若桐的提议，则完全出乎他意料。

他下意识地往乔皙的方向看去。

乔皙还没说什么，盛子瑜就先阴阳怪气地开口了："哎呀，可我看韩同学好像不是很想给你伴奏哎。"

乔皙轻轻推了推盛子瑜的胳膊，示意她闭嘴。

被抢白了一通，江若桐倒也不恼，保持着笑吟吟的模样。她看向韩书言："你……不想和我搭档吗？"

"当然不是。"韩书言性格成熟，懂得照顾旁人尤其是女生的感受，他自然不能顺着盛子瑜的话来驳江若桐的面子。

他思索了几秒，解释道："我们准备节目的时间很短……我和乔皙比较熟，磨合得会快一些。但如果是我们俩搭档……万一出不来效果，连累你的节目被砍就不好了。"

平心而论，韩书言的这番话有理有据，既表达了拒绝的意思，又很好地照顾到了对方的面子。

可盛子瑜很不满意。

见他居然没有直接拒绝江若桐，反而是拖泥带水、磨磨叽叽地说了这么多，盛子瑜直截了当地在心里将韩书言划入了"渣男"的行列——

"韩书言你还是不是男人？"

韩书言一头雾水。

盛子瑜一拍桌子，气势汹汹："磨合什么磨合？你没看到皙皙根本就不想和你搭档嘛！"

这门亲事她不同意！

"你别瞎说……"乔皙这会儿再伸手去捂她的嘴已经来不及了。

韩书言和盛子瑜当了三年初中同学，自然是知道这位闻名全校的"小恶霸"的性子。

他朝着乔皙笑了笑，表示自己并没有将盛子瑜的话放在心上。

结果，下一秒……盛子瑜再次气鼓鼓地开口："也对嘛！钢琴本来就不适合给独唱伴奏嘛！皙皙不需要你，你去给人家独舞伴奏好咯，多合适！反正有的是人想给我们皙皙伴奏！"

乔皙不明所以。

现在这个场面……怎么搞得她好像在和江若桐一争高下？

盛子瑜脑子转得飞快。

这个江若桐一看就不安好心，她家皙皙人美歌甜，怎么能被这个人比下去？

韩书言成绩好、家境不错，长得也清秀斯文，盛子瑜一时之间要找出一个碾压他的人，还真不容易。

而韩书言还在认真地反驳盛子瑜刚才的话："流行歌曲也可以用钢琴伴奏的，你不要——"

话音未落，教室后门处突然传来一阵小小的骚动声。

站在门口的，不是明屹又是谁？

盛子瑜猛地站起身来。

明屹两只手插在裤兜，一边胳膊下夹了本书。

他看向坐在教室后排那个离自己最近的男生："帮我叫一下乔皙。"

乔皙当然是不想理这种大骗子的，可班上有些不知道他们表兄妹关系的同学已经好奇地看过来了，探究的视线里写满了八卦的意味。

众人的目光令乔皙如芒在背，她并不愿意被围观，只得迅速地小跑出了教室。

盛子瑜也跟在她后面"吭哧吭哧"地追了出来，还抢在了她前面开口说道："大表哥，你要不要给你的皙皙小表妹伴奏呀？"

明屹转头看了一眼乔皙，露出几分感兴趣的模样："哦？"

一看有戏，盛子瑜立即开始无所不用其极地添油加醋："渣男韩书言，说好要给我们皙皙的独唱伴奏！结果别人三言两语就把他拐跑啦！皙皙的排面不能丢，你一定要来给我们皙皙撑场子！"

乔皙本来不想搭理眼前的明屹，可听盛子瑜胡说八道，吓得赶紧捂她的嘴："你别听她乱——"

"好。"从听到"韩书言"这三个字就开始黑脸的明屹，突然出声打断她。

没想到明屹这么容易就答应了，盛子瑜惊喜之余，又决定立即将这件事敲定。

知道教室里的人肯定都在留心他们这儿的动静，是以盛子瑜刻意提高了音量，巴不得当场气死里面的江若桐——

"大表哥你用什么乐器啊？二胡、古筝、吉他还是萨克斯？"

明屹想了两秒，道："都行。"

这回轮到乔皙暗暗惊讶了。

他居然会这么多乐器啊……莞莞都没和她说过。

想到这个，乔皙忽然有些灰心沮丧。

韩书言说得果然是对的，像明屹这种天才，普通人和他之间的差距，根本就不是家世背景所带来的。

哪怕没有如此优越的家境，明屹照样是碾压其他同龄人的存在。

这是刻在基因里的差距，是最无力也是最不可逾越的那一种。

看着眼前的乔皙终于从一个拒人于千里之外的冷包子变回了带着几分热气的受气包，甚至正眼看向自己，明屹的心情不由得有些愉悦。

只是两人目光相接，还没等明屹作出任何友好的表示，受气包又"嗖"地收回目光，变回了那个冷包子。

盛子瑜没注意到这两人之间的异样，她正震惊于明屹居然会这么多乐器，还掰着手指同他确认："二胡、古筝、吉他、萨克斯……这几样可以随便选吗？"

"随便选。"明屹很淡定地点点头，胸有成竹的模样。顿了几秒，他才补充道，"反正我都不会。"

在场的两个女孩都愣住了。

下一秒，盛子瑜气得哇哇大叫："你说话能不能别大喘气？"

乔皙也反应过来，他分明是故意耍她们的！

她气咻咻地瞪了明屹一眼，扭头便要往教室里走。

"好了。"明屹人高手长，一伸手拉住了已经迈出两步的乔皙的帽子，将她整个人拽了回来，终于好好说话了，"就小提琴吧。"

这时，后面突然传来一声——

"你们几个在这儿干什么呢？"

说话的是乔皙她们夏令营班的临时班主任，杜老师。

杜老师自然认得明屹，她年纪轻，平时也爱同这些学生开玩笑，此刻便笑道："今天吹的什么风啊，居然把我们'明神'吹来了？"

盛子瑜抢先道："商量出节目的事儿。"顿了一下，她又问，"老师，咱们晚会的节目可以请外援吧？"

"当然可以。"杜老师将三个学生打量了一圈，"你们几个出一台节目？"

乔皙动作迅猛地拧了一下盛子瑜的胳膊，趁着她嗞嗞抽气的工夫，乔皙抢先开口道："老师，听说晚会还差一个主持人。"

杜老师有些惊喜："你想来？"

先前她在班上物色过一圈主持的人选，乔晢形象好，她自然着重考虑了。

但后来班上有同学和她说乔晢性格内向，不会来当主持人的，她只能将这事搁置下了。

素来内向的乔晢语气坚定："杜老师，我想试一下。"

老师一离开，乔晢就头也不回地进教室了，将盛子瑜和明屹两人留在原地。

盛子瑜看一眼明屹，嘴里嘀嘀咕咕："我看小表妹不是不想唱歌，是不想和大表哥一起唱歌吧？"

对此，明屹既没有承认也没有否认。

"所以，"盛子瑜满脸狐疑地看向了他，"你和晢晢吵架了？"

"不不不！"盛子瑜自己马上摇头晃脑地否定了这个猜想。

就晢晢那个软弱的样子，借她十个胆子她也不敢啊！

最多就是被明屹单方面羞辱吧。

谁知下一秒，明屹淡淡开口："对。"

没等盛子瑜从震惊中回过神来，明屹又道："我得罪她了。"紧接着，明屹将胳膊底下一直夹着的那本书递给盛子瑜，"帮我给她。"

"什么呀。"盛子瑜嘟嘟囔囔着将书拿起来一看，"《奥林匹克数学经典题解》？"

等她再抬头，明屹已经走远了。

她回到教室，将书递给乔晢。

谁知道乔晢居然异常强硬地拒绝了："我不要他的东西。"

盛子瑜莫名其妙："你这不光是在抗拒大表哥，还是在抗拒知识啊……乔晢你不要装，我已经从你的大眼睛里看到你流露出的对知识的渴望啦！"

乔晢头也不抬，只道："反正……反正……书是你拿的，所以你负责还回去。"

盛子瑜终于正视起坐在自己身旁的乔晢了。

"以前的晢晢是不敢对我这样说话的。"盛子瑜探了个脑袋过来看她，"你真的和大表哥吵架了？"

乔晳趴在桌上，声音很低："我最讨厌别人骗我了。"更讨厌骗了她还不道歉的那种。

看她着急自责焦虑、消费她的同情心……他好像都没觉得自己做错了。

乔晳不想和这种人说话，也不想和这种人有半点关系。

盛子瑜无意倾听乔晳的碎碎念，见乔晳不要，她便兴致勃勃地翻开了明屹给她的那本书。

"晳晳，你看！"盛子瑜突然猛晃了乔晳的胳膊一阵。

乔晳抬头看她。

盛子瑜将那本《奥林匹克数学经典题解》翻开拿到乔晳面前，愤愤不平道："好哇！他居然骂你是乌龟！"

乔晳愣住。

她坐直了身子，循着盛子瑜所指之处定睛一看，这才发现，这本书扉页的空白处画了一只歪着头的小乌龟。

小乌龟的龟壳圆圆鼓鼓，模样憨态可掬，和爸爸画给她的那只一模一样。

下一秒，乔晳将盛子瑜手里的那本书抢过来，一把塞进桌肚里。

"哎？"盛子瑜嘟囔，"你不讲道理哟！不是说好不要的吗？"

乔晳假装没有听见，牢牢护着自己的桌肚。直到自习课下课铃响，盛子瑜出去上厕所了，她才把那本书从桌肚里拿出来。

乔晳将书翻开，果然，在里面发现了一张字条。

明明什么坏事也没做，可此刻乔晳的心怦怦直跳。

她往四周看了一眼，发现没有人注意到她，才慢慢将那张字条展开。

乔晳见过他的字，明明是龙飞凤舞的，可这会儿字条上的字是端端正正、整整齐齐的——

"对不起，以后再也不骗你了。"

第六章
Chapter six
你偶像包袱还挺重的啊

乔皙晚上去奥数班上课的时候，才再见到明屹。

奥数夏令营里的学生都是来自华北地区各大高中的竞赛尖子生，本来就有一定奥数基础，经过一个半月夏令营全天候的密集训练，总算迎来了第一次测试。

虽然只是一次小测，但大家都异常重视，毕竟这等同于全国联赛的提前练兵。

乔皙知道自己基础上就和别人比不了，白天又要完成课业，只能每天晚上旁听，哪怕她每天课后都自学两三个小时，这次考试，她的成绩恐怕也不会太理想。

韩书言安慰她："别紧张，这次考试的成绩算不了什么，九月才是正式比赛呢。"

乔皙点点头："我知道，这次就当练练手啦。"

话虽这样说，乔皙还是忍不住紧张。

这种感觉……该怎么说呢？

就是那种考前明明没有复习好，但还是希望考试时全部都能蒙中的侥幸心理吧。

明屹进来的时候，离考试开始还有二十分钟。

他刚坐下，江若桐便走过来，捧着一沓讲义到他跟前，小声道："明师兄，上周发的讲义的内容，我觉得好像有些问题。"

明屹将视线从教室后排收回来，注意力集中在面前的讲义上：

"你说。"

江若桐指给他看："你看这一步，其实是不满足卡尔松不等式取等条件的……"

明屹一看就反应过来，点点头："讲义错了。"

他直接从座位上站起身，走上讲台，敲了敲黑板，成功地让教室内同学们安静了下来："上周发的讲义拿出来。"

后排座位上的乔皙正出着神。

她看到江若桐走到明屹身边，弯腰同他说了几句话。两人靠得很近，看着脑袋几乎挨着脑袋了，他没说话，一直认真听着。

有点烦。

乔皙无意识地捏着手里的橡皮。

韩书言轻声喊了乔皙几声，见她没反应，又推了一下她的胳膊。

乔皙回过神来。

韩书言指了指讲台方向："讲义。"

看着不知何时站上讲台的明屹，她低头去翻书包。

因为今晚要小测，乔皙只带了笔记本，预备小测前再复习一下已经掌握的知识点，并没有带上周发的讲义。

韩书言将桌上自己的讲义推到两人中间，温言道："看我的吧。"

"倒数第二页的第一题——"明屹抬头环视了一圈，目光落在了教室最后排脑袋几乎要凑到一起的那两个人身上。

他突然改变了主意，音量稍稍提高："乔皙，你上来做一下。"

说完，明屹就走下讲台了，并没有留给乔皙拒绝的机会。

乔皙蒙了几秒钟。

因为她只是晚上来旁听，白天老师讲解的课程内容需要她课后自学。而明屹提到的这道题目，恰好是她还没自学到的。

韩书言将自己的讲义递给她，示意她带上去。

讲义上有答案，带上去不大好……乔皙摇了摇头，又在座位上磨蹭了五六秒，将解题过程看了一遍，心里稍微有了点底。

因为看了解题步骤，所以乔皙还算是比较顺畅地将题目解了出来，没让自己在讲台上尴尬太久。

写完最后一行，她轻轻呼出一口气，将记号笔放下，转身准备回座位。

"错了。"站在讲台下的明屹淡淡开口了。

105

他从讲台上拿了一支红色的马克笔，从乔晢写的解题步骤的中段开始，一直画到了最末尾。

"从这里开始，全错。"

瞬间，乔晢的脸像是被烧着了般火辣辣地发烫，脑袋里响起"嗡嗡"声。

更可怕的是，她到现在还不知道自己哪里写错了。

明屹继续道："讲义上的答案是错的，这里是不能取等的……除了江若桐，没一个人发现，你们全都是照抄答案的吗？"

乔晢咬紧了唇，没有说话。

讲台下的江若桐坐在自己的座位上，一脸平静地看着讲台上的乔晢。

她的目光里没有得意，没有嘲讽……没有任何情绪，却足够叫乔晢难堪。

尽管乔晢自认从未有过和江若桐在奥数上一较高下的心思，但她不得不承认，此刻的自己，实在是糟糕透了。

江若桐什么都没说，什么也没做，可她光是坐在那里，就已经告诉乔晢——之前那一次能解开那道题，不过是因为你耍了小聪明，要论起真本事来，你是比不过我的。

大家忙着低头做笔记，一时间教室里只有笔尖摩擦在纸面上的"沙沙"声。

明屹看了讲台上站着的乔晢一眼，语气里听不出什么感情："回去吧。"

乔晢默默走回座位，坐下后就一言不发地垂着脑袋，一动不动。

感觉到气氛凝滞，韩书言没话找话道："你看一眼就能记住解题步骤啊……这道题我都还没看懂。"

乔晢保持着垂着头的姿势，闷不吭声。

韩书言又没话找话地说了几句，见她实在不想说话，便也安静了下来。

小测很快开始。

奥数班上的学生都是各大高中的数竞尖子生，绝大多数人的目标没有放在全国联赛，而是放在了通过全国联赛名次拿到冬训营的名额上。

因此，这次的小测难度自然是远高于全国联赛的。

小测六点开始,九点结束,一共三个小时。试卷共有六道大题,每题七分,满分四十二分。

八点半的时候,乔皙就起身交卷了。

还在奋力演算的韩书言略带惊讶地看了她一眼。

就这一眼,是叫乔皙羞愧难当。

六道大题里,她只会一道几何题和一道代数题的第一小问,至于其他的……她半点头绪都没有。

同一时间,江若桐也站起来交卷了。

和她不同的是,江若桐的答题纸写得满满当当。显然在不到三小时的时间里,江若桐就将这六道大题全部解出来了。

不用江若桐开口说什么,她手中的答卷就是对她无声的嘲讽。

乔皙收回目光,沉默着回到座位收拾书包。

江若桐在走廊尽头找到了明屹,后者正懒洋洋地趴在栏杆上,手里拿着一个硬皮笔记本,涂涂画画不知道在写些什么。

江若桐知道他性子冷淡,不喜欢人多的地方。

之前老师还在上课,他偶尔也会偷偷溜出教室。幸好所有老师都将他当宝贝疙瘩,对他的这种行为都睁一只眼闭一只眼。

"明师兄。"

明屹合上手中的笔记本,转过身,神色淡淡地看向站在自己面前的女生。

江若桐笑了笑,开口道:"今天的题目有些难……最后一道想了好久才做出来。"

明屹抬腕,看了一眼手表才淡淡道:"还不错。"

他很少夸人,是以这三个字可以算是夸奖了。

这次小测老师选的题目难度虽然不及正式比赛,但三小时做六道大题,时间太紧,能在规定时间里做完已是不易,更何况江若桐提前半小时做完了。

因为他这简简单单的三个字,江若桐的眼中流露出了几分欣喜。

她这才说明来意,问道:"下星期是我的生日,家里给我办了生日派对,你能来吗?"

明屹直接摇头:"不了。"

没想到他如此干脆利落地拒绝，江若桐一愣，补充道："是我十六岁的生日……我很希望你能来。"

明屹向来没有太多表情的脸上第一次带上了几分嘲讽："所以？"

江若桐咬着嘴唇，眼睛里氤氲起了湿气："明师兄，你为什么……对我是这种态度，你还在因为那本书——"

"你希望我是什么态度？"明屹面无表情地问，"要我喜欢你吗？"

向来伶牙俐齿的少女，在这一刻哑口无言。

过了好一会儿，她才再次艰难开口道："对不起，那个时候我也不知道怎么就——"

明屹突然打断她："为什么去那个露台？"

江若桐愣了几秒才道："我看见你进电梯了，所以跟了上去……"

到现在还在撒谎。

明屹笑了一声，没再理会江若桐，径直离开了。

五秒后，明屹在楼梯口抓到了提前交卷的乔晢。

她正背着书包要往楼下走。

明屹皱着眉出声叫住了她："你去哪儿？"

听见他的声音，乔晢连头都没回，"噔噔噔"就往楼下跑。

她这举动出乎了明屹的预料，他在原地愣了好几秒后，才想起要去追。

最后明屹是在二楼转角处将人追到的，他揪住少女的书包带子，将人往墙上一搡。

明屹的语气前所未有地严厉："提前交卷？试卷上的题目你都会是不是？"

他知道今晚小测的难度，也知道乔晢的水平。

他心里清楚，她提前交卷绝对不可能是因为提前做完了所有的题。

"我什么都不会，干吗还要在里面傻坐着？"性子软绵绵的小姑娘，此刻却半点不示弱，大声吼了回去，"我这么笨还学什么奥数啊！我以后都不来了！"

"对。"明屹被她气坏了，怒极反笑，"又笨又不努力。"

听到这句话，乔晢的眼圈一下子就红了，她将站在自己面前的明屹一把推开，大声吼道："既然知道我笨，干吗还叫我上讲台做题目？你就是想看我出丑是不是？

明屹向来对万事不经心，这会儿也难得被气得这么厉害。

他冷笑道："那种题目都能做错你还有道理了？看一眼就能发现的问题……我看你是根本连书都没看。不好好学习，你的心思都放到什么地方去了？"

话一出口，明屹又有几分后悔失言。

他说的是气话，其实他清楚，他家小姑娘乖得很，每天除了学习就是学习。

谁知这么一句话，却让乔晢炸开了锅。

她再次狠狠推了一把明屹，冲着他重重捶了一拳，声音里带了轻微的哽咽："你又有什么资格说我？你的心思也没有都放在学习上啊！"

刚才他和江若桐两个人在走廊里说了那么久的话，看起来也不是在讨论数学题……普通同学之间怎么会有那么多的话要说啊？

明屹被她又推了一把，一时没防备，手中的笔记本掉在了地上。

正当他思考乔晢刚才那句话是什么意思时，就见小姑娘抹着眼泪一溜烟地跑走了。

"哥……哥。"围观了整场表演的明菀拎着装了甜品的袋子，呆呆地从阴影处走了出来。

明菀刚刚从校外的奶茶店里买了甜品回来，本来她打算等哥哥一起回家的，没想到目睹了这么一幕。

明屹一副正在气头上的样子，见了明菀也没有说话。

"好好的干吗吵架啦……"明菀小心翼翼地弯下腰，去捡那个掉在地上的笔记本，"就因为小乔姐姐没好好学习吗？"她看向哥哥，轻声嘟囔，"可以前也没见你盯着小夏姐姐读书啊。"

明菀一边说着一边随手翻开刚捡起来的那个笔记本，打开看了一眼后，心里有些惊讶。

笔记本上面从第一页开始，就乱七八糟地画了好几个图案。

图案有些四不像，明菀起先没看出来画的是什么，翻到后面，看到画画的那个人练习次数多了，画得越来越好。

原来前面的四不像，是只歪着头的小乌龟。

明菀愣愣地将笔记本还给自家哥哥，觉得这个人越来越奇怪了。

"你……画那么多乌龟干吗啊？"

明屹伸手接过笔记本，没作声，心情看起来并不是那么好。

想了想，明菀伸手推了自家哥哥一把，忍不住责怪道："你干吗凶小乔姐姐啊？你不知道她的性格是怎样吗……"

祝心音嘴里常说，自家这一儿一女，妹妹的智商都给了哥哥，哥哥的情商都给了妹妹。

在学习上，菀菀难免令祝心音头疼，可在为人处世方面，她从未担心过菀菀。

想来想去，明菀还是觉得哥哥刚才太过分了："你平时说我也就算了，哪怕你骂我我也知道你是为了我好……可小乔姐姐，她本来就不太自信，你还说她笨，她肯定难过死了！你难道觉得没你聪明就是笨啊？"

明屹皱了皱眉，纠正她："不光是笨，是又笨又不努力。"

明菀觉得自己要气死了："那你知道她笨还叫她上讲台做题，表演在线丢人？"

明屹觉得，女孩子，简直一个比一个莫名其妙。

他叫乔皙到黑板上去做题，自然是想看看她有没有发现讲义上的错误。结果倒好，她不动脑子照抄答案她还有理了？

在线丢人？

明屹微微冷笑道："知耻而后勇。"

明菀服了，看神经病似的看了自家哥哥一眼："恕我直言，我觉得你可能有病。"说完她拿着原本要给他的甜品，"噔噔噔"地跑走了。

被留在原地的明屹思索了两秒——

自己有病吗？

抱歉，他不觉得。

与此同时，学生宿舍里，盛子瑜正十分敷衍地安慰着乔皙："没关系，下次考好就行啦。"

话是这么说，盛子瑜心里其实很不懂这些学霸的所思所想，嘴里不由得嘀咕着："考不好就要哭的话……那我岂不是永远做不了一个快快乐乐的小公主？"

一旁的林冉冉实在听不下去了，忍不住道："你是你，乔皙是乔皙，不要拿你和她比好吗？"

"那倒是。"盛子瑜点了点头，深以为然，"我考得最差也就是32分，还没考过9分呢。"

林冉冉翻了个白眼。

"不不不，"盛子瑜很严谨地纠正自己话里的逻辑错误，"皙皙只是做了9分的题目，没说做的题全对啊……所以，说不定还没9分！"

此言一出，原本还是趴在桌上低低啜泣着的乔皙，"哇"的一声哭了出来。

林冉冉只觉得头皮都炸开了，瞪了一眼盛子瑜："你闭嘴！"

盛子瑜很不服气地嘟嘟囔囔："人家哪里说错了嘛。"

不过看到皙皙哭得那么伤心，盛子瑜最终还是忍不住走过去摸摸她的脑袋："别难过啦，这个双皮奶给你好啦……我本来是要留着自己吃的。"

乔皙泪眼蒙眬地抬起头："我以后不去奥数班了。"

"咦？"盛子瑜吓了一跳，"皙皙你不要因为一次打击就失去了信心嘛……你看我经受了这么多的打击也在茁壮成长啊！"

乔皙轻轻摇了摇头："我是说认真的。"

之前在西京念书时，她也考虑过要不要走竞赛这条路。

她现在知道了，自己并不是一个有天赋的人。

因此竞赛这条路，于她而言，有可能走不通。

如此，她再将用来准备高考的时间去准备竞赛，一旦竞赛出不了成绩，她没有在竞赛里拿到足够靠前的名次，进不了国家集训队，她就不能获得保送的机会。

失去了保送机会，也失去了好好备战高考的时间，她极有可能考不上理想的大学，再加上爸爸已经去世了，她自己是没有办法出国念书的……

假设她选择了竞赛这条路，就意味着一旦失败，她没有任何退路。

她不敢冒这个险。

见她态度坚决，林冉冉拍了拍她的肩膀，安慰道："不去就不去，先放松几天也好呀。反正我们才高一，以后你想再参加奥赛，也是来得及的。"

第二天中午，乔皙去了艺术团面试主持人。

盛子瑜拉着林冉冉跟着她一起去了。

到了地方盛子瑜也不进去，鬼头鬼脑地守在门外："我就在这里等着那个江若桐来！"

　　林冉冉不明所以，疑惑道："江若桐说她要过来吗？"

　　"没说，我猜的。"盛子瑜一边探头探脑，一边鬼精鬼精地开口，"你们难道没发现吗？她总是会飞速出现在皙皙周围十米内试图抢皙皙的风头然后失败。"

　　不过，这次盛子瑜失算了。

　　最终乔皙面试完主持人了，江若桐也没有出现。

　　乔皙没有过主持经验，在班上的表现也是话少人内向，艺术团的老师对她并不那么满意。

　　不过乔皙的形象好，一台晚会一个半小时，一共需要四个主持人，现在看来，选三个经验丰富的老主持，再选一个花瓶主持，应该也可以。

　　乔皙一出来，盛子瑜就拉着她和林冉冉火急火燎地往食堂跑——

　　"我们快点去，再晚一点江同学就碰不到我们啦！"

　　没想到，一行三人到食堂，盛子瑜伸长脖子在食堂里环视了一圈都没有找到江同学，不由得很失望地长长地"啊"了一声。

　　乔皙拉了拉盛子瑜的袖子："我们快点吃吧，吃完回教室还能休息一会儿。"

　　这时，乔皙旁边突然传来"哐"的一声，她转头一看，一个餐盘放在了桌面上，再抬头，发现是明屹。

　　乔皙还记挂着昨天的事，心里也还生着这个人的气。

　　于是，她就当没看见，转过头继续默默地吃饭。

　　乔皙知道他一贯就是这么晚吃饭的。

　　暑假里附中只开放了这么一间食堂，乔皙却从没在食堂里碰见过他，后来有一次和菀菀聊天时，听菀菀无意间说——

　　"哥哥最讨厌人多，每次都等食堂快关门了才去吃的。"

　　听了这话的乔皙很惊讶，毕竟食堂的饭菜滋味本来就不怎么样……食堂快关门时，就只剩下被人挑剩下的残羹冷炙了，滋味可想而知……

　　菀菀一眼就看出她心中所想，吐槽道："他不挑的，吃饱就行，跟牲口似的。"

　　想到这儿，乔皙忍不住偷偷瞟了一眼旁边那人的餐盘。

　　餐盘里堆了大份的肉、大份的菜和大份的米饭。

　　果然跟那什么似的。

盛子瑜笑眯眯地和明屹打招呼："大表哥，现在才吃饭啊？"

明屹很严谨地纠正她："别叫我表哥。"他看了一眼正在数米粒的乔晢，"这里只有一个是我表妹。"

听见这话，乔晢停下筷子，不轻不重地"呵"了一声。

这"呵"的一声，明屹听来十分刺耳。

阴阳怪气，也不知道是谁给惯的。

没想到明屹居然这么不给自己面子，盛子瑜眉头一皱，也有些不高兴。

有件事，本来盛子瑜都打算假装没看见，但这会儿她决定曝光明屹的所作所为："大表哥，你不是吃过了吗？我刚刚都看到你去放盘子了，怎么现在又吃一次啊？"

明屹一愣，脸上浮现出了几分尴尬之色。

他平日里吃饭吃得晚，今天特意早早来堵受气包，结果他左等右等也没见着受气包，只能自己先吃了。

不过他看到她们几个走进食堂，还是想知道受气包有没有知错，就又打了一份饭菜坐下来。

当然，目前看来，受气包似乎丝毫没有认识到自己的错误。

明屹看向对面的盛子瑜，语气很从容："刚才没吃饱。"

"哦哦。"盛子瑜强忍着笑，"那你慢慢吃。"

四个人默不作声地吃了一会儿饭。

林冉冉看着乔晢盘子里被挑出来的胡萝卜，好奇道："晢晢，你都不吃胡萝卜的吗？"

乔晢解释道："因为小时候爸爸老是逼我吃这个，所以很讨厌啦。"

这时，明屹突然插嘴道："'yin'为。"

他一说话，其他两人都好奇地看向他。

乔晢一听见他出声，就重新低下了头默默数面前的饭粒，一点也不想搭理他，连眼角余光都不想给一点。

安静了几秒。

明屹才解释道："没有后鼻音。"

乔晢猛地反应过来，他是在说她的普通话不标准！

一时间，乔晢又羞又臊，抬起头瞪了他一眼："不要你管！"

明屹觉得受气包的态度很不端正，不满地皱了皱眉："你既然要当

113

主持人，普通话就是基本功，怎么能随随便便应付？"

乔皙气呼呼地看向他，脱口而出道："你怎么那么烦人啊？"

"烦'ren'，"明屹再一次皱着眉纠正了她，"也没有后鼻音。"

本来乔皙就差点被气哭了，这会儿被他这么一说，心态直接崩了，"啪"的一声将筷子往桌上一拍，端起餐盘直接走人，留下盛子瑜和林冉冉两个人面面相觑。

盛子瑜放下嘴边啃到一半的鸡腿，谴责他："大表哥，虽然你一套一套的说得好像很有道理，但我也觉得你好烦人哦。"

向来脾气好、软乎乎的林冉冉，这会儿也很不赞同地谴责了明屹："明师兄，不能这样说女孩子的。"

明屹费解地看着面前这两个人："我告诉了她，她下次才不会犯错。"

林冉冉摇了摇头："可皙皙的普通话已经很好了啊，你说的那些，不仔细听都听不出来的。"

"就是嘛。"盛子瑜附和，"你以为你没有口音吗？如果四川话才是普通话，你也是有口音的，你的是木樨地口音！"

明屹沉默了好一会儿才端起餐盘起身就走。

这么多人说他不对？

那他假装一下他错了吧。

明屹查了一下课表，确定了乔皙下午第一节是法语课，一路找过去，果然在多媒体教室找到了她。

他家小姑娘还是很乖的，大中午的教室里只有她一个人，此刻她正坐在角落里的椅子上默默背单词。

有一个问题，那就是……事到临头，明屹发现自己还是不想道歉。

毕竟他根本就没有错，怎么可能违心假装错了要道歉？

检查他家小姑娘的学业、纠正她的普通话……到底有什么错？

如果这也能算错的话，那他只能一错再错。

不过，明屹这会儿才觉得，中午的两顿饭撑得他有些难受。

他将手按在胃上，走过去，开始没话找话："姓韩的书呆子今天没缠着你？"

乔皙忍不住反唇相讥："江同学今天也没找你讨论题目。"

听到"江同学"这三个字，明屹不由得皱了皱眉："关她什么事？"

这话乔皙听了，却变了味。

他这样护着江若桐，连提一句都不行……乔皙咬紧了嘴唇，不再作声。

见她不说话，明屹继续没话找话道："你们家那里，有什么好吃好玩的？"

乔皙盯紧了面前的法语书，没好气道："穷乡僻壤，什么都没有。"

明屹一时语塞。

先前他就觉得受气包的胆子好像越来越大，现在看来，并不是他的错觉。

乔皙嘴上很刚，心里却仍有几分对大魔王很恐怖的认知，没听到明屹回话，就偷偷看了他一眼。

只一眼，乔皙就发现他的一只手按在胃的位置，眉头微微皱着，不太舒服的样子。

想到中午他吃了两顿饭，乔皙很紧张地问："你吃撑了是不是？"

明屹的眉头皱得更紧了，语气冷冰冰道："你再说一遍？"

受气包现在还敢嘲讽他了？

孩子阴阳怪气，多半是惯的，打一顿就好了。

乔皙气得推了他一把："去医院呀！"

明屹这才明白，原来自己误解了受气包的意思。

他又觉得脸上挂不住，少不得嘴上逞强："撑什么撑？那个饭量刚刚好……"

"你继续编！"乔皙猛地站起来，语气里带了几分气急败坏，"牲口也没有那样吃的！"

校医院老师粗粗检查一下，便将这两人打发了："药房里没货了，你们去外边药店买一盒健胃消食片。"

当然，明屹觉得，自己这第二顿饭，吃得实在有些亏。

不仅没能让受气包认识到自己的错误，反倒留了他的把柄在她手上。

乔皙不知道这人是聪明还是傻，气得跺了跺脚："你吃不下干吗还硬塞啊？"

明屹没吱声，面无表情，不知在思索什么。

他们走了五分钟，来到学校东门外的小药房。

药店的阿姨坐在柜台后，见他们走进来，却没出声搭理。

乔晢开口问："阿姨，请问健——"

后面的"胃消食片"四个字还没说完，明屹却伸手捂住了她的嘴："我自己找。"说完，他拖着乔晢往里面走。

走出了好几步，乔晢才挣开了他的手，愤愤道："别拽我啦。"

不过她生气也就是这么一会儿，抱怨完乔晢就开始认真地看着药架："那个药在哪里呀？"

而后知后觉了一整天的明屹，在这一刻，突然福至心灵："我和她说话，你不高兴了？"

乔晢没打算回他。

明屹想了想，觉得他家小姑娘生气的点简直莫名其妙，不过……也行吧。

"以后除了和学习有关的事，我就不和她说话了。"

反正他本来也不喜欢和江若桐说话。

见他家小姑娘一直没吭声，明屹侧头看了她一眼。

就这一眼，明屹看见——

乔晢正和班主任杜老师，站在摆满了"妈富隆""毓婷"的货架前面，面面相觑。

寂静。

药房里弥漫着死一般的寂静。

明屹起先没反应过来那排货架上卖的是什么，更未意识到事情的严重性，只是本能地不想被人发现自己吃撑以至于要来买健胃消食片这件蠢事。

于是，他抢先开口："老师好，我们就是随便逛逛。"

说完，他一把拉住乔晢，转身就要走。

杜老师脸色变了："给我站住！"

乔晢一张脸涨红成了个大番茄，用力甩开明屹的手。她欲哭无泪，结结巴巴地开口解释道："老师，是他吃——"

说时迟那时快，没等乔晢将后面那个"撑"字说出口，明屹就再次捂住了她的嘴。

明屹面上十分镇定，依旧是往日的冷淡模样："说了我们是随便逛逛。"

说完，他再次拉住乔晢要往外走。

杜老师这回彻底冒火了，怒喝一声"你给我放手"，将乔晢整个人从明屹手中抢了下来。

她指了指明屹，大为光火："你给我站这儿别动！"

吼完，她将乔晢拉到一旁。

被这么一吼，明屹也愣了好几秒。

这都什么跟什么，怎么一阵一阵的……明屹烦躁地转身打算跟出去看个究竟。

正是这一次转身，一旁货架上贴着的"紧急避孕"四个大字蓦地映入了他眼底。

杜老师积极调动着面部肌肉，极力使自己看起来温柔可亲："乔晢，你别怕，你告诉老师，是不是他逼你的？你放心，这里只有我们两个，你尽管说！"

乔晢满心崩溃："老师，不是这样的……"

杜老师愣了："你是自愿的？"话一说完，她就发觉这个猜测有道理。

两个小年轻站在一起看着是十分登对十分养眼……不不不！杜老师极力摈弃脑中这种念头，他们还未成年！

杜老师的语气重新变得严肃起来："哪怕你是自愿的也不行！你们现在这个年龄，一点分辨能力都没有，有些男孩子说两句甜言蜜语你们就傻乎乎上当了，你跟老师说，是不是——"

杜老师的话戛然而止。

乔晢感觉到自己身后的书包被一股力道扯住了。

她回头一看，发现站在她身后的正是明屹。

明屹将小姑娘往自己身边扯了扯，又掏出钱包来递给她，伸手指了指不远处的便利店："去帮我买一瓶水。"

乔晢看看他，又看看面前的杜老师，呆呆道："可是——"

"我口渴了。"明屹打断她，语气催促，"快去。"

"哦……"乔晢讷讷地应一声，一步三回头地走远了。

看着乔晢走远了，明屹才对杜老师解释道："老师，乔晢是我表妹。"

杜老师瞪大了双眼，惊讶得连话都说不出来了，满脸的难以置信："你居然……"

117

明屹一只手挡在额前，连连深呼吸了好几下："我有点中暑，所以让她来陪我买药。"

"中暑？"杜老师一脸狐疑地打量着面前的明屹，"你这活蹦乱跳的是中暑了？"

明屹耸耸肩："你要这样想我也没办法。"

杜老师皱眉思索了一会儿："刚才乔皙要说话你还不让？要真是买中暑药你心虚什么？"

明屹："我没有。"

杜老师冷笑："你都捂她嘴了，不是心虚是什么？"

明屹转过脸，神情语气很不耐烦："你要这样想我也没办法。"

"你不说实话是吧？"杜老师审他审出了一肚子的火，"行，那等我问过乔皙再来收拾你！"

明屹皱了皱眉，伸出手臂拦住了要去找乔皙的杜老师，心里不太高兴，语气更是不太好："她知道些什么？别问她。"

他家小姑娘才多大？什么都不懂的年纪，拿这种事去问她，这老师怎么想的？心里有数没数？

杜老师愣了愣，下一秒便拿手冲着明屹的脑门敲了一下："怎么跟老师说话的？"缓了几秒，杜老师极力使自己心平气和下来，"你跟老师说实话，你们俩到底来药店干什么了？"

明屹依然沉默不语。

杜老师："说话！"

明屹很不耐烦地侧过脸，憋了老半天，才不情不愿地道："吃撑了，来买消食片……刚从校医院出来的，不信你去问。"

"真的假的？"杜老师有些不信，可她盯着明屹看了一会儿，又觉得他的模样不似作伪，"真吃撑了早说啊，你偶像包袱还挺重的是不是？"

便利店里的人有些多，乔皙从冰柜里拿了一瓶水，跟在结账的队伍后面排队。

等了两分钟，终于轮到她了，乔皙将手中的矿泉水往柜台上一放："一瓶水。"

话音刚落，只听"啪"的一声，一瓶酸奶从天而降，落在了矿泉水旁边。同时，明屹的声音响起："酸奶一起结。"

看见他，乔皙有些意外："啊……杜老师呢？"

明屹指了指收银台，提醒她："付钱。"

"喔喔。"乔皙反应过来，赶紧掏钱包。

看着那瓶外包装过于可爱的酸奶，乔皙心里忍不住嘀咕起来：这么大的人，还爱喝儿童酸奶啊。

将找好的零钱收好，乔皙将钱包和矿泉水一同递给明屹。

明屹将刚买的那瓶酸奶拧开了，递给她。

见她迟迟不接过去，明屹直接将酸奶举到了她的嘴边："喝。"

"我自己会喝。"乔皙默默地将酸奶接过来。

出了便利店，乔皙左看右看也没看见杜老师，心里有些不安。

她偷偷看一眼明屹，见他也没有要解释的意思，憋了半天，还是忍不住问道："刚才……你和杜老师……说什么了呀？"

想起自己和杜老师遇见时，杜老师看了看自己，又看了看药店货架上"紧急避孕"四个大字时的表情……光是回想一下，乔皙就觉得尴尬得快窒息了。

她心里有些着急，又问了一遍："你们都说什么了呀？"也不知道他有没有解释清楚。

明屹皱了皱眉："小孩子问那么多干什么？"难不成还要他来给小姑娘解释紧急避孕是什么意思？

而且，今天这事也没有完全揭过。

杜老师还是放心不下，看明屹的目光仍有些怀疑，怀疑他会是个戕害表妹的禽兽，还让他明天叫家长来学校里和自己见一面。

当然，明屹觉得这种小事完全没有告知乔皙的必要。

虽然这是明屹生平头一次被请家长，但他异常镇定地答应了老师的要求，第二天不慌不乱地将自家爷爷请到了学校里来。

明爷爷退休前是军医大的教授，前几年退休后也没接受返聘，而是成天在家侍弄花草，三不五时约几个老朋友钓鱼打牌，日子过得十分惬意。

明爷爷最了解自家这个大孙子，就是有喜欢的姑娘，以他那种个性，不被姑娘打死已经是姑娘温柔。

早恋，根本不可能。

要他说，明屹他妈成天防这个防那个的，全无必要。

自家大孙子三十岁前能牵上姑娘的手，都算他早恋。

明爷爷什么大风大浪没见过？再加上知道大孙子干不出什么荒唐事来，三言两语便将老师的疑窦打消了——

"那真是他表妹，从小一起长大的。"

出了办公室，明爷爷兴致勃勃地对明屹说："之前就听你爸妈说姓乔的小丫头来了，都还没来得及去见见。小时候我还抱过她呢，也不知道长大成什么样了，你带我看看她去。"

明屹偏过脸，轻咳一声，语气里难得有几分不自然："就那样吧……有什么好看的？"

明爷爷原本一马当先走在前头，听他这么说，转过头来看了大孙子一眼。

"你小时候还亲过人家……就她爸刚出事那会儿，我和你妈带着你去医院探望，你倒好，趴着人家婴儿车就亲上去了，你妈拽你你都不肯放……都给忘了？"

明屹的脸青一阵白一阵，憋了半天，只憋出来一句："胡说八道！"

"你不承认啊？"看着自家大孙子恼羞成怒的模样，明爷爷笑眯眯，"行啊，那我待会儿就问问乔丫头去，看她还记不记得。"

"爷爷！"明屹这回是真有几分急了，挡在了自家爷爷面前，"您别在她面前瞎说啊。"

下午的时候，为了参加晚会彩排，乔皙翘了一节法语听力课。

法语听力课她可以在之后补上，这次彩排是晚会的四个主持人第一次碰头。

乔皙心里想着，其他三位主持人可能早已彼此熟悉，她这个完全陌生的人，要加入主持的队伍，与其他三位磨合很重要。

因此乔皙对这次彩排格外重视，翘了课也要出席。

乔皙到了彩排的教室后，才发现情况跟她想的完全不同。其他三个主持人里，只有一个是附中的本校生，剩下两个都是其他区重点初中考进来的。

本校的那个女生名叫季融融，见到乔皙就很热情地同她搭话："我听他们说你是明师兄的表妹哎，那你肯定和颜夏不一样咯。"

乔皙愣了愣："颜……夏？"

她住在明家这么久，还是第一次听到这个名字。

"你不知道她吗？"季融融颇有几分惊讶，"她之前一直都住在明家的呀。"见她不说话，季融融又解释道，"她爸爸本来是明师兄爸爸的司机，后来出车祸去世了，明师兄他们家就收养了她。"

"哦。"乔皙讷讷地应了一声，"我不太清楚她哎。"

"他们都没和你提过吗？"季融融有些奇怪，"明师兄他们家人对她都很好的，去年还送她去英国念书了呢。"

接下来半个下午的时间，因为季融融口中的这个"颜夏"，乔皙一直有些心神不宁，串词都念错了好几次。

好在大家都对她十分关照，纷纷安慰。

"没关系，回去多熟悉一下就好了。"

"是呀，我第一次主持的时候还没你熟练呢。"

无论大家怎么安慰，乔皙都感觉自己拖了大家的后腿，愧疚不安。

才收拾好东西，她就听到书包里的手机轻轻振动了一下。

自从上次漏掉了明屹的好友申请，乔皙就养成了定时查看各种社交软件上信息的习惯。

乔皙的微信里，多出了一条好友申请。

她点开那个用户的资料，对方的头像是一个卡通人物，所在地是英国约克，昵称是"été"。

这个法语单词，乔皙不久前才学过。

été，是夏天的意思。

乔皙没有多犹豫，通过了对方的好友申请。

对方在线，乔皙这边刚通过好友申请，对方便迅速发过来一条消息："小乔你好。"

乔皙愣了愣，在键盘上敲下"你是谁"三个字，而她在考虑将这三个字发出去是否礼貌时，对面的消息先一步到来了。

"我叫颜夏，之前受干爹干妈的照顾，也在明家住过一段时间。我听阿屹说家里新来了个小妹妹，就厚着脸皮加你的微信了。"

果然，这个 été 夏天，正是季融融刚才提到的颜夏。

看着对方发过来的"干爹干妈"几个字，乔皙过了好一会儿才反应过来她说的是明叔叔和祝阿姨。

121

乔皙想了想，简单地回了个"你好"过去。

很明显对方性格开朗，十分健谈。

一时间，乔皙手中的手机振动连连——

"阿屹是不是没和你提起过我？他这个人就是这样，对外人一向没什么话。"

"不过他倒是和我说起过你，说你唱歌很好听，你不知道他那个性格多难得夸人。"

"阿屹就是看起来不好接触，其实时间长了，他也会把你当妹妹看的。"

乔皙本来就不善交际，面对对方连珠炮似的一串话，她握着手机，一时间沉默。

他也会把你当妹妹看……这个"也"字，颜夏的意思是，她之前被明屹当成妹妹对待过吗？

乔皙默默想，颜夏对她说的这番话，有哪一句是站在妹妹的立场上说出来的呢？

见她好一会儿没回复，颜夏大概也意识到不妥，发来一个吐着舌头的小猫表情包："我的话是不是太多了……"

乔皙回过神，手指在屏幕上轻点几下，回复对方："没有。不过我要回家了，下次有空我们再聊天吧。"

将这条消息发出去后，乔皙便将手机收进书包。

今天是周四，乔皙本该待在学校，下午的时候祝阿姨打了电话过来，说明爷爷今天特意来了家里，想看一眼她，所以特意叮嘱她晚上早点回来吃饭。

让长辈等自然是极不礼貌的，乔皙收拾好了书包后，决定回一趟宿舍放完东西便回家去。

她回宿舍的时候正撞上了盛子瑜，对方换好了衣服正要出门。

"皙皙回来啦？"一见她，盛子瑜便直接伸手拖着她往外走，"走走走，我们看校队打篮球去！"

"小鱼，我今天不能陪你啦。"乔皙赶紧挣开盛子瑜的手，解释道，"我要回家吃饭，大家都在等我呢。"

"哎？"盛子瑜眉头一皱，"可大表哥也在篮球场啊，你们家开饭难道不等他呀？"

乔皙愣了愣才小声嘀咕："他的事我怎么会知道？"

"先走吧！反正你出校门也要经过篮球场的！你待会儿和大表哥一起回去不是更方便吗？"

盛子瑜看上去是个漂漂亮亮的小公主，力气却奇大，她伸出两条胳膊来拽乔皙，乔皙没有一点反抗余地就被她一路拖走了。

乔皙被拽得一路跌跌撞撞，小跑着才跟上盛子瑜风一样的步子。

盛子瑜兴致勃勃："下个月有全市高中篮球联赛，今天校队和体校附中在我们学校进行训练赛！"

乔皙愣了愣，全市高中篮球联赛……在附中这里这么受重视吗？

西京市也有高中篮球联赛，不过西京一中经常连篮球队都凑不齐，三年里有两年都是弃权的。

一路拉着乔皙到了篮球场，盛子瑜捏紧了拳头，雄心勃勃道："我们今年的目标就是要把体校附中斩于马下，杀入四强！问鼎冠军！"

体校附中其实是 T 大附中。

T 大作为一所正经的工科名校，对体育异乎寻常地重视，再加上 T 大还有个出名的"为祖国健康工作五十年"的口号，是以 T 大还有个"五道口体校"的诨名。

这也是 T 大附中被盛子瑜昵称为"体校附中"的由来。

盛子瑜话音刚落，旁边就传来冷冷淡淡的声音："想得美。"

两人转过头。

明屹身穿黑色的校队队服，正在她们旁边观赛。

明屹说的是实话，本校的篮球校队和其他体育强校之间存在着肉眼可见的差距，除非其他学校篮球队的主力一夜之间全部摔断腿，否则他们学校根本没有任何夺冠的可能。

事实上，大家定的目标也就是八强而已。

不过盛子瑜才不考虑这些，听他这么说，眉头一皱："噢？大表哥，你不要因为自己是替补就这么酸溜溜的好吗？"

替补？乔皙愣了愣。

她还以为……明屹是那种做什么都能做到极致的人呢。

她忍不住悄悄地看了一眼明屹。

就在同一刻，明屹也望向她，嘴唇动了动，但没有说话。

乔皙抢先说道："我要回家了。"

　　明屹伸手按住她的肩膀："等会儿跟我一起回去。"

　　干吗要跟你一起回去……乔皙挣开他搭在自己肩上的那只手，往旁边挪了两步："让长辈等着不好，我真的要回去了。"

　　明屹跟着往她的方向挪了一步，抬腕看了一眼手表，淡淡道："下午我妈陪爷爷出去钓鱼了，他们回来要六点半后。这边六点结束，从这里回家只要十五分钟。"

　　盛子瑜插嘴道："大表哥，认识这么久，我还是第一次听你一口气说这么长的句子。"

　　明屹不吭声了。

　　那好吧。乔皙放下书包，在一旁的看台上坐了下来。

　　还是暑假期间，但来看训练赛的人不少，稀稀拉拉地坐了一半的看台。

　　乔皙对大多数球类运动一窍不通，盛子瑜发现她一脸茫然的样子，有些同情，便给她讲解。

　　只不过大多数时候，盛子瑜的"画风"是这样的——

　　"哇，这球罚的，两罚两不中，我上我也行啊！"

　　"怎么不传球给9号？嘿呀好气呀！"

　　"裁判！裁判呢？你没看到对面11号犯规啊？"

　　乔皙想了想，默默捂住了盛子瑜的嘴："我好像能看懂了……小鱼你别说了。"

　　上半场的哨声结束，明屹被换了上去。

　　他将背包和手上的毛巾矿泉水先递给乔皙，又将脖子上的"小花生"摘了下来，交给乔皙。

　　乔皙默默地将东西接过，一样一样地理好放起来。

　　上场前，明屹往旁边指了指，话语很简洁："坐那儿去。"说完他才转身上场了。

　　"咦？"盛子瑜疑惑地探头探脑，"大表哥是怕你坐这里被砸到吗？"

　　可这里是第三排。

　　"哎呀。"盛子瑜突然捂着脸嘟囔了一声，"好晒呀。"

　　这会儿虽然五点多了，可太阳依旧很猛。

　　乔皙看了一眼刚才明屹待的位置。

　　难怪她和盛子瑜刚才都没感觉到晒……原来明屹站在旁边，一直帮她们挡着太阳。

乔晳又看了看明屹指的位置，发现那是看台上仅剩的一片阴凉的地方。

她推了推盛子瑜的胳膊："我们坐后面去吧。"

坐在后排虽然影响观赛体验，但晒不到。

乔晳看不太懂比赛，只听得懂周围的欢呼声。

而明屹上场后，欢呼声的频率明显比之前高上了不少。

再看场上的比赛，看起来校队也不再像之前一样被对手压着打了……

乔晳觉得剧本好像不太对，转头小声地问身边的盛子瑜："他……不是替补吗？"

"哦。"盛子瑜给她解释，"大表哥不是因为技术不行才替补的呀。"盛子瑜指着场上，"你看，大表哥打得很好。但人的精力就那么多嘛，校队主力每天中午晚上都要集训的，他肯定不想篮球分掉太多学数学的时间。"说到这儿，盛子瑜忍不住感叹，"不打篮球都要学数学……大表哥是魔鬼吗？"

回家的路上，明老爷子又日常苦口婆心："你说你，天天防着明屹早恋干什么？他那么不开窍，能有姑娘喜欢他才怪。"

"爸您说得对。"祝心音附和，"那您想想，您的大孙子都这么不开窍了，要是还有姑娘往上凑，您说这姑娘图的是什么呀？图的是他这个人还是别的什么？"

"话不能这么说，你儿子还是招小姑娘喜欢的。"明老爷子反驳，"你看老沈家的孙女，人家家世摆在那儿，根本不图我们家什么，不也天天追着明屹吗？"

祝心音笑道："桑桑还是小孩子，她从三岁起就追在明屹屁股后头，明屹越不搭理她，她越来劲，要是明屹真搭理她，她肯定反而觉得没意思了。"祝心音叹口气，"现在这些小姑娘心眼真的太多了，防都防不过来……您就说之前的那个，我看她爸妈走得早，一个小姑娘可怜。我掏心掏肺地对她，怕小姑娘寄人篱下心里不舒服，对她比对菀菀还好……

"结果怎么着？人家把我当傻子。在我的家里，在我的眼皮子底下，就能干出把自己内衣往男孩衣柜里塞的事情，末了还不承认，非说是阿姨收衣服的时候收错了，你说说，她哪儿来这么多的心眼啊？"

"爸，您就说说，我能不防吗？难道这样的小姑娘，还真娶进家门来？"

说起先前那个，一时间连明老爷子也沉默了，显然也是不太愉快。

好一会儿，明老爷子才道："从前那个是不太行。不过……现在这个，乔家的丫头，你可得好好对人家。"

"我知道。"祝心音连连应道，说起乔皙来脸上都是笑容，"这小丫头又乖又懂事，学习也好，不知道多省心。"

"那挺好。"明老爷子点点头，"小姑娘家家的，心思细，有些话你不说她都知道，所以我跟你说，你再疑神疑鬼，也不准疑心到她身上去……人家爸爸是咱们家的大恩人，你要让她在咱们家过日子还要看脸色，那像什么话！"

两人说着话，车子就开到了明家门口。

推开车门下车，刚走进院子，祝心音便听见了屋子里传来菀菀的嬉笑声。

她转头对明老爷子笑道："孩子们都在家呢。"

一进家门，就见乔皙和明菀正在一楼客厅里陪着斑比玩。

显而易见，斑比的天平重重地偏向了乔皙，惹得明菀气呼呼道："好哇！平时就在我这里骗吃骗喝，小乔姐姐一回来你就不要我了是不是？"

明老爷子笑道："谁敢在我孙女这儿骗吃骗喝了？"

明菀惊喜地一跃而起："爷爷！"

乔皙也跟着站起来，礼貌地叫了一声："爷爷好。"

明老爷子摸了摸乔皙的脑袋："乔家小丫头就长这么高这么大了，我上次见你的时候你还是个小不点儿呢。"

乔皙乖巧地笑。

明爷爷转头问祝心音："明骏他几点回来？咱们不等他了，先开饭吧。"又问菀菀，"你哥哥呢？还没回家？"

"回啦，他刚打篮球回来，上去洗澡了。"

明老爷子拍拍乔皙的肩膀，示意她先去餐厅："不管他们，我们先吃。"

明老爷子对乔皙真的十分喜欢，专门问了小姑娘一会儿话，觉得小姑娘被家里教得很好。

明菀一边听着他们说话，一边吸着果汁。

祝心音则指挥着阿姨上菜："汤先不着急，这两个菜先端上来。"

"汪汪！"受了冷落的斑比嘴里咬着乔皙的书包，不知从哪个角落冒出来。

祝心音指挥女儿："要吃饭了，把狗抱出去。"

"噢。"明菀起身要去抱斑比，谁知斑比又拖着那个书包绕着桌腿和她玩了几圈捉迷藏。

被狗狗拖了一路的书包，突然掉了一样东西出来。

"哐！"

小花生玉坠落在大理石地砖上，在碰撞间发出清脆的一声响。

祝心音转过头来，只看了一眼，脸色就变了。

第七章
Chapter seven
他们才是独一无二的，
你也一样

明屹洗完澡，一出房间，便在楼梯上目睹了狗东西闯祸的全过程。

狗东西闯了祸也没自觉，仍然不安分得很。

明菀要去捉它，它还"嗷呜嗷呜"着直往乔皙怀里蹿。

乔皙脸上的几分慌乱一闪而逝，但她很快镇定下来，站起身，看向祝心音，试图解释道："祝阿姨，这个是——"

这时，明屹已经走下了楼梯，走到众人身边，开口打断她："'花生'是我——"

明老爷子弯腰将地上那个白白胖胖圆滚滚的"小花生"捡了起来，递给乔皙，笑眯眯地开口道："我上午才说让明屹把'花生'给你，他动作倒挺快。"

明屹看爷爷这样，心里顿时就有了数。他默默地在餐桌另一头坐下，低着头玩手机。

乔皙脑子一时间根本就没转过来，傻愣在原地，嘴唇动了动，没有说话。

见小姑娘这样，明老爷子又笑道："怎么，爷爷给你的东西你瞧不上眼是不是？"

他将手里那个白白胖胖的"小花生"再次往乔皙面前递了递。

乔皙可怜的小脑袋瓜这会儿总算是反应过来了，赶紧双手将"小花生"接了过来，又低声道："没有，我很喜欢的……"

明老爷子是何等精明的人，知道自家儿媳怕已起了疑心，是以眼风都没往她那边扫过，只是看着乔皙，笑眯眯道：“我跟你说，你这‘小花生’和菀菀的‘小辣椒’打出来时就是一对，那会儿我还和你爸爸开玩笑，说要给你和明屹定娃娃亲，这小花生就是聘礼。”

乔皙低下了头，脸微微发烫。

明老爷子笑得更加开心了：“你不知道，他小时候笑都不会笑，刚生下来那会儿我们还都以为他是脑瘫……结果没想到，一见到你，他就——”

餐桌另一头的明屹“哐”的一声将手机放在了桌上，语气很不耐烦，颇有几分恼羞成怒的意思：“说完了没？还吃不吃饭了？”

祝心音伸手照着他的后脑勺就是一巴掌：“怎么跟爷爷说话？没礼貌。”

明屹有些恼火，“嗖”的一声站起身，暴躁道：“不吃我上去了！”直接头也不回地上楼去了。

见明屹这样大的反应，原本一直低垂着头的乔皙忍不住咬紧了嘴唇。

他看起来……好像一点都不想和她扯上关系。

盯着自家哥哥的背影的明菀抱紧了怀里的斑比，同样若有所思。

哥哥平时没有这么暴躁的呀。

而且，她刚才看见，哥哥的耳朵尖……好像红了。

“你看看，这狗脾气。”看着大孙子上楼去的背影，明老爷子语气嫌弃，“还是你爸爸有先见之明，瞧不上这狗脾气，死活都没收那‘花生’。”

明菀一听，便乐出了声：“原来哥哥小时候那么讨人嫌啊！”

明老爷子看她一眼：“那可不。”

自己也才刚学会走路，还扒着人家一个还在喝奶的小奶娃亲得不肯放，人家爸爸可嫌弃死他了。

“不过啊，”明老爷子笑眯眯地说，“这臭小子不肯戴，给他也是糟蹋好东西了。这一个‘花生’一个‘辣椒’，正好你们两个小姑娘一人戴一个。”

一听这话，明菀立刻伸出一只手搭在乔皙的手背上，笑眯眯地说：“我和小乔姐姐锁了！钥匙给斑比吞了！”

祝心音拍了拍小女儿的脑袋，无奈道：“一天天的，都在胡言乱语些什么？”她又对乔皙温柔笑道，“爷爷都发话了，还不快戴上？”

乔皙慢吞吞地“哦”了一声，将“小花生”挂上了脖子：“谢谢爷爷。”

没一会儿，明骏回了家。

明菀跑上楼去叫明屹下来吃饭。

明屹下来的时候，就见乔皙在帮刘姨盛米饭。

乔皙回到餐桌边上时，发现明屹坐在了她旁边的座位上。

一时间两人四目相接，乔皙愣了愣，将目光转开了。

明屹盯着她看了几秒，也低下头，若无其事地继续玩着手机。

几分钟之前，明菀忍不住摸了斑比，这会儿她被祝心音一脸嫌弃地捉去洗手了。

因此，乔皙没坐下，又借着帮忙摆碗筷的工夫，等到明菀洗好了手过来。

她不动声色地拽了拽明菀，示意明菀去坐明屹身边的空位。

这时，坐在上首的明老爷子朝乔皙招了招手，指了指自己和明屹中间的空位："乔丫头坐我这边来。"

明菀悄悄在乔皙的腰上推了一把。

乔皙并不想和那个人坐一起。

只是，还没等她磨磨蹭蹭地挪过去，原本坐着玩手机的明屹突然"腾"的一声站起身来，也没看乔皙，直接就坐到了餐桌对面，离得她远远的。

大人们自然没工夫关注孩子之间的细枝末节，还如常说笑着。

只有明菀，一直和乔皙黏在一起，她第一时间就注意到自家哥哥这么大反应，猛地瞪大了眼睛。

这个人……是干吗啦？搞得好像小乔姐姐身上有病毒一样。

乔皙咬紧了嘴唇，默默在明老爷子身边坐下。

虽然……她心里也嫌弃明屹，不想和他坐一起，可明屹的举动，还是令她脸上十分挂不住。

这时，明骏笑着同乔皙说话："我今天才打过电话问你们学校老师，都夸你又聪明又努力。"

乔皙有点不好意思，讷讷道："同学们都很厉害，不努力的话就会被甩下。"

明骏瞪了一眼正在吸溜啃猪筒骨的女儿，恨铁不成钢道："你听见了没？"

"噢？"明菀很惊讶，"我又不是用耳朵吃饭，当然听见了！"

明骏被宝贝小女儿这么顶撞，也没什么脾气。

过了一会儿，明骏又道："老师还说你要当你们结业晚会的主持人，这么好的事情怎么不跟我们说？"

祝心音听了，也来了兴致："你性格内向，就该多锻炼锻炼，这对以后很有好处的。"

明骏一拍桌子，做了决定："晚会是哪天？我们全家都去看！"

听见爸爸这样说，明菀手舞足蹈着很开心："喔喔！小乔姐姐人美歌甜！"

大家说笑间，明屹风卷残云般地吃完了饭，他将手中的空碗往桌上一放："我吃好了。"

明骏提醒他："你也记得去。"

明屹脚步顿了一下，冷淡道："没空。"说完他头也不回地上楼去了。

噢？

明菀觉得自家哥哥今天真的很奇怪，啃完手上的筒子骨后，匆匆扒了几口饭，也迅速跟着上楼了。

走进哥哥的房间，明菀难得见他没有在看书，而是躺在床上玩switch（游戏机）。

明菀一屁股坐在他的床上，满脸探究地问："哎哟，你今天的脾气好像很大哟。"

明屹耳朵里塞着耳机，假装没有听见她的话。

明菀有些生气，伸手将他的耳机扯下来，继续道："你刚才对小乔姐姐的态度真的很恶劣哎！"明菀觉得他过分了，"又不和人家坐一起，人家主持的晚会也不去看……你干吗对她那么坏啊？"

这下明屹也不能再装听不见了。

他翻了个身，将后背留给自家妹妹，语气冷淡、语速飞快地开口道："我又不娶她，干吗对她好？"

明菀茫然："我没说让你娶她呀。"呆呆想了半分钟，明菀颇有几分不可思议，"爷爷说的娃娃亲……你还当真了？"

背对着她的明屹重新暴躁起来："别烦我，出去！"

"噢噢！"看着眼前这个喜怒不形于色，可全部心思被一点泛红的耳朵尖所暴露的哥哥，明菀惊讶地瞪大了眼睛，"你真的当真了！"

喔——不但当真了！还不好意思了！

难怪既不和人家坐一起，也不去看人家的晚会！

"哥哥。"明菀探脑袋过去研究他的神情，"你不会真的……看上小乔姐姐了吧？"

明屹难以忍耐地道："出去。"

明菀光是想一想自家哥哥谈恋爱的画面，就掉了一地的鸡皮疙瘩。

"我替小乔姐姐求求你，你放过人家吧。"

"你烦不烦？"明屹终于忍无可忍，"我不喜欢她！还要我说几遍？"

"'我又不娶她，干吗对她好？'"明菀捏着嗓子学他刚才讲话，"喔喔，那你之前对人家那么好，就是想娶人家咯！你还不承认！"明菀瞪大了圆溜溜的眼睛，"'小花生'都给了！看人家没好好学习你发脾气！还和人家吵架！你以前和谁吵过架你倒是说啊？"

吃过了晚饭，又陪着明老爷子聊了一会儿天，等乔皙回到自己房间，已经九点多了。

手机上多出来好几条未读消息，都是两个小时前收到的。

乔皙点开一看，这几条消息皆来自那个叫颜夏的女生。前面是几个表情包和几个微博段子的截图，只在最后说了一句："看到这个觉得很好笑，分享给你。"

乔皙想了想，回给她一个笑脸表情。

对方似乎一直在线，不过两秒，一条消息就到了她手机上。

"你去忙什么了？怎么一直不理我？"

女生的直觉大多十分敏锐，哪怕两人仅仅只是通过聊天软件接触，乔皙依然能感觉到对方对她的窥视欲。

乔皙也前所未有地确信，她的"第六感"并非错觉。

没等乔皙想好要回复什么，她又收到对方飞速发过来的消息："国内已经晚上了吧？我现在还在上课，好无聊呀。"

乔皙立刻回复道："你好好上课吧，我不和你聊天分你的心了。"

回复完，她将手机塞回了抽屉里。

虽然和颜夏聊天时间不长，但乔皙第二天的精神状态还是因此受到了影响。

更加糟糕的是，因为昨晚胡思乱想，她连今天的上课内容都没有预习。

乔皙在语言上很有天赋，语感很好，哪怕她的基础较旁人薄弱，她还是凭借过人的天赋，成了法语老师的宠儿，时常被老师叫起来朗读、回答问题什么的，她一般都完成得很好。

可今天上课时，法语老师叫乔皙起来用新学的复杂句式造句，她回答的句式颠三倒四，内容更是不知所云。

老师很宽容，知道自己这门课不过是学生们的兴趣课程，能学好是惊喜，学不好也在情理之中。像乔皙这么认真努力的学生，课堂上偶尔一次失常，她便没有责怪。

真正陷入了深深自责中的人，是乔皙。

不止是法语，乔皙还发现，自己这一个多星期来，只按部就班地上着编程课，她打算自学的编程语言进度，也被她搁置了。

乔皙知道，自己这样是因为什么。

她……好像很在意一个人。

他对她好一点，她便忍不住胡思乱想、患得患失。

可从别人的口中，她才知道，他善待的，不仅仅只有她一个人。

更确切地说，他对她好，和她是谁其实并没有半点关系。

换成是任何住在他家的其他人，他都会是一样的态度。

更何况……想起昨晚的种种，乔皙忍不住咬紧了嘴唇。

他已经讨厌她了。

乔皙又忍不住想到了自己曾讲给盛子瑜听的那个故事。

樵夫怎么能把自己当作牧羊人呢？

这个学校里的其他同学，谁都有资格任性地做自己喜欢的事，唯独她不行，她没有这个资格。

中午的时候，乔皙去校门口的文具店买了一个很小的、只有手掌大的笔记本。

乔皙回到教室的时候，里面没有几个人。

她回到自己的座位，翻开笔记本的第一页，在第一行上写了个"100"。

紧接着，她思索了几秒，开始依次在 100 的下面写字——

"说我又笨又不努力。－5。"

"说我的普通话不标准。－5。"

想了想，乔皙在第二行的"－5"后面乘了个"2"。

他说了两次。

"吃饭的时候不和我坐一起。— 5。"

"有空也不来看我主持的晚会。— 5。"

乔皙看了一眼，只剩下 75 分了。

这个人对她一点也不好，她不要再因为和他有关的事情费心费力了。

她唯一要做的事情，就是好好学习。

盛子瑜听见她小声嘀咕"我心里只有学习"，很奇怪："皙皙你要断情绝爱登基当女皇了吗？"

乔皙很认真地点点头，头一次没有反驳盛子瑜奇奇怪怪的说法："断情绝爱才能考第一。"

颜夏总来找乔皙聊天。

乔皙不太擅长拒绝别人，面对颜夏，她自觉自己够冷淡，仅仅维持着表面上的客套，只在一天结束的时候才会回复对方一两条消息。

没想到，对方依然乐此不疲。

乔皙极力想将这人赶出自己的脑海，还极力想把另外一个人也赶走。

奥数班的小测成绩出来了，乔皙本来不想再去奥数班旁听了，可想到那张自己只做了 9 分题目的试卷，尽管内心极不情愿，她还是去了。

结果，明屹按成绩来发试卷。

眼看着教室里的其他同学陆陆续续拿到了小测试卷，乔皙的面前还空空如也。

不知过了多久，乔皙终于听到自己的名字。

她是倒数第三个被叫上去的……她只做了 9 分的题目，也只做对了 9 分的题目。

她的成绩是全班倒数第三。

乔皙都不知道自己那天的课到底是怎么上完的。

事实上，老师讲了一个半小时的课，她一点都没有听进去。

放学的时候，明屹一如既往地找到坐在教室后排的她，语气淡淡："待会儿留一下。"

试卷上一共六道大题，老师讲了一个半小时也只讲完两道大题，剩下的四道大题，乔皙只做对了一道。

明屹心里清楚，一对一辅导会比老师讲大班课快上许多，乔皙聪明，很多地方只要点到即止，不需要深入，多留一个半小时，他应该能将试卷上剩下的四道大题都给她讲完。

乔皙默默地收拾着书包，声音闷闷的："不用给我讲……我以后不会来了。"

明屹忍不住皱了皱眉："什么意思？"

"字面上的意思。"乔皙轻轻咬了咬唇，"我不是这块料，以后不浪费自己的时间了。"

乔皙之前就想得很清楚了，在奥数方面，她没有天赋。她并不是不愁后路的人，比起竞赛，自然还是好好准备高考更稳妥。

明屹看着她，声音低沉："就因为我刚才按排名发试卷？"

乔皙没有辩解，坦诚地点了点头。

比起那些理性的考量，这种直白而不加掩饰的方式，更能摧毁一个人的自尊。

明屹看着她，沉默了许久才缓缓开口道："你希望我……不光是我，还希望未来所有人，都顾忌你那脆弱的脸面和可怜的自尊心？"

乔皙愣住了，没想到他会说出这样的话来。

她轻轻呼出一口气，声音很低："所以……你是没有更委婉的方法了吗？"

"委婉？"明屹重复了一遍这个词，然后摇了摇头，"那不是给你准备的。"

乔皙低下了头，没有说话。

明屹看向面前的女孩，声音里有一丝难掩的失望："乔皙，我告诉你，只有在面对弱者时，我才会考虑对方那一点可怜的自尊心……在我眼里，你不是弱者。"

她不是需要别人来维护自尊心的可怜弱者。

她是有天赋而不自知的人。

这个结论不需要过多证据来佐证，明屹辅导过她，他很清楚。

许多常规的奥数题，她之前从未接触过，却能给出十分惊艳的解法。

明屹心里无比清楚，这个姑娘需要的只是时间。

给她足够的时间，她的成绩绝不会止步于全国联赛、CMO甚至不会 IMO 金牌。

只要她付出足够多的时间和努力，整个数学王国的大门都会为她敞开。

可惜此时的乔皙一无所知，她的认知都被眼前这张考了 9 分的试卷蒙蔽了。

最终她没等明屹说出更多的话，就将那张考了 9 分的试卷撕成两半，扔在了他的面前，哭着跑走了。

如果她第二天继续来奥数班上课，她就能听见老师花了整整一个小时的时间来讲解她对第三大题给出的全新解法。

这天深夜，为了这张考了 9 分的试卷躲在被子里哭了一整夜的姑娘，绝对想不到，二十年以后，大家回想起这个夏天在 A 大附中举办的华北奥数集训营，她和这个教室里的其他几位同学会被誉为"中国数学的黄金一代"。

周末的时候，盛子瑜神秘兮兮地给乔皙发消息，说现在有一大票高二高三的学长想要认识她。

晚上乔皙从图书馆回来，才瞧见她的这条信息，她以为是盛子瑜逗自己玩，直接回了一句："好啦，你别耍我了。"

没想到，盛子瑜直接给她回了个电话，嘴里信誓旦旦："是真的，骗你是小狗！"顿了一下，盛子瑜又解释道，"你过生日那天不是唱了首英文歌嘛，当时挺多人都录了音，这几天录音不知怎么传到高年级那里去了，所以我才说很多学长都想认识你！"

乔皙愣了一下，赶紧道："还是不要了，看见真人他们会幻灭的！"

盛子瑜在电话那头笑嘻嘻道："我就喜欢 wuli 皙皙美而不自知的样子！"

这样就不会有人和她争夺校花宝座啦！

挂掉电话后，电光石火之间，乔皙脑海里闪过了一丝东西。

乔皙又将手机拿出来，去翻明菀的朋友圈。

她一路往前翻，果然在自己生日的那天，明菀发了一条朋友圈视频，视频正是自己当时唱歌的内容。

她的脑海中蓦地浮现起颜夏那天对自己说过的话——

"不过他倒是和我说起过你，说你唱歌很好听，你不知道他那个性格多难得夸人。"

恰在此时，她的手机轻轻振动了一下，颜夏发来一条消息。

对方很喜欢玩 K 歌软件，她给乔皙分享了一首她自己录制的歌。

乔晳看了一眼对方发过来的歌名，回复道："我不怎么会唱华语歌。"

难得见乔晳如此迅速地回复消息，颜夏立刻回了过来："那你一般唱什么歌？欧美还是日韩？"

乔晳的手指在屏幕上快速点动了几下："明屹不是都和你说我唱歌好听了吗？难道他没告诉你我只会唱藤田惠美的歌？"

那天她在 KTV、在菀菀的朋友圈视频里，唱的便是藤田惠美的那首 *Down by the Salley Garden*。

对方短暂停顿了一会儿，才发来消息。

"他提过，但我记性不好嘛！他还说你生日时还当众唱了那首 *Down by the Salley Garden* 呢。"

其实乔晳没有听过藤田惠美的其他歌，她喜欢 *Down by the Salley Garden*，是因为叶芝，而不是藤田惠美。

乔晳的脸色慢慢地冷了下来，手指停在屏幕上方良久，最终发过去两个字——

"骗子。"

颜夏在她面前营造出来的一切，现在看来，都是以菀菀的那条朋友圈视频为原点，漫天散发出的幻想。

下一秒，乔晳干脆利落地将对方拉黑了。

尽管之前就对颜夏不怀好意的窥探有所察觉，现在试探出对方话中的漏洞，乔晳才终于将自己毫无根据的猜想转为确信。

确信了对方不安好心，不用再与对方小心翼翼地周旋……乔晳颇有几分如释重负。

周末，乔晳才回到明家，就和明菀一起被祝心音开车带出去了。

祝心音笑得很温柔："晚会时间不就在下周吗？主持人怎么能没有一条好裙子呢？"

乔晳愣了愣。

其实艺术团给每位主持人都提供了服装，不过，这些礼服已经用过很多届，她们都戏称之为"前清遗物"，款式也早过时。

因为学校经费有限，购买的礼服质感十分一般，她们就算想要装扮成 vintage（复古）风格也不成。

男主持人倒还好，对礼服的要求并不高。

　　和乔皙搭档的季融融，几天前就想约乔皙这周末一起去挑演出时穿的裙子。

　　在附中已经待了一段时间，耳濡目染之下，如今的乔皙能认出许多奢侈品牌子了。

　　尽管大家每天穿着统一的校服，但乔皙早就认出来，季融融脚上穿的鞋子是 Tod's（托德斯）的，腕上戴的手表是 Longines（浪琴）的。

　　和她一起逛街？

　　乔皙想也不想就拒绝了季融融的邀约。

　　当然，此时此刻，坐在祝阿姨的车上，乔皙的心理压力同样很大。

　　她知道现在自己每个月的花费都是一大笔钱，也许这笔钱对明家来说并不算什么，她却不能心安理得地接受。

　　学费生活费就罢了，像礼服这种无所谓的花费，自然是能免则免。

　　想到这儿，乔皙试探着开口道："祝阿姨，学校会提供服装的……而且我已经试过装了，艺术团的老师也帮我拿去改大小了。"

　　明菀叽叽喳喳地抢先说道："哎呀，小乔姐姐你不要自作多情了！又不是特意为你买的，是妈妈要帮我买衣服，顺便带你来的，你是沾了我的光！"

　　看着面前这个脸颊鼓鼓、看起来如同一只生了气的小松鼠的菀菀，乔皙的眼眶忍不住有几分发热。

　　她知道的，菀菀是为了照顾自己的自尊心才特意这样说的。

　　乔皙借着低头的动作，极轻地吸了吸鼻子才轻声道："我知道啦，那……我就沾菀菀的光啦。"

　　虽然话是这样说，可一行三人一进商场便直接进了 Donna Karan（唐纳·卡兰）给乔皙挑起了裙子。

　　祝心音的眼光极好，她挑出了几条裙子让乔皙去试衣间试，每一套的效果都很好，问小姑娘喜欢哪一件，小姑娘却犹犹豫豫地表示都不太喜欢。

　　见乔皙这样，祝心音不用想便猜到了，小姑娘多半是嫌贵。

　　她想了想，在乔皙刚才试过的裙子里挑了条宝蓝色的长裙："就这件吧，颜色是有些老气，不过主持晚会的话，这样的颜色才压得住，而且宝蓝色显白。"

　　等乔皙去试衣间换回了自己的衣服出来，祝心音才笑眯眯地问她们：

"那你们两个现在是想去吃东西还是想去哪儿玩？"

时间还早，明菀举手提议道："我想先吃甜品，然后去看电影！"

"那行，你们自己商量。"祝心音从钱包里拿了张卡递给乔皙，"阿姨待会儿还有事，皙皙，你带着妹妹玩，玩好了就早点回家。"

虽然祝心音对乔皙很放心，知道有她在不会出什么乱子，可她们到底是两个小女孩，临走前她又叮嘱道："超过晚上八点的话，就打电话叫哥哥来接你们，听见了没？"

明菀的一颗心已经放飞到天际，自然是不耐烦听唠叨的："知道啦，知道啦！"

祝心音嗔怪着拍了拍女儿的脑袋，这才转身离开。

祝心音一走，明菀立刻放飞自我，拉着乔皙在甜品店里又是自拍又是发朋友圈。

发完了朋友圈小丫头也不消停，吵着要小乔姐姐给自己的朋友圈点赞。

乔皙无奈笑道："好啦，一会儿就帮你点。"

"不行不行！现在就要！"明菀直接拿起了乔皙放在一旁的手机来，"我自己点了哦。"

乔皙笑了笑："随便你。"

迅速地给自己点了个赞后，明菀顺手翻起乔皙的朋友圈来。

看到那张万年不变、永远排在时间线第一位的人狗合影后，明菀有些不满地嘟囔："你怎么老也不发朋友圈呀？"

乔皙无奈道："我也没什么有趣的东西可以发呀。"

难道每天发图书馆定位吗？

两个人有一搭没一搭地聊着，明菀突然惊讶地"咦"了一声："你怎么有小夏姐姐的微信？"

乔皙想起来，她虽然已经拉黑了颜夏，但颜夏给自己朋友圈的点赞她没删掉。

她将之前颜夏来找她，两个人聊天的内容简单地同明菀说了。

听她说完，明菀连连摆手撇清自己："我没有把你的微信号给她哦！"

"我知道啦。"以乔皙对明菀的了解，如果微信号是明菀给的，明菀肯定一早就跟自己说了。

不过，乔皙问："她……之前在你们家住过很久吗？"

　　她对颜夏不好奇，她只是想知道颜夏为何对自己如此好奇。

　　明菀想了想才说："她爸爸妈妈去世之后，她就住到我们家来了，住了有两三年吧。"顿了一下，明菀继续道，"去年的时候……前一天晚上还好好的，第二天她就突然从我们家搬走了。"

　　要说搬走也不大合适，因为颜夏走的时候，她的东西都留在明家没有带走。

　　明菀挠了挠头："我都没见到她她就走了，后来我才听说她是出国念书了，没再回来过，连她的东西都是妈妈让人打包好直接寄回她家的。"

　　乔皙慢慢地"哦"了一声。

　　原来……是被明家赶出去的。

　　明菀吸了一口果汁，道："她走了之后妈妈就不准我提这个人了，一提她就要生气的……你也别提她哦。"

　　两个小姑娘看完电影出来，快晚上九点了。

　　电影开场前，明菀给自家哥哥发了短信，告诉了他影院位置和散场时间，让他到时候来接她们。

　　此刻，明屹等了在电影院门口。

　　应该是从家里出来的，此刻的他没穿校服，而是穿了一件连帽衫和一条五分工装裤。

　　身形修长的少年站在影院的大厅里，背靠在大理石柱子上，头微微垂着，嘴唇抿得很紧，低头不知道在看些什么。

　　等再走近些，乔皙才发现他耳朵里塞了耳机，手里拿着手机正在打游戏。

　　明菀蹦蹦跳跳地走过去，拽下他左边耳朵的耳机线："我们走吧！"

　　他抬起视线，正撞上乔皙的目光。

　　这样的四目相接不过一瞬，下一刻，两人都迅速移开了视线。

　　自那天的"9分试卷"事件后，乔皙就再没有和他说过话。

　　哪怕两个人在食堂里擦肩而过。

　　乔皙也不知道自己到底是怎么了。

　　她并不是记仇的人，可每每面对明屹时，那张9分试卷，那天他对她所说的话，那天所有的一切带给她的那种避无可避的羞耻感，便会飞快地涌上心头。

明屹摘下右边耳朵里的耳机线，退出屏幕上正在运行的游戏，双手插兜，率先转过身："走吧。"

这里是 A 市的地标之一，晚上九点的高峰期自然打不到车。

不过地铁站离得不远，就在下一个路口，明菀提议道："坐地铁吧，反正现在人也不多。"

明屹看了一眼手机，打车软件系统预计的打车时间已经排到了一个小时后。

他将手机放回裤兜，点点头："走吧。"

繁华的路口车水马龙，一条横穿而过的铁轨将道路分为两侧，这里是 A 市城内仅存的几个平交道口之一，每天有数十趟火车从这里呼啸而过。

一行三人走到路口时，蜂鸣警报声"嗡嗡"响起，电动闸栏缓缓关闭，道路边的喇叭里传来提示音——

"行人车辆请注意，火车就要开过来了，请在栏杆外等候，不要抢行，不要翻越栏杆。"

明菀走在最前面，她趁着电动闸栏未完全关闭时，和身边的人一起小跑着穿越了路口。

等她站定，再回头时，发现自家哥哥和小乔姐姐都被留在了闸栏的另一头。

她无奈地鼓起脸颊，双手圈成喇叭状，冲着他们这边喊："你们是老年人腿速吗？"

明屹提高了几分音量："别乱跑。"

乔皙的语气也有些急："你好好待着别动。"

两人同一时间开口，又四目相对，气氛再度有些尴尬。

乔皙率先转过脸去。

列车由远而近缓缓驶来，轰鸣声越来越响。

明屹突然开口道："和解吧。"

乔皙愣了愣，下意识地转过头去看身旁的人。

明屹也转过头来，目光同样聚焦在她的身上。

"我那天说的话没有错。"明屹补充道，"我只为我的态度道歉。"

乔皙咬紧了嘴唇，不知道该如何回应。

明屹将视线收回，面无表情地注视着前方："你以后想成为什么样的人？法语老师、外交官、翻译家，还是其他什么？"

乔晳被他这个问题问得愣了一下。

她也不知道。

明屹抬起头，看向虚空中的某一处，语气淡淡的："你想成为的那些人，其实都和她一样。"

乔晳循着他的视线方向看去，发现明屹口中的"她"，是不远处巨幅电子广告屏上巧笑倩兮的女明星。

"没有她，这块广告屏还是会在这里，只不过上面的她换成了另一个明星。

"法语老师、外交官、翻译家……全都一样。没有他们，也会是其他人。

"没有瓦特，也会有蒸汽机；没有莱特兄弟，也会有飞机；没有贝尔，还是会有电话……他们都无足轻重。

"可数学不一样，它是不可替代的。"年轻男孩转过头来，素来清冷的眼底，这一刻却有不知名的光芒在闪烁，"高斯只能是高斯，牛顿也只能是牛顿。"

轰隆隆的火车驶近，在震耳欲聋的轰鸣声中，乔晳的脑海中回荡着他刚才的话——

高斯只能是高斯，牛顿也只能是牛顿。

他们才是独一无二的。

没有他们，万古如长夜，不会有任何替代他们的人出现。

"有些人生来就是干这个的，你也一样。"

天赋是上苍赋予一个人最慷慨的赠礼。

明屹看着她的眼睛，低声道："谁都没有权利浪费自己的天赋。"

这时，火车呼啸着过去了。

冻结已久的人群车辆重新沸腾起来，恢复了尘世的烟火气。

电动闸门缓缓滑动着打开，人群如同潮水一般往前，乔晳被身旁的人挤得一个趔趄。

明屹伸手扶了一下她的小臂，待她站直后便迅速松开："走吧。"

明菀在对面等了很久，一见他们过来，马上叽叽喳喳道："对啦，小乔姐姐，哥哥马上就要去西京比赛了，你有想带的特产可以让他给你带哦。"

乔皙愣了愣，看向一边的明屹。

明屹同样看向她，低声道："想要什么，还欠你一个生日礼物。"

上次她过生日，他的礼物是菀菀顺便帮他挑的。

"不用。"乔皙摸了摸脖子上的"小花生"，"这个就当是我的生日礼物了。"

这天晚上，乔皙难得地失了眠。

她在床上翻来覆去，明明什么都没想，却睡不着。

无奈，她从床上爬起来，坐到书桌前，打开那个小小的皮质笔记本，翻开新的一页。

她在笔记本上写道——

"高斯只能是高斯，牛顿也只能是牛顿。"

隔了好一会儿，乔皙在这句话后面，小心翼翼地写了个"+10"。

第二天，乔皙便重新去旁听奥数班的课。

看见她来，韩书言非常高兴，笑着道："上星期的课我都记了笔记，有不懂的来问我，我可以尽力解答一下。"

注意到她重新出现的自然不止韩书言一人。

讲台上的老师也注意到了，上课前还笑眯眯地调侃她："乔同学终于回来了？这几天是去哪个好玩的地方玩了吗？"

乔皙有些脸红，默默地低下了头。

以前老师可不认识她。

韩书言善解人意地解释："那道大题你的解法很新颖，老师讲了很久，好几节课都在问'乔皙是谁'，只是你都没来。"

这时，乔皙在桌肚里摸到了一个东西。

触感像是一个文件夹。

她将文件夹拿出来，发现里面是一沓纸，第一张就是她那张考了9分的试卷，曾经被她撕成两半，现在试卷撕开的位置被人用透明胶带细心地贴好了。

乔皙心中微动，她将那张试卷拿开，去看后面的纸。

底下是一沓 A4 纸，纸上密密麻麻全是字。一看字迹，她便知道是明屹写的。

他没有写答案解析步骤，而是将每道题考查的知识点都写了出来。

譬如几何题中涉及托勒密定理，明屹先用初中数学知识在纸上证明，再用托勒密定理来解题。

每个知识点后面，明屹还列了对应的参考书目和范围。

将这些纸一页页看完，乔皙不得不承认，明屹说的是对的。

试卷上的六道大题考察的知识点并不高深，只是每道题的问题都设置得十分巧妙。其中四道题都能用初中数学知识解出来，剩下的两道略微超纲，但也能用初中数学知识拿到一部分解题步骤分。

这些题目，多认真思考，她应该能解出来。

她的错误在于她直接放弃了思考，提前交卷。

乔皙抬起头朝教室前方望去。

助教坐的右手边第一排位置，此刻却空空如也。

明屹不在。

乔皙心里有些不安，悄悄拿出手机，点开通信软件，找到明屹的头像，点进去，退出来，点进去，退出来……

如此重复了好几次，最后乔皙狠下心来，将手机塞进书包里，决定暂时将这个人赶出大脑，先认真听课。

因为老师上课前的调侃，班上所有同学都知道乔皙回来上课了，包括江若桐。

江若桐许久没有同乔皙说过话了，这回一下课，她就从自己的座位上起身，走到乔皙身边，声音里听不出来是什么情绪："我还以为你不来了。"

乔皙笑了笑，轻描淡写："我以后会一直来的。"说完她越过江若桐，走到讲台上，站定在坐着休息的老师身边。

听完她的疑问，老师愣了愣，才道："你问明屹啊？他去西京参加比赛了，今早刚走的，怎么了？"

昨天菀菀说明屹要去参加比赛时，乔皙心里梗着一口气，尽管好奇极了，她也强忍着没有问他到底去参加的是什么比赛，现在只能眼巴巴地瞅着老师了。

老师耐心同她解释："一个亚洲地区的比赛，今年轮到国内举办，就在西京比赛。"末了，老师又笑道，"他不在，有什么问题你问我也是一样的嘛。"

乔皙赶紧摇摇头："没有问题！"

说完她赶紧溜走了。

回到自己的座位上，乔皙忍不住将手机拿了出来，再次点开了明屹的头像。

乔皙想告诉他，昨天他说给她听的话，她听进去了。

虽然乔皙并不确定自己是不是真的如同明屹所说的那样有天赋，但她想要试一试。

所以，今天她重新来奥数班旁听了。

不过……看着空空荡荡的聊天界面，乔皙想，还是算了吧。

她关掉手机，将手机塞回书包里。

既然他要比赛，那她还是别和他说话让他分心了。

而且……她要好好学习呀！

接下，乔皙度过了地狱般的一周。

之前都是有一搭没一搭地来旁听，乔皙落下了不少奥数班的课程。

乔皙还发现，不来听老师讲课，只借其他同学的课堂笔记自学，学习效率实在太低了。

乔皙权衡再三，索性将新生夏令营的课全翘了，一门心思地上奥数班的课。

毕竟新生夏令营的课程简单，属于上手快，难度低，培养大家兴趣的。

专注夏令营的课程，放弃奥数班，似乎太不值得了；但完全放弃夏令营的课，乔皙又舍不得。

因此接下来的时间，乔皙白天和晚上都待在奥数集训班里，和其他学长学姐一起接受高强度训练。

午休和睡前的时间，乔皙自学夏令营的课程。

然而，夏令营结营晚会就在这周五，她又是主持人之一，她不得不再挤出时间参加晚会彩排。

面对被排得满满当当的日程表，从来都是六点半起床的乔皙，将起床时间提前到了五点钟。

害怕吵到还在睡觉的舍友，每天早晨闹钟开始振动的第一秒，乔皙就会迅速起床，先躲进洗手间看书，估摸着舍友该醒了，她才开始洗漱。

盛子瑜每天睁开眼时，见到的乔皙都是收拾妥当一副要去上课的状态了。

　　一看手表，七点五十分，上课要迟到了……盛子瑜在床上滚了两圈，很痛苦地呻吟了两声："乔晢你每天都不困的吗？"

　　乔晢喝完最后一口牛奶，笑眯眯地开口："早点睡不熬夜看动画片就不困啦。"

　　盛子瑜蹬了一脚床板，"呜呜呜"地假哭起来："你好烦啊！"

　　不过，将时间挤成这样用，还有一个好处。

　　乔晢意外地发现，一天只睡五个小时，对她来说并不是不可接受的。

　　除了刚开始的两天，她需要喝咖啡才能撑住中午的排练。

　　第三天，乔晢就发现自己已经习惯了这样的作息，不喝咖啡，她中午也不会犯困了。

　　韩书言很羡慕她这样的体质："你应该是属于天生精力充沛的人……我就不行，睡不满八小时，我第二天就废了。"

　　乔晢有些不好意思："觉还是要睡的。"

　　她的基础比不上其他同学，自然要多花点时间迎头赶上。

　　等进度跟上了，她还是要恢复成之前的作息的，毕竟……她现在的年纪，多睡觉，可以继续长高！

　　周四中午，乔晢和其他三个主持人都被叫去试妆。

　　附中对每年的新生夏令营都十分重视，今年也不例外。

　　结营晚会历来都是高中部新生和初中部新生混在一起合办，艺术团老师指导，举办地点在学校大礼堂。

　　艺术团里有一位老师，化妆技术不错，今年艺术团也没有花钱找外面的化妆团队，而是继续让于老师亲自操刀主持人和其他演出者的妆面。

　　季融融的五官立体，只眉眼处稍弱。老师帮她化妆时只帮她稍微加强了一下眉眼处，季融融整个人便立刻脱胎换骨，上镜之后更显明艳动人。

　　知道季融融是播音主持特长生后，连老师也忍不住夸她："你这张脸，天生就是吃镜头这碗饭的。"

　　反观乔晢，试妆的效果却不尽如人意。

　　平日里她同季融融站在一起，大家都觉得她更好看些。

　　一来是乔晢个子更高，二来则是她的皮肤更显白。季融融的五官也长得不错，但两人站在一起，季融融很容易被衬得又黑又瘦，显不出好看来。

而现在，两人化完妆就完全反过来了。

乔皙的气质清新，本来就不适合浓妆，再加上她脸还带着点婴儿肥，看真人瘦，可到了镜头里，脸被拉宽，就显得有些胖了。

好看当然还是好看的，但镜头里的乔皙，好看程度完全比不上平日里的乔皙。

于老师一副很棘手的模样："你还是不化妆更好看些……可晚会是在大礼堂举行，为了照顾后排的观众，舞台上的人都是要投影到大屏幕上的，不化妆肯定不行。"

乔皙对着镜子照了照，又跑到一旁的摄像机后面看刚才的录像，发现镜头里的自己的确有些陌生。

乔皙有几分欲哭无泪……这是谁啊？真的好胖啊。

季融融给她出主意："我之前艺考，提前半个月开始控制碳水的摄入量，考前三天我索性饭都不吃了，最后一天更是连水都不沾，这样上镜了才没水肿。"

乔皙中午本就没来得及吃饭，早就饥肠辘辘，这会儿肚子正好"咕咕"叫了两声。

又听季融融这样说，乔皙吓得连吞了好几口口水。

不吃饭就算了，连水都不能喝……乔皙简直想都不敢想。

而且每天的课业那么繁重，不吃饭肯定不行的。

那……乔皙犹犹豫豫，很是纠结地想，她还是继续丑着吧。

虽然想是想通了，但乔皙无法丑得坦然。

盛子瑜之前说过，因为乔皙那段唱歌的录像被传到了高年级的群里，因此挺多高二高三的学长约好了要一起来晚会看她真人。

得知这个消息的乔皙还祈祷过，希望老师能将她化妆化得完全不像本人。

现在这个愿望倒是实现了，可乔皙心里七上八下的。

毕竟……明家所有人都会来看她主持晚会。

最郑重其事的是明菀，每天早上一起来就在家里的微信群兴致勃勃地打卡——

"距离小乔姐姐 C 位出道还有 ×× 天！"

还有明叔叔和祝阿姨，上周在家里吃饭的时候他们说了，为了来看

　　她主持的晚会，周五的应酬已经全部推掉了。

　　至于剩下的那个人……虽然他什么都没表示，可家里的其他人都对她这次的主持这么重视，他肯定也是知道这回事的吧。

　　明菀也说过："哥哥他们的比赛周三就结束了，周五肯定可以赶回来的！"

　　现在乔皙觉得，还是别让他回来看见自己这副丑样子吧。

　　等到了周五，一大早明菀依旧在家族群里例行公事地打卡，不过这回台词换成了——

　　"[撒花]距离小乔姐姐C位出道还有十小时！"

　　往常这种时候大多是她一个人自娱自乐，不过今天，群里罕见的有人回复了她。

　　是明屹。

　　他在明菀的那条消息后面回复了两个字："戏精。"

　　大概是被自家哥哥单方面羞辱惯了，明菀也不生气，反而在群里问他："你今天能赶得及回来看晚会吗？"

　　西京的比赛周三上午便结束了，同队的大多数人当天晚上就飞回了A市。明屹说自己想单独逛逛，便脱了队，到今天早上还没回来。

　　明骏、祝心音夫妇挺放心儿子，在这种事情上向来不太约束他，他想留在西京多玩几天也随他。

　　明菀好奇自家哥哥留在西京干什么，可不管她怎么问他也不说，只得作罢。

　　没过几秒，明屹便在群里回复了，简简单单的两个字："没空。"

　　乔皙中午下课之后，才看到群里的这段对话。

　　第一感觉……乔皙也说不上来，有些失落，也有些庆幸。

　　没空的意思……是赶不及回来呢，还是赶得及，却不想来呢？

　　乔皙想了一会儿，没想出个所以然，便放弃了。

　　反正……反正她也不太关心他来不来，只不过是看到了群里的消息，所以才好奇了一下。

　　只要明叔叔、祝阿姨和菀菀能来就可以了。

　　而且……不来的话更好，自己上镜的丑样子就不会被看见了。

　　乔皙拿出那本笔记本，默默地在上面写字：

"说不来，还真的不来。—10。"

附中的大礼堂是近几年新建的，各种设备都很先进，能容纳一千多位观众，虽然不能和大学礼堂比，但也十分气派。

上台前乔皙偷偷从舞台侧边瞄了一眼观众席，一时有些腿软。

她结结巴巴地问季融融："怎……怎么这么多人呀？"

季融融正对着镜子补妆，一听她这话便笑了："初中部的加上高中部，四五百号新生呢，每人来两个家长不就坐满了吗？"

乔皙紧张地"哦"了一声。

听起来很有道理，可她的腿抖得更厉害了怎么办？

"别紧张啦。"季融融拍拍她的肩膀，示意她深呼吸，"你的串词记得比我都熟，怕什么？待会儿注意语速，慢慢说别着急。"

四位主持人刚在舞台上站立，观众席底下便传来清脆透亮的女声——

"小乔姐姐要加油哦！"

是明菀。

她胆子向来大，也不知羞，为了给乔皙打气，没多考虑，直接站起来喊了。

周围发出一阵善意的笑声。

手持着摄像机准备录像的祝心音忍不住摸摸她的脑袋，语气嗔怪："好好看演出，别说话了。"

明骏坐在女儿旁边，盯着大屏幕看了半天，转头对着妻子没话找话道："还是你眼光好，挑的红裙子多适合皙皙啊！"

祝心音翻了个白眼，不想搭理他。

明菀也翻了个白眼，忍无可忍道："小乔姐姐是穿蓝裙子的那个！爸爸，没有人逼你说话！"

被女儿这样说，明骏有些尴尬，盯着大屏幕研究了好一会儿后，发现自己的确看错了，讪讪地说："不能怪我，化完妆都长得一样了。"

台上的乔皙本来还很紧张，拿话筒的手都在抖，手心里全是汗。

结果菀菀喊这么一嗓子，乔皙又感动又有几分窘迫，倒是彻底将她的紧张情绪压下去了。

晚会进行得十分顺利，到了后半段，乔皙就表现得十分自然了，中间的暖场环节她甚至和搭档有几次台本之外的即兴发挥。

说完闭幕词，听到大合唱的前奏音乐缓缓响起，乔皙终于松了一口气。

等乔皙随着人流回到后台，就见明骏、祝心音夫妇和明菀在等她了。

明菀揪着乔皙给明骏看，气呼呼得像只小松鼠："你看！这才是小乔姐姐！这才是！"

明骏尴尬地挠了挠头："我后来不是认出来了嘛！"

听明菀这样说，乔皙难免有些没自信，她摸了摸自己的脸："你们也觉得，我化完妆……很丑吗？"

"嗯……"明菀绞尽脑汁地思索着回答。

她这样的态度乔皙看在眼里，答案自然不言而喻了。

祝心音笑着开口道："哪里丑了？还是好看的。"

这时，不远处的季融融喊乔皙："我在化妆间等你哦。"

乔皙这才想起来她还有约，连忙解释道："我们同学约好了待会儿一起去吃饭。"

祝心音问："有老师在吗？"

乔皙点点头："艺术团的老师在的。"

听她这样说，祝心音便放心了："那你们好好玩，要是太晚了就住宿舍，明天再回家。"

"嗯！"乔皙赶紧点头。

主持人的休息室里，季融融把两个男主持赶了出去，反锁了门要换衣服。

乔皙进去后，便对着镜子，将盘头的发饰费劲地一个个地拆了下来。

放在桌面上的手机突然振动了一下。

乔皙将屏幕解锁，意料之外地看到了来自明屹的消息。

明屹："大礼堂后门，现在。"

乔皙愣了愣，呆呆地发过去一个问号。

没过几秒，明屹回过来一条消息："我在等你。"

乔皙猛地反应过来，提起裙摆就往外跑。

季融融换好了衣服，开始对镜子梳头发，见乔皙这架势，便连声问："你干吗去呀？"

乔皙连头也没回："我出去一下，别等我，你们先去吃饭的地方吧！"

看着她火急火燎的背影，季融融摇摇头，叹了口气。

不过，十秒之后，乔皙又提着裙摆跑回来了。

季融融失笑："又怎么了？"

"噢噢，没怎么。"乔皙坐回了化妆镜前，拿起卸妆湿巾就往眼睛上按。

好不容易将脸上的妆都卸了，她又跑进洗手间洗了个脸，然后连衣服也来不及换，再次提着裙摆跑了出去。

这么会儿工夫，大礼堂的观众走得差不多了。

乔皙摸着楼梯扶手下了两层，一路小跑着跑到大礼堂的后门，一眼就看见站在香樟树下等待自己的明屹，脚下不由得顿住了。

短短几天没见，稍长的头发被他直接剃成了圆寸。

乔皙有些想笑，因为圆寸头的明屹……不知为何，看起来就像个刚下山的小和尚。

见她笑，不知是不是自己心虚，明屹下意识有些恼火。

"因为热！"他没好气地解释道。

唔，还是个脾气不太好的小和尚。

见他生气了，乔皙还是想笑，为了不让自己笑出来，她只得抿住嘴，一副憋得很辛苦的模样。

在月光的映衬下，面前的小姑娘一头如瀑布般的黑发披散在肩头，身上的纱裙被夜风吹得微微摆动，显得模样娇憨，可爱极了。

明屹突然就没了脾气："想笑就笑吧。"

明屹让她笑，她反而不想笑了。

乔皙将两只手背到身后，低头盯着脚尖，声音低如蚊呐："你不是说没空吗……"

看来他是她猜测的第二种情况：有空也不想来。

"嗯。"明屹淡淡地应一声，"你的生日礼物饿了，刚才带它找吃的去了。"

生日礼物？

乔皙疑惑地皱起眉。

明屹将肩上的背包放到地上，将网状背包的拉链拉开。

下一秒，乔皙便看见一只毛茸茸的小脑袋从背包里探出来，还伴随着奶声奶气的一声"汪"。

乔皙不敢相信自己的眼睛:"球……球球?"

陡然被带到了陌生的环境,球球还有些怕生,刚从背包里冒出了个脑袋,很快又缩了回去。

短暂的错愕过后,乔皙心中的喜悦无以复加。

球球!真的是球球!

她提着裙摆想一个箭步就冲到一人一狗面前,却因为脚上的鞋跟太高,她还不习惯穿这么高跟的鞋子,在下台阶的最后一级时一下子失了平衡,整个人失了重心,身体猛地往前一倾。

蹲在地上试图将狗从背包里拎出来的明屹,猛地站起身,眼疾手快地扶住了小姑娘的腰,另一只手扶住了小姑娘的手肘。

乔皙身体的前倾之势被缓解,脑袋却没止住势头,往前重重一倾。

"咚"的一声,两人的额头重重地磕在了一起。

这一下可真疼呀,乔皙眼冒金星,眼泪瞬间涌了出来,变成了个货真价实的受气包。

明屹紧皱着眉,低低哼了一声。

下一秒,他伸手用力帮乔皙揉了揉额头,没好气地问:"痛不痛?"

乔皙自然是死鸭子嘴硬:"不……痛。"

明屹又帮她揉了几下,大概是自己也还疼着,他收回手揉了揉自己的额头,声音里带着几分恼火地开口道:"头真硬……瞎跑什么?!"

被骂了……

乔皙吐了吐舌头,偷偷瞄了一眼站在自己面前的人。

脾气不太好的"小和尚"瞪她一眼:"看什么看?!"

就在两人大眼瞪着小眼之际,脚边传来"嗷嗷"两声。

是球球。

在背包里缩了许久的小家伙,试探着再次拱出来个圆脑袋。

大概是听见了熟悉的声音,也可能是闻见了熟悉的味道,球球从地上的背包里蹿出来,爬到乔皙身边,又犹犹豫豫地摇着尾巴,在她脚边轻轻蹭了蹭。

察觉到了球球的动静,乔皙的注意力立刻转移到小家伙身上。

她甩开明屹握着自己手腕的那只手,弯腰将脚边的球球抱了起来,声音里沾染了由内而外的欣喜:"球球,是我呀!"

动物的感情永远来得要比人类更加直接且纯粹。

确定了眼前的果然是旧主人，球球"嗷"的一声，激动得"汪汪"大叫了好几声，又低下头，不住地舔乔皙的手。

乔皙被它舔得有些痒，忍不住笑着躲开了："你别舔我了，好痒啊，哈哈……"

她摸摸球球的脑袋，刚想将它放下，却不经意间对上了小家伙黑葡萄似的大眼睛。

此刻球球黑漆漆的眼睛里盛满委屈和不安。它"嗷呜嗷呜"地叫着，身子在乔皙的怀里不安地蹿动。

乔皙觉得自己要被自责淹没了。

她摸着球球毛茸茸的脑袋，声音里有很轻微的哽咽："对不起啊。"

她最难挨的时候，是球球陪着她过的。

她刚住进大伯家那会儿，晚上下自习，隔了老远，她就能听见大伯和大伯母吵架的声音。

"还给她报什么钢琴班？她真以为自己还是公主啊？"

"我说错什么了？当初她家条件好的时候帮衬过咱们家了吗？灏灏结婚这种大事，你弟弟都不舍得出钱资助一下他这个侄子买房子，我现在愿意帮他养女儿，已经够意思了！"

"话说回来，她也没有常年住在我们家里的道理，你那么多兄弟呢？各家轮着养！"

听着这些话，乔皙在院子里的长凳坐下，默默打开书包，继续听晚自习时没听完的英语听力。

也就是那个时候，她遇到了球球。

那会儿球球还不叫球球，它是楼下邻居家刚出生的六只小狗里的一只，出生没多久。

一窝"串串"自然不值钱。

邻居家将这窝小奶狗四处送人，送了一个多月，只剩下最瘦最小的球球没人要。

那个晚上，球球软乎乎的一团在她脚边拱动，她伸手就抱住了它。

更多的夏日夜晚，习习凉风中，乔皙抱着球球，听完了一篇又一篇英文课文。

其实……她也憋了好多的话想说呢。

　　家里的房子都卖了，爸爸的公司转手了，还有肇事司机的赔偿金……怎么会没有钱呢？

　　她真的很想继续上钢琴班啊。

　　可惜的是，她的钢琴也被卖了。

　　乔皙也曾问过，可她每次询问，叔叔伯伯们一句"钱先帮你保管，等你上大学后会给你的"就顶了回来。

　　奶奶也就这件事和叔叔伯伯们理论，他们却换了说辞："你那个宝贝孙女读书上学、吃饭穿衣的钱都是天上掉下来的？以后上大学、工作、嫁人哪一样不用花钱？你还真以为他爸留了多少钱下来？保不齐我们还要倒贴钱养这个赔钱货呢！"

　　奶奶气得进了医院。

　　病房里，老人家默默地流着眼泪："都是奶奶不好……奶奶老了，管不住他们了。"

　　再后来，乔皙便不再提这些了，人也越发沉默。

　　很多话，她只能憋在心里、烂在心里，实在忍不住的时候，便和球球说一说。

　　球球什么都听不懂，她对它说得再多，也不用担心自己的不快乐传染给它。

　　乔皙将自己的牛奶分一半给球球，很快球球越长越好，毛发水亮光滑，再不似从前那般干瘪瘦小。

　　球球长得好了，就有人看上了它，想讨回家去。

　　谁知小东西咬着乔皙的裤腿不肯放，大伯母看见，便喜笑颜开道："这只'串串'给我们家吧，正好需要只看店的狗。"

　　明骏找到乔皙的时候，那个月正轮到她在小叔叔的家里住。

　　本来她不住大伯家，就每个周末去看球球，可她没有跟球球告别就走了，球球大概等了她很久吧。

　　看着面前因为重逢过度激动，以至于热泪盈眶的一人一狗，明屹忍不住问："有那么喜欢吗？"

　　真这么喜欢这只狗的话，为什么不早点和他说？

　　早点告诉他的话，他也不至于现在才把它带回来。

　　明屹的话令乔皙迅速回过神来。

　　她抱着球球，连着深呼吸了好几下，确定自己模样没什么异常，才抬头看向一旁的明屹，眼神里充满感激，声音里却带了几分疑惑："你……是怎么把它带过来的？"

他要先找到球球，然后说服大伯家把球球给他，最后再带着球球从西京回到 A 市……乔皙实在想不明白他是怎么做到的。

明屹轻咳一声，刚想开口："我——"

"汪汪汪！汪汪汪！"

乔皙怀里的球球突然冲明屹发出一阵凶猛的叫声，成功地将他的话打断。

明屹瞪向那只狗："你给我闭——"

"汪汪汪！汪汪汪！"

乔皙赶紧按住球球的脑袋："嘘——球球乖。"

她这么一说，球球不叫了，但紧盯着明屹，"吭哧吭哧"地大声喘着气，像是随时会上去咬他一口。

两人手忙脚乱地将愤怒的球球重新拴好绳子、塞回了背包。

乔皙很怀疑地看向明屹："你……骂它还是打它了？"

"这狗成精了是不是？"明屹没好气地开口，"我和你大伯说要买它回家炖狗肉吃它也听得懂？"

乔皙愣了愣，一个没忍住，"扑哧"一声笑出来。

脾气糟糕的"小和尚"再次瞪了她一眼，语气不善："还笑！"

明屹越想越气。

她家都一群什么亲戚？

这么一只狗居然好意思管他要两千块钱！

祝心音给孩子们的吃穿用度向来都是最好的，但仅限于此。因此，明屹明菀兄妹俩的零花钱一直都少得可怜。

两千块钱，可是明屹攒了一个学期才攒下来的零花钱。

他本来打算等 Steam（游戏平台）秋季大促时用这笔钱血拼的。

结果都用来买这只狗了！

明屹越想越生气。

这串串还真是成精了，自己带它回来的一路上它连大声叫一句都不敢，现在见到主人，有人撑腰就原形毕露，还敢凶他了！

乔皙弯腰将背包的拉链拉开，让球球毛茸茸的圆脑袋露出来。

"球球。"少女的声音软软糯糯，"给你介绍一下，这是大表哥，他是个很好很好很好的人。"

"汪汪汪！汪汪汪！"球球冲着他龇牙咧嘴，凶相毕露。

"喔喔！"乔皙手忙脚乱地将球球的脑袋按回背包里。

重新拉上拉链，她看向明屹："它可能还要再花点时间接受你。"

为刚才那个"很好很好很好的人"而沉思的明屹回过神来，他冷哼了一声："不稀罕。走吧。"明屹提起地上的背包，"刚看到他们都去聚餐了，你不去？"

"去的、去的！"乔皙这才发现自己居然将聚餐的事情忘得一干二净。

想了想，她问："你也没吃好吧，一起去吧。"

明屹淡淡道："我先找个地方放狗。"

乔皙愣了愣："哎？"

这只狗自然不能养在家里。

乔皙的微信头像就是它，祝心音怎么可能认不出来？

明屹就是再蠢，也不可能把狗带回去，带回去就等于直接告诉他妈，他在西京逗留了几天就是为了帮乔皙找狗。

乔皙想明白后，偷偷地红了脸。

明屹看了她一眼，轻咳一声，皱眉道："你在想什么……我是……我是怕她找我麻烦！"

"哦。"乔皙慢吞吞地点了点头。

明屹背上背包，嘟囔道："先放宁绎那儿吧。"说完转过头问乔皙，"在哪儿聚餐？我送你过去。"

聚餐的地方离学校很近，两人便步行走过去。

乔皙还是忍不住问："你到底是怎么找到球球的呀？"

明屹不冷不热地开口："假装你小学同学，从学校老师那儿问到了你亲戚家的地址。"

乔皙愣了愣，嘴角悄悄地弯起来。

她才没有一个坏脾气的"小和尚"当小学同学！

过了会儿，她又问："那……你怎么今天才回来啊？"

怎么今天才回来？

明屹都要气笑了。

航空公司是可以托运宠物，可凡事就怕万一。

万一这狗出了什么事，那受气包不是要和他拼命？

所以，他就带着这只狗换了四趟大巴，坐了两天两夜的车，才终于回到了 A 市。

念及此，明屹看了一眼离自己很近、眼巴巴瞅着自己的乔皙，语气很不好："我现在很臭很邋遢，离我远点！"

乔皙愣住，看了一眼身侧的大男孩。

她呆呆地想，明明……明明一点都不臭，也不邋遢啊。

明屹皱着眉打量她："你在想什么？"

"没有！"仿佛是自己的那点小心思被撞破，乔皙吓得一激灵，赶紧大声否认着，害怕明屹再说什么，她直接像只兔子般一溜烟地跑进了前面不远处的饭店。

乔皙到时，众人开吃有一段时间了。

她找到季融融在的那一桌，对方果然给她留了个座位，远远看见她，就热情地招手道："在这里！"

乔皙小跑着过去，脸上还带着因为奔跑而产生的红晕。

她小声地道歉："对不起，我来晚了。"

同桌有几个男生起哄："没关系，自罚三杯，可乐雪碧都行！"

季融融一眼瞪了过去："有你这样的吗？一上来就罚。"

乔皙赶紧按住季融融，不希望她因为自己和别人起冲突。

想了想，她道："这样……我给大家讲个笑话赔罪吧。"

为表歉意，乔皙当真讲了个干巴巴的冷笑话。

大概是因为这笑话实在不好笑，季融融连捧场都捧得很勉强，"哈哈"干笑了两声之后就低头玩手机去了。

乔皙却全然不在意。

因为一般别人发现她木讷又无趣后，就不会再来招惹她了。

江若桐带着一个女生正在一桌一桌地端着雪碧，一副敬酒的架势。

见乔皙注意到这一幕，季融融同她解释："从西京转来的新同学，听说开学就直接和我们一起上课……家里应该很有背景吧。"

说话间，她们走了过来。

季融融不咸不淡地开口："刚才不是来过了吗？怎么又来啊？"

　　江若桐看着乔皙，笑眼盈盈："乔皙，你迟到了，要先罚一杯哦……卓娅本来刚才敬过这一桌了，但漏了你，所以又来了。"

　　那个叫卓娅的女生笑得意味深长："没想到能在新地方见到老同学，真是惊喜。"

　　老同学。

　　一个知晓她所有不愿示人的秘密的老同学。

　　两人对视数秒，最终乔皙先将目光移开。

　　乔皙咬了咬唇，没有吭声。

　　她从旁边拿了个空杯子，满上可乐，端起来，一声不吭地全喝了。

　　见她喝得如此爽快，卓娅愣了愣，笑了，同样将自己手中的杯子满上，一口气灌下去。

　　卓娅笑了笑："你刚才那杯是自罚迟到，我这杯是敬你……按道理，你还要喝一杯。"

　　乔皙喝得急，气泡冲得她连打了好几个嗝，缓过来后，她重新将面前的杯子满上。

　　季融融在旁边着急地小声道："你没事吧？"

　　"我没事。"乔皙轻轻摇了摇头。

　　没等乔皙再次端起面前的杯子，身后便有一道冷冰冰的男声传来——

　　"哪几个人要跟她喝？先和我喝吧。"

第八章
Chapter eight

我要给大表哥九百九十九分

明屹在附中的名声不算好。

这种"不好"并非传统意义上的"不好"，而是指他这个人"不好"惹。

其他人看来，这并不奇怪。

明屹人聪明、家世好，模样比家世更好，常人能随便拥有其中一样特质，就足以撑起附中的门面，明屹这样集众多优点于一身的人，在他们看来，脾气糟糕很正常。

就现在明屹冷面冷心、断情绝爱的样子，附中的小姑娘个个都想跟他交朋友。

若他有韩书言对人十分之一的温柔和耐心，全附中的女生怕是要把他淹没了。

可惜，他的名声并没有传到卓娅耳朵里。

卓娅不怕他。

她是谁？虽然她与乔皙都是从西京而来的转学生，可她和乔皙不一样。

乔皙是家世破败、来投靠父亲故友的孤女，她是"封疆大吏"的掌上明珠。

她清楚得很，她就算从穷乡僻壤的学校转学过来，她也不是乡下来的可怜虫，毕竟她只是随着父亲的工作调动而辗转。

强大家世赋予卓娅无比的自信，附中的同学出身优渥，可她家世也不差，她一点也不慌不忭。

卓娅并不慌乱，笑着，少女的声音娇憨明媚："明屹哥哥，我和乔皙在西京时就是同学，没想到现在来 A 市还能遇到。你说多巧呀，喝一杯高兴一下怎么啦？"

明屹看着她，模样十分冷淡，声音里不带任何情绪地反问："谁是你哥哥？"

卓娅笑容僵硬，气得咬牙。

两家虽不是世交，可他们的交集绝对不少，她叫明屹一声哥哥，可没有任何失礼的地方，但他这样落她的面子……这么一想，卓娅冷笑道："既然不是我哥哥，那这儿也轮不到你来管！"

说完，她拎起一瓶大雪碧，重重地往乔皙面前一放，脸上笑盈盈的，眼神却一贯地居高临下："刚才那杯还没喝完呢。"

乔皙没吭声。

她知道，明屹是在帮自己出头。明屹护着她，无论如何，她没有对卓娅委曲求全来打明屹脸的道理。

她看卓娅一眼，移开了视线后语气平静道："不喝。"

卓娅咬紧了牙关，随即松开，还是笑着，只是声音是冷的："我敬了你一杯，你却不喝，是什么意思？"

乔皙一直是吃软不吃硬的性子，对方越强势，她反倒越倔强。

之前初来乍到，她不愿惹事，同学无意间的冒犯，没有恶意，她便一笑而过了。

可卓娅，在西京时，乔皙就见识过她赤裸裸的恶意。

乔皙无比清楚，这恶意的根源与自己无关。

她没有做错过任何事。

可世上就是有这样的人，因为你的出身不如她，所以你不能比她成绩更好，不能比她更受同学欢迎，更不能比她更得老师欢心，不然的话……等待你的就是铺天盖地的恶意。

乔皙看着面前的女孩，心平气和地说："你敬了我一杯，我心领了……但不会回敬。"

卓娅怒极反笑："乔皙，你现在说话，和从前真是不一样了。傍上——"

明屹突然伸手，隔着中间几个人的距离，攥住了卓娅的胳膊，将她拽到自己跟前来。

周围的人纷纷让开。

"来，想喝是吗？我跟你喝。"

明屹松开手，拿过旁边的一个空杯倒满了。

他将杯子举起来，看了一眼卓娅，声音波澜不惊："敬你的。"说完便一仰脖子，将那杯雪碧一口气喝了。

"哐当"一声，明屹将杯子放回桌上，看向面前的卓娅，语气淡淡的："该你了，自己倒，喝两杯。"

卓娅一见明屹这样，知道他是不顾两家长辈的交情了，脸上青一阵白一阵的，语气里带了几分气急败坏："谁要和你喝？神经病！"

说着，她便要抛下在场众人转身离开。

没等她走第二步，明屹便伸手攥住她的胳膊，将她拽了回来。

明屹依旧面无表情，只是声音冷冰冰的："三杯。"

卓娅在他手下挣扎着，连形象都顾不得了，有些歇斯底里："你神经病！我不喝！不喝！"

"四杯。"

站在一旁、一直没开口的江若桐此刻忍不住开口道："明师兄，刚才她们俩都各喝了一杯，这不能算卓娅为难乔晢吧？你偏心也不能——"

明屹扫过去一个眼风，语气冷漠："和你说话了吗？"

江若桐一愣，脸上明显有几分挂不住，但也闭了嘴，不再吭声。

这边热闹得很，大厅里其他桌吃着饭的人早就不吃了，都在留意这边的动向。

盛子瑜也颠颠儿地跑过来，不知道从哪里找出来一个最大号的杯子，往里面倒满了雪碧。

她看热闹不嫌事大，倒完了一杯，还扯着嗓子，满脸兴奋地大声喊："服务员！快！再给我三个这么大的杯子！"

卓娅长到这么大，从来都只有她对别人撒气，自己何曾受过这样大的气？

她气疯了："你敢这样对我？好！好！我这就打电话给明叔叔，看他管不管得了你！"

明屹轻而易举地夺走了对方手中的手机，直接往乔晢一抛。

乔晢下意识地接住了。

明屹轻描淡写地开口："你爱向谁告状随便去。不过，"他指了指旁边已经倒满了的四大杯雪碧，"先把这些给我喝完了。"

这么一闹，卓娅在还不熟悉的新同学面前丢尽了脸，也失尽了风度。

这会儿她稍稍冷静下来，不再大喊大叫，却也不肯当着众人的面服软低头，不肯就这样乖乖喝了那四大杯雪碧。

场面僵持了好一会儿，最终还是卓娅先开口，她的声音里忍着气："行，今天算我找事儿。我罚一杯，今天的事咱们两清，这样你满意了吗？"

从进饭店到现在，一直面无表情的明屹，轻轻地嗤笑一声。

他斜睨着站在自己面前的卓娅，模样是少见的乖戾，冷笑着开口："我刚才说的，你都当放屁是不是？四杯，都给我喝了，一滴都不能少。"

那一天，向来不可一世的卓娅还是低头服了软，将桌面上摆着的那四大杯雪碧一滴不漏地喝了下去。

乔皙觉得这样有些不应该，可心里又诚实地涌起了几分释怀。

最后，明屹叫住模样愤愤、意欲离开的卓娅，声音冷然："你给我听好了，其他人也是。

"我们家小姑娘脾气好，有些人看她性子软，就敢蹬鼻子上脸了。

"谁要是看她不痛快，想找她的麻烦，先来问过我。"

回去的路上，乔皙困得睁不开眼了。

这段时间以来她不但要努力跟上奥数班的进度，还要准备晚会的主持工作，连续很多天每晚只睡四五个小时，这会儿晚会顺利结束，压在她心头的一块大石头总算卸下，人一放松，便觉得浑身上下半点力气都没有。

大约真的累得很了，乔皙扒拉着明屹的胳膊，哭唧唧地开口："怎么还没到啊？"

这里离宁绎的住处还有大概五百米，看着面前这个困得眼都睁不开的受气包，明屹扶了一把将她的身子扶正，然后站到她跟前，背朝着她半蹲下来："上来。"

乔皙很听话地爬上了他的背，两条胳膊乖乖地搂着他的脖子。

明屹冷哼了一声："这饭有什么好吃的？这困还要去？"

身后并没有传来半点动静，少女安静温暖的鼻息一下下地拂在他的后颈上，痒丝丝的。

受气包睡着了。

等明屹发现自己走神时，两人已经走过了宁绎住的那个小区。

啧!

明屹满肚子闷气地折返。

明屹伸手托了托背上沉甸甸的受气包，没好气道："睡，就知道睡。"

"唔……"乔皙似乎被吵醒了，搂着明屹脖子的胳膊紧了紧，喃喃道，"我的球球……"

明屹有些不高兴："做梦还想你的狗东西呢？怎么不梦梦我？"

此言一出，趴在他背上的受气包立刻很乖巧地开口道："球球是大表哥送给我的！"

明屹听出来这傻乎乎的受气包在说梦话呢，没想到竟还能同自己一问一答，便逗她说话："谁是你大表哥啊？"

睡梦中的乔皙语气从未有过地天真烂漫——

"大表哥今天把球球送给我了！还帮我欺负人，欺负得可凶啦！还背我回家……我要给大表哥加好多好多的分！"

明屹愣了愣："加分？"

"嗯！"乔皙用力地点了点头，"大表哥很好的！我要给大表哥加999分！"

大概又是些小姑娘奇奇怪怪的小把戏……

明屹没放在心上，却意外地被小姑娘话里话外、一个又一个的"大表哥"扎了心。

他家小姑娘什么都不懂，只把他当表哥。

可他想的是……

明屹突然生了满心的罪恶感。

他收住神思，不再往下想。

宁绎家里在学校附近给他买了一套公寓，方便他平时上课。

有时明屹在学校待得晚了，或是约好了一起打游戏，就会过来住，因此他手上也有一套钥匙。

不过，先前他将球球送过来时，知道宁绎在家，是以这回上去的时候，没再拿钥匙开门，而是按了门铃。

宁绎见他背着女孩子进屋，心里有些慌，嘴上结结巴巴道："我这里不行啊……别在我家里啊！"

明屹没好气道："滚！"

说完，他绕过宁绎，背着乔皙直接进了客卧，将人直接放在床上，又帮她脱了鞋，然后才扯过了一边的被子给她盖上。

看着站在客卧门口、眼神探究的宁绎，他简单解释道："睡着了，在你这儿借住一晚。"

宁绎心里飘过了成千上万个问号，警惕地盯着他："行，我和你一起守着。"

明屹语气不善："滚！"顿了一下，他又解释道，"这我家小姑娘……你思想怎么那么龌龊？"

两人正说着，突然传来一阵门铃声。

宁绎纳闷，嘴里嘀咕着："这么晚，谁啊？"说着便走去开门了。

明屹将乔皙放到了床上，给她脱了鞋，又帮她把身上的背包拿了下来。

"啪嗒"一声，一个小小的笔记本从她的背包里掉出来。

明屹没有任何心理负担地翻开，然后看见第一页上写着——

"说我又笨又不努力。- 5。"

"说我普通话不标准。- 5 × 2。"

翻过第一页，第二页上面只有两行字——

"高斯只能是高斯，牛顿也只能是牛顿。"

"+10。"

唔……明屹轻咳一声，他现在的得分是 85 分。

不对。

他立刻纠正自己，加上今天的那 999 分，他的得分是……

1084 分。

原来说受气包一句坏话才扣 5 分啊，那他可以说好多句了。

另一边，宁绎去开了门，发现门外站着的人是宁母。

宁母手里拿着一个纸盒，笑得温婉："晚上在外面吃饭，这家饭店的汤炖得不错，就带过来给你尝尝。"

话毕，宁母敏锐地注意到门口多出来的一双球鞋，问："有客人？"

想到客卧里的两个人，宁绎顿时有些紧张："哦，是同学……他有点害羞，不敢见人。"

知子莫若母，短短一句话，宁母就听出了端倪。

她当即一把拨开儿子，径直往卧室方向走去，语气不悦："你哪个同学我没见过？这里面是谁？"

她一边说，一边敲了敲客卧的门。

客卧里的明屹同样很烦。

他带着乔晢在宁绎这儿住，要是被宁母看见了，就等同于被祝心音看见了。

这时，又响起了两声叩门声。

"谁在里面？"

已经没时间犹豫了。

明屹咬了咬牙，直接将上衣脱下来，裸着上身走过去将房门拉开。

他的模样赧然："阿姨。"

宁母到底年长，虽然震惊，但她以极快的速度掩盖了自己的震惊。

态度遮遮掩掩的儿子，藏在客卧里衣衫不整的明屹……

宁母揉了揉额头，极力让自己平静下来："那个……阿姨带了汤过来，你们自己喝，阿姨先回去了啊。"

她需要静一静。

不不……走出门的一刹那，宁母掏出手机，拨了个电话给祝心音。

还是先商量对策要紧。

祝心音接到电话时，一时间没反应过来，下意识地回道："怎么可能？明屹他人还在西京没回来呢！"

话刚说出口，祝心音心里"咯噔"一下，也有几分回过味来了。

自家这个大儿子，从小到大都没瞒过他们任何事情——这不是说自家的亲子关系好，纯粹是因为儿子不在乎。

全天下父母感兴趣的种种琐事，譬如儿子在学校有没有喜欢的女孩，譬如有没有女孩暗恋自家儿子……这些明屹根本就不在乎。

因为不在乎，所以明屹不会在父母妹妹面前遮掩。

他不在乎，所有事情对他而言都不是秘密，都可以对人言。

可如今……要不是宁母意外发现，祝心音还不知道儿子这回撒了个大谎来骗自己。

原来他早就回了 A 市，可他就是不回家，而是躲在宁绎那儿鬼混！

自家儿子可是从没骗过自己的啊……如今他就为了和宁家那小子过

二人世界，居然撒了弥天大谎来骗自己？

从来都觉得自家儿子是世间最好的祝心音，这一刻也难免失措。

她揪住一旁明骏的睡衣，声音里已带了几分哭腔："老明，咱们儿子不会真的……不行，咱们先去把他接回来！"

碰上这种大事，比起夫人，明骏要镇定许多。

他按住一旁就要起身的夫人，沉声道："别急。"他认真思索了一会儿，"这事不管真假，也不急今天这一晚。"

祝心音承认他说得有道理，但仍坐立难安。

明骏又给自家夫人吃了一颗定心丸："两个大小伙子，闹翻天去，也闹不出什么乱子来……先睡吧，明天再说。"

祝心音自责，直到丈夫关灯还在喃喃自语："都是我这个当妈妈的不好，他从小就不爱搭理女孩子，我不但没当回事，居然还觉得儿子这样挺好……都是我的错。"

她有着天底下所有母亲的私心。

十几岁的男孩子，心智尚未成熟，还不具备识人辨人的能力，要是谈恋爱，一来怕耽误前途，二来也怕耽误了别人家姑娘。

更何况，经过颜夏那件事，祝心音只觉得儿子年纪还小，万一识人不清，再来一个颜夏，怕是麻烦无穷无尽。

现如今，祝心音自责极了。

之前乔皙来家里，她还真情实感地担心了一阵，后来看明屹对乔皙也如常，这才放下了心。

现在想来……这么漂亮的小姑娘在家里，儿子都没正眼看过人家……听菀菀说他上次还把人家说哭了。

黑暗中的首长夫人十分忧愁——自家儿子，恐怕是真不喜欢女孩儿。

与此同时，躺在床上的首长也心事重重。

那小子会喜欢男的才奇了怪了！

就在祝心音接到宁母电话之前，明骏也接到了一个电话。

是卓立新打来的。

一接起电话，那头便是一通兴师问罪。明骏一头雾水地听了半天，才知道自家儿子让卓家的千金当众丢脸了。

虽然明骏自己看这个儿子是横看竖看都不顺眼，可他是极护短的人，因此他并没往心里去，"嗯嗯啊啊"地敷衍着，并保证等儿子回来一定将他吊起来抽，以解卓家千金心头之恨。

挂了电话，明骏就回过味来。

这小子回了 A 市也不着家，反倒跑出去给别人出头。

"别人"是谁？

听对方话里话外的意思，这个"别人"不是皙皙还会是谁？

想起这小浑蛋干的事情，明骏就气得牙痒痒。

他本来就对不起皙皙她爸，所以才想着将小姑娘接到身边来好好补偿。

没想到啊……

明骏暗自下定了决心，等把这臭小子揪回来，非打断他的腿不可！

猜到了祝心音的反应，却对明骏心思一无所知的明屹，此刻正在宁绎家的客卧地板上呼呼大睡。

大约是房间里的空调温度打得有些低，凌晨三点的时候，乔皙冻醒了。

花了好一会儿工夫，她才明白自己此刻身处何地。

她记忆里的最后一个场景还是大表哥背着她来看球球，她本来只想眯一小会儿的，怎么就睡到了现在？

这里大概就是宁绎的家吧，肯定是大表哥看她睡着了，所以把她安置在这里。喉咙里烧得难受，乔皙掀开被子想要下床去找水喝，意外踢到了一个东西。

借着窗帘外透进来的朦胧光亮，她才发现房间地板上躺了一个人。

她压抑住已经到了喉咙口的尖叫，强自镇定下来，然后拧开了床头灯，这才看清了，地板上躺着的原来是明屹。

他大概本来也没打算睡，因为身上还穿着刚才在外面时穿着的衣服，看起来乱糟糟的。

看着像是只想打个盹，结果睡过去了。

呼呼大睡的"小和尚"眼底下有一圈淡淡的乌青，看上去很疲倦的样子。

乔皙想起他说他坐了两天大巴才辗转回到 A 市，知道他这会儿一定是累坏了。

想到他不辞辛苦，千里迢迢地将球球带过来，乔皙就有些心疼。

　　她想把明屹搬上床去睡，又怕把他弄醒了，想了想，她将房间温度调高了一些，又将床上的被子拿了下来，轻轻盖在了他的身上。

　　这时，躺在地上、闭着眼睛的明屹突然伸手，握住了她的手腕。

　　乔皙吓了一跳，以为自己吵醒他了，赶紧开口道歉："我不是故意要吵醒你的。"

　　一秒、两秒、三秒过去……

　　房间里静悄悄的。

　　乔皙又仔细打量他，这才反应过来，他应该是在做梦。

　　她屏息凝神，正打算轻轻挣脱开他的桎梏时，一直闭着眼睛的明屹，突然开口了——

　　"第三四个节目中间的串词，'ren'和'reng'，说对了四次，说错了一次。"

　　她呆了好几秒才反应过来。

　　明屹还是睡着的，这会儿在说梦话呢。

　　第三个节目……原来他那么早就到了吗？

　　之前她问他的时候，他怎么说根本没看她主持的晚会呢！

　　骗子！

　　乔皙看着面前熟睡中的"小和尚"，气呼呼地想，大骗子！

　　但是，一想到他在台下默默地看着自己的主持节目……乔皙忍不住有些懊恼。

　　如果她知道他在的话，那……那在台上的时候，她的嗓子肯定会捏得更软一些，笑的时候会更温柔一些，捧哏的时候她决不会发出"哈哈哈"的笑声了。

　　明屹又开口说："浓妆很难看，以后别化妆了。"

　　乔皙一脸无语。

　　过了几秒，睡梦中的人继续道："镜头里很显胖，以后记得选黑色的裙子。"

　　乔皙恨恨地咬牙看着他。

　　下一秒，乔皙甩开他捏住自己手腕的手，气势汹汹地走到房间的另一头，在背包里找到了自己的笔记本。

　　"做梦都要说我的坏话，－100！"

大概是因为之前两天都没好好合过眼，明屹这一觉睡得极沉。

昨晚送走宁母之后，他担心自家父母当晚便会找过来兴师问罪，所以一开始他就没打算睡。

受气包这么一个大活人睡在客卧里，要是明骏祝心音真的找过来，恐怕不像刚才那么好糊弄了。

明屹原本打算找家附近的酒店开个房间，让乔晢将就着睡一夜。

可受气包睡得香喷喷美滋滋的，他叫她的时候她还打了两声呼，怎么都叫不醒，他只得作罢。

明屹担心她半夜醒来发现在陌生地方会害怕，所以就在床边守着，没想到自己后来也睡着了。

等他醒过来的时候，已经是早上八点多了。

唔……明屹揉了揉额头。

他一睁开眼睛，便看见小傻蛋熟睡中的脸，哪怕那张脸再可爱，他也吓了一跳。

明屹撑着胳膊从地板上坐起身来，将一旁床沿上露出来的半个脑袋推了回去。

被这么一推，乔晢没醒，反而因为清梦被扰，哼了一声。

真傻。

明屹忍不住这样想。

看小傻蛋这样子，像是趴在床上看他，结果看着看着自己睡着了。

明屹仔细回想了一下，自己好像并没有睡觉磨牙打呼噜流口水的习惯。

那就随她看吧。

怕她掉下来，明屹起身想将人往床中间推一推，一动作他才发现自己身上还裹着一条被子。

傻乎乎。

明屹将被子盖回了小傻蛋身上。

他出去的时候，宁绎已经起来了，这会儿正顶着一头乱糟糟的头发，窝在沙发里打游戏。

一见到他，宁绎立时便被恶心得从胃里冒酸水，满脸嫌恶地大声道："滚滚滚！离我远点！"

想起昨天一个大男人半裸着从自己房间里走出来的画面，自家亲妈意味不明的眼神……即使过了一晚上，宁绎一想起来，身上还是忍不住起了一层鸡皮疙瘩。

要不是看在还有个女生在的分上，宁绎昨晚就要将这个人扫地出门。

明屹没计较对方用"恶心"这个词来形容自己，只皱眉低声道："小点声，里面的还在睡觉。"

宁绎难以置信："这不是我家？"

明屹没搭理他，径直走进主卧，从宁绎的衣柜里翻出一套干净衣服，拿着进了浴室。

宁绎后知后觉跑进主卧时，看到的是已经被打开的衣柜，听到的是浴室里传来的水声。

他不由自主泛起一股恶寒："真恶心！"

明屹洗完澡出来后，又去了一趟客卧。

床上的受气包倒是心大，依旧睡得香喷喷美滋滋，仿佛天塌下来都惊扰不着她一般。

明屹走过去，不怀好意地捏住了受气包的脸颊。

他手上稍微使了点劲儿，乔皙的嘴巴便被捏得嘟起来，看着像极了一个豌豆射手。

受气包这模样实在好笑，又傻，明屹捏着玩了好几次，直到听见"豌豆射手"哼了两声就要醒了，明屹才意犹未尽地收回了手。

他俯身问她："我去买早餐，你要吃什么？"

乔皙揉了揉眼睛，还没完全睡醒："唔？"

明屹想了想，问："奶黄包和酸奶，可以吗？"

乔皙愣愣地点了点头。

从小区外面的便利店回来，明屹一打开门，就见宁绎迎上来了。

宁绎熟练地翻着塑料袋，嘴里嘟嘟囔囔："怎么没买豆浆？"

嘴上虽然嫌弃得很，但宁绎毫不犹豫地将里面的酸奶拿了出来。

明屹将酸奶从对手中抢了回来，皱着眉道："这个不是给你的。"他从袋子里拿出一袋馒头，理直气壮地说，"你吃这个。"

宁绎："？"

当然，明屹不是要苛待这个发小，毕竟他自己的早餐也是那袋馒头。

只有馒头吃的真实原因是……他到了便利店，发现全身上下只剩下二十块钱了。

辛辛苦苦攒下的两千块零用钱全拿去买了狗，眼下他手上提着的这一兜子早餐花掉了他的全部家当。

喔，对了。

明屹从口袋里掏出来一个粉红色的蝴蝶结，还有这个。

这是他在路边花光口袋里最后的一块钱买的。

明屹从那袋馒头里拿出来一个，径直往阳台方向走去。

宁绎不明所以，跟在他身后一路往阳台走去。

"汪汪汪！"

一见明屹，球球立刻凶神恶煞地叫了起来。

明屹不以为意，在狗面前蹲了下来，将馒头放在了它跟前。

球球犹犹豫豫地凑上来闻了闻。

明屹照着它的狗脑袋不轻不重地拍了一巴掌："过来。"

球球"嗷呜"了一声，最终摇着尾巴屈服了，摇头晃脑地蹭到了明屹面前。

明屹将手中的蝴蝶结绑在狗的脖子上，还调整了一下蝴蝶结的位置，将它移到了狗的后颈上。

明屹站起身来，看着狗背上的蝴蝶结，满意地点了点头。

很好，这才是个生日礼物该有的样子。

可怜看完这一幕的宁绎被辣了眼睛。

蝴蝶结……他的这个发小，到底是从什么时候开始变得娘里娘气的了呢？

阳台上的明屹和蹲在地上的球球，一人一狗刚分别将自己的早餐馒头啃完，就听见客卧房门被打开的声音。

明屹循着声音走出去，就看见乔皙和宁绎两人说着话。

知道自己昨晚是住在别人家里，乔皙有点不好意思："不好意思啊，昨天太麻烦你了。"

岂止是麻烦，一想到昨晚自家亲妈欲言又止的模样，宁绎就感觉自己肝疼。

只是宁绎了解明屹，知道他一向就是这样，不是骗人，却有本事让你将事情往他期望的方向想象。

换作平常，事关重大，宁绎自然要自陈清白的。

可就是因为有个姑娘在，他知道明屹不想叫人发现她在，只能咬牙认了。

本来宁绎积了一肚子的怨气，但这会儿真见着了乔皙，他不好迁怒于人家，叹口气："没事，一点儿也不麻烦，以后——"

宁绎说得顺嘴，眼看就要将"以后常来玩"说出来，却突然瞥见从阳台走来的明屹的目光，瞬间冻得哆嗦。

乔皙顺着他的视线转身看去，正看见双手插兜朝自己走来的明屹和他脚边摇摇晃晃跑过来的球球。

"早呀，大——"看到明屹，乔皙下意识笑眯眯地要同他打招呼，可话说到一半，乔皙就想起了昨晚这人的那几句梦话。

"ren"和"reng"分不清、化妆难看、太胖了所以要穿黑色……

念及此，乔皙迅速将嘴角扯下来，硬生生将后面"表哥"两个字吞了回去。

她弯下腰迎接跌跌撞撞跑过来的小家伙："大……球球。"

就这样了？

面对将自己当空气一般忽略的受气包，明屹不悦地看了一眼旁边的宁绎。

宁绎一脸茫然。

明屹不再搭理他，看向面前的乔皙，开口道："去吃早餐，给你放桌上了。"

其实……一觉起来，乔皙就没那么气明屹说的那些梦话了，但她又疑心这是因为自己太没有原则……

换成别的女孩子，她们会生气多久呢？

起码要气一个星期才比较正常吧。

这样一想，她不轻不重地"哼"了一声，道："我这么胖，还是不要吃早餐了。"

看着面前阴阳怪气的受气包，明屹皱紧了眉，语气不太好："竹竿似的还胖？吃饭去！"

真虚伪！

明明心里觉得她胖，嘴上还要说好听话！

乔皙将脚边的大球球抱起来，走到餐桌边，打开酸奶却不是自己喝，而是准备喂球球。

明屹语气越发差了："你干什么？"

"喂球球啊！"乔皙执拗劲儿上来像条牛头梗，语气也很臭，"说了不吃就是不吃！"

看着乔皙将酸奶倒在瓶盖里，一口一口地喂着怀里的狗，明屹陡然间觉得刚才生咽下去的馒头这会儿在胃里硬得跟石头似的。

一秒、两秒、三秒过去……

他心头突然拱起了火，不想待下去，一言不发地转身。

"咣"的一声巨响，他关门走了。

听见这样大的动静，乔皙先是吓了一跳，等意识到这是明屹摔门而去的动静后，她又生气起来。

可是比生气更多的，好像是……

委屈。

她不吃就不吃，他凭什么对她发这么大脾气啊？

乔皙的鼻子忍不住有些发酸，委屈得几乎冒出了酸水泡泡。

如果……如果他一直都对她那么坏……就好了。

她刚到明家的时候，他明明也是这么凶的，那时她就没有那么委屈。

后来，他把球球送回到她身边，又在那么多人的场合护着她……

乔皙还以为，他以后也会对她这么好了，现在，他突然变回了之前那个凶巴巴的大魔王。

既然这样，那他之前干吗对她那么好啊？

一直都那么坏不行吗？

大表哥怎么那么讨厌啊？

暑假临近结束，先前被拉到附中来参加奥数营集训的各个地区尖子生，也将在下周返校等待开学。

他们在上一堂课进行了结营测试。同上次乔皙考了九分的那个小测不一样，结营测试货真价实地考了六小时，试卷难度也远超之前的小测。

原本这六个小时的考试分为上午、下午两场，各占三个小时。

但临近结营，大家越发珍惜学习时间，知道奥数营的老师个个理论扎实、经验丰富，一再请求老师多上一上午的课。

最后结营考试的安排就变成了：上午八点到十二点半上课，下午一点半开始考试，一直考到晚上八点半，两场考试之间休息一小时。

那段时间，乔晢不仅忙着夏令营的结业考试，还要忙结营晚会主持的排练。

到了考试这一天，她一大早爬起来，先集中精神上了整整一上午的课，中午急匆匆去食堂吃几口饭后就回教室参加考试。

这样的忙碌之下，考试时她的状态明显不佳，好几道题目都是写错到一半再从头纠正的。

下半场考试之前，她想临时抱佛脚再看几眼书，于是休息的一小时，她留在教室里抱着笔记温习，饭都没来得及吃，更没有休息。

考试考到一半，她居然趴在桌上睡过去了一刻钟。

因此，乔晢预感，这次考试她的成绩不会太好。

不过她已经接受了自己注定不能和明屹这种人相提并论甚至连他的一半都不如的这个事实。

毕竟……

菀菀还跟她分享过明屹的一件往事。

他们大院里住着一位数学系老教授，这位老教授教学经验丰富，不但是 A 大数学系的系主任，还是全国高考数学命题组的组长。

他拿了一道奥数题，稍微改了几处给时常来请教数学问题的明屹做。

那会儿明屹还在读小学，却毫不费力地解出了这道题。

于是老教授进了高考命题组进行封闭式出题时，就把这道题拿了出来，提议将这道题作为高考数学卷最后一道大题。

当时其他老师纷纷反对，觉得难度太高。

老教授有理有据："我家隔壁的小学生都能做出来，这题目有什么难的？！"

在这位老教授的一力坚持下，这道由奥数题改编而成的题目最终出现在了高考数学试卷的最后一页上。

就因为这道压轴大题，时隔多年，当年的考生回忆起这位老教授，仍能记起被这个"坑杀百万考生、噩梦般的男人"所支配的恐惧。

而这道由小学五年级的明屹不费吹灰之力做出来的大题，全国考生中仅有不到三十人拿到了满分。

可以说，这道题得分率还不到 0.001%。

说着，菀菀就感叹不已："人和人的差距比人和狗的差距还大！小乔姐姐，我和哥哥的智商差距，肯定超过了斑比和我的智商差距吧！"

明屹正好路过听见，还不冷不热地点评了一句："你还挺有自知之明。"

想起那个人，想起他那天那么大声地摔门走了……乔皙还是忍不住有些生气。

乔皙觉得，她这等凡人还是不要去招惹人家天才了。

不然，人家高兴的时候给你一个甜枣，不高兴的时候给你一巴掌……

乔皙咬紧了嘴唇，心里还是委屈的。

不管怎样……她才不要当那样的傻瓜呢！

因此中午的时候，她和盛子瑜、林冉冉一起在食堂吃饭，再碰到明屹，在他刚在自己身边坐下、盛子瑜还在打趣他"大表哥这是你吃的第几吨（不是错字）饭呀"的时候，乔皙就端起餐盘走了。

盛子瑜很惊讶："皙皙你不吃啦？"

乔皙闷闷地答："我突然饱了。"

反正她就是不想和他说话，更不想和他坐在一起吃饭！

一个人慢吞吞地走出了食堂，走到门口时，乔皙忍不住回头看了好几眼。

她站的位置很显眼，一看就能看到的……

可惜并没有人追出来。

乔皙很生气，背着书包气鼓鼓地出了校门，打算去便利店再买点东西吃。

她才不会因为一个讨厌的人就饿坏自己。

走在路上，乔皙突然收到在西京的堂姐的短信："我要跟你坦白一件事情。"

乔皙愣住，突然有了一点预感。

离开西京时，她拜托过大伯家的堂姐帮她照顾一下球球，现在球球被带到 A 市了，堂姐要和她说的……应该就是这件事吧。

果然，很快她就收到了堂姐的第二条信息。

"那天有个人出两千块钱要买球球，我爸妈就把球球卖了，我晚上回家才知道，连阻拦的机会都没有。"

两千块钱？

明屹花了两千块钱买球球？

乔皙惊呆了。

球球是她的狗，球球价值多少，她再清楚不过。

要不是她求了他们好一通，有人出三百块钱想买球球时，大伯他们就乐得跟什么似的，喜滋滋地立刻要把球球卖了……

现在明屹居然花了两千块钱买球球？

大伯他们分明是看他脸上写了"人傻钱多速来"六个字，所以才那样宰他的！

很快，乔皙又意识到了一个更严重的问题。

菀菀曾经和她抱怨过，所以乔皙知道，祝阿姨给明家兄妹的零花钱还不如她的零花钱多……

两千块钱……肯定是他小金库的全部吧。

难怪这几天，早餐他都是在家里吃的。

原来是他身上已经没钱了。

她终于明白了那天在宁绎家，明屹摔门走了之后，宁绎安慰她时为什么会说那句话——

"他就是吃馒头吃撑了，你别理他。"

当时乔皙还奇怪，他为什么要吃馒头，毕竟她见过的这个年纪的男生，早上只吃馒头是不可能饱的。

现在她知道是为什么了。

他身上已经没钱了……自己吃五毛钱一个的馒头，省下最后一点钱，给她买五块钱的奶黄包和十块钱的酸奶。

结果她还赌气不吃。

不但不吃，她还把酸奶给球球喝。

连狗狗都能喝十块钱的酸奶，大表哥却只能啃五毛钱一个的馒头！

想到这里，乔皙一下子就被铺天盖地的内疚感淹没了。

难怪大表哥要发脾气……

都是她不好！

刚才在食堂看见大表哥，她还故意不理他！

她真的是太坏了！

乔皙抹了一把脸，冲进便利店，买了一大兜酸奶，提着沉沉的塑料袋跑回了学校。

奥数班已经上课了。

最后一堂课，老师准备讲解结营测试的考卷。

新生夏令营结束有一段时间了，这会儿奥数班教室的后排多了不少新脸孔……他们都是来看明师兄的。

乔皙拎着一大袋酸奶，弯腰迅速地从后门跑进教室里。

老师在讲台上和大家说了几句玩笑话，看着人差不多齐了，便叫助教上来发试卷。

发试卷的方式还是和上次一样，从第一名开始发，直到最后一名。

尽管不公布分数，也能给人足够大的压迫感。

好在乔皙提前给自己做好了心理建设。

她觉得自己这次的成绩，应该能排在班级中游。

中游也很不错啦……毕竟她才开始学没多久，班上又有这么多大神。

慢慢来就好了！她给自己打气。

讲台上的明屹开始念名字："江若桐。"

虽然之前有过小失误，可江若桐毕竟是差一点进了 IMO 美国国家队的人。

不再像之前那么毛躁，江若桐很快就在集训营里展现出了自己在奥数上的强大"统治力"。

上次小测她是班上的第一名，也是唯一的满分。

这一次依然如此。

"蒋一炜。"

蒋一炜是东北育才的学生，去年就被选拔进了国家集训队，已经拿到了 P 大的保送资格，但他想进最终参赛的国家队六人名单，所以今年继续冲击 IMO。

前两名的试卷发完，乔皙笑眯眯地看向了身边的韩书言。

韩书言的成绩很稳定，上次小测他是第三名，平时在班上的表现也十分亮眼。

他解不出的题目，全班也只有江若桐和蒋一炜有可能解出来。

乔皙小声开口："该你了。"

她也准备好了起身让韩书言出去。

谁知下一秒，讲台上年轻男孩冷淡的声音说的却是——

"乔皙。"

不光是乔皙，连韩书言都有些惊讶，不过他回神回得比乔皙快，直接扬了扬下巴，示意她上去拿试卷。

乔皙处于巨大的震惊当中。

第三名？

她居然考了第三名？

乔皙恍恍惚惚地走上去拿卷子，视线触到明屹眸子的那一刻，她突然清醒了。

她还有正事的！

乔皙双手接过试卷，目光却躲躲闪闪的，不敢抬头看人。

大概是她停留在讲台上的时间稍长了一点，底下人开始窃窃私语——

"这女生干吗？犯花痴了吧？"

乔皙抬起头，鼓起勇气直视着明屹的眼睛，低声道："对不起……"

之前她拿酸奶喂球球，她真的觉得十分抱歉。

道歉说出口，乔皙迅速观察了一眼明屹的反应，发现他还是那副面无表情的模样，也不敢再多看，闷头奔回了自己的座位。

坐到座位上，乔皙还能感觉到自己的心脏在"怦怦怦"地剧烈跳动着。

她抬起双手，捂住烧得滚烫的脸。

这么简单的一句道歉，好像没什么用。

大表哥可能还在生她的气吧。

韩书言是第四名，他领完卷子回来，乔皙给他让位——

这时，坐在教室后排来看助教的女生突然小声却清晰地说："咦？明师兄刚才是笑了？这是我第一次见他笑哎！"

乔皙赶紧抬头去看站在讲台上的明屹。

可惜的是，她看到的明屹，依然是冷淡面无表情的。

后排的女生默默放下了打算偷偷拍照的手机，小声嘀咕："不笑了？是因为看见我要拍照？哎哟，明师兄的偶像包袱好重呀！"

刚拿了第四名试卷，回到座位，听完了女生们的窃窃私语，韩书言也有点摸不着头脑。

他转向乔皙，问："我脸上有东西吗……明师兄他笑什么？"

乔皙假装认真地帮韩书言看了看，一脸严肃地答道："没有。"

想笑就笑嘛，干吗憋着呀？

乔皙低下头，将脸偷偷埋进了臂弯里才松开咬住的唇，微微地笑了起来。

老师将试卷上的大题讲完时，就到了中午。

这一次，大家再没有像以往一般盼望着早些下课好去吃饭。

大家都知道，这是集训班的最后一节课了。

除了像江若桐、蒋一炜这种稳进国家集训队的大神，其他人须得先在半月后的全国联赛里拿到一等奖，再在冬令营里脱颖而出，进入国家集训队的六十人大名单中，接受国家队教练团队的指导，才能再见到老师了。

站在讲台上的老师笑眯眯地开口："我们这一届集训班的同学资质都非常好，包括来旁听的同学，你们班最后一次大考的平均分比华东的集训班高了三分，老师很为你们骄傲啊。"

有感情丰富的女生声音中带了哽咽："老师，我们以后可不可以去P大找您玩啊？"

听到这话，老师立刻笑了："请教问题的话可以，玩就算了。"顿了一下，老师继续道，"这也不会是我和大家的最后一次见面。"老师环视教师一圈，一字一句地说，"等到冬令营的时候，我希望还能再见到在座的每一位。"

朴实无华的话语，却在这一刻激起了乔皙的无穷斗志。

她暗暗捏紧了拳头，默默在心底说：我会的。

会在全国联赛里拿一等奖，会去冬令营，会进国家集训队……甚至，十进一的国家队六人名单，她也会努力加油争取的。

这时韩书言提议："老师，和我们一起留个合影吧？"

此言一出，其他人纷纷附和。

韩书言从初中起就既是班长又是团支书，组织能力很强，见大家都从座位上起身了，便开始挑适合合影的位置——

"老师和女同学坐第一排吧，男生站后面。"

乔皙刚要走过去，一个瘦高模样的男生突然挡在了她的前面："乔同学？"

"嗯？"乔皙愣了愣，然后认出来，挡在她面前的正是蒋一炜，那个东北育才的男生，去年的国家集训队队员。

趁着大家还在排合影站姿的空隙，蒋一炜将刚才课上讲解的试卷平摊在她面前。

"这道几何题……你是怎么想到用这种代数解法的？"

"啊……"乔皙有些意外，因为没想到对方竟是要问她这个。

而更令乔皙意外的是，这次考卷的满分是42分，而蒋一炜试卷上的分数是38分。

扣掉的4分是一个小问的分数，那么，比他分数还要高的江若桐，应该是……满分。

蒋一炜叫了她好几声："乔同学？"

乔皙回过神来，赶紧道："我不会几何方法，只能用代数解……想了很久才解出来的。"乔皙印象中，好学生之间很少坦诚相待，尽管她说的是实话，她还是怕对方觉得她没说实话在藏私，因此她又补充道，"真的。"

蒋一炜愣了一下，笑了。他从口袋里拿出手机："可以留个联系方式吗，以后——"

一道冷冰冰的男声直接打断他的话："不可以。"

是明屹。

蒋一炜皱了皱眉，呛了回去："关你什么事？"

和其他"明屹师兄"长"明屹师兄"短的同学不同，作为和明屹一起进入国家集训队的队员，蒋一炜实际上比明屹还要高一个年级……尽管这并没什么值得骄傲的。

上届国家队参赛选拔中，蒋一炜以1.5分的均分之差，憾居第七名，最终没能进入国家队六人名单。

可除了明屹，国家集训队里的其他人水平相近，彼此的分数咬得很紧。而且进入国家队六人名单里有两人，进集训队时成绩吊车尾，最后才"逆袭"。

因此，他心里是不太服气，铁了心要拿下下一届IMO的金牌。

当然，他对明屹还是服气的。

毕竟明屹是上一届唯一一个满分金牌。

而"第二名拿35分是因为他只会做35分的题目，明屹拿42分则是因为卷面只有42分"这种说法，蒋一炜也是认可的。

之前在集训队里被明屹虐惨了，尽管蒋一炜心里服气，面上还是不服输。这会儿他同乔皙正说着话，明屹却横插一杠子，他怎么能不生气？

"我和乔同学是正常的学习交流，你有什么资格管？"

"有。"明屹淡淡开口道，"你这种后进生，会影响她的学习进度。"说完他转向乔皙，"不准加他微信……过去拍照。"

大表哥也太不讲道理了吧！

集训班的女生人数虽少，却恰好坐满了第一排的位置。乔皙来得晚，一时之间只得站在那儿。

韩书言笑着对她道："乔皙你个子高，还是站着吧。"

"噢噢，好。"乔皙自觉地靠边站。

毕竟她只是借着附中学生的身份来蹭课的旁听生，不是集训班的正式成员。

前排有女生喊明屹："助教助教，一起来合影呀！"

明屹想也不想，第一时间拒绝："不要。"

乔皙一时有些无语。

这时，被簇拥在中间的老师开口了："明屹，过来一起合影吧。"

既然老师都发话了，明屹便乖乖站在第一排的最边上。

第二排有个调皮的男生，在老师的脑袋上面单手竖起手指比兔子。他旁边的男生看见，兴致勃勃地加入。于是，老师的脑袋上长出了两只兔子耳朵。

后排的同学吃吃地低声笑。

乔皙忍不住看了一眼站在她前面的明屹。

他站在平地上，乔皙站在他身后的阶梯上，尽管如此，乔皙还是比他矮了一点。

她的玩心也起来了，手有些痒，刚试探着伸出手，想如法炮制在大表哥的脑袋比一对兔子耳朵，明屹像是后脑勺长了眼睛一般，右手伸过来，握住了她的一只手。

少年的手掌宽大，轻而易举地将她的整只手包在掌心里。

他掌心的温度很高，像烙铁一样熨着乔皙的手。

乔皙吓了一跳，下意识想要挣开。谁料明屹握得牢牢的，她连挣了好几下都没挣开。

明屹头也不回，用仅有她能听到的音量开口："规矩点。"

大表哥干什么呀？

真讨厌！

乔皙生怕被其他同学发现，仓皇地左看右看。

好在他们都站在队伍最边上，又有人群遮挡，没人注意到他们两人的手正紧紧握在一起。

站在讲台上的楼管大爷笑眯眯地开口："小朋友们都快看镜头，来，三、二、一……"

乔晳赶紧看镜头，随着众人一起喊着"茄子"，对镜头露出了灿烂的笑容。

十五岁这年的夏天，乔晳和第一次在乎的人一起，被定格在那一刻。

大家都散了，乔晳背着书包，手里拎着那一大袋酸奶，"噔噔噔"跑到了明屹的座位边上。

她的笑容不自觉地带上了几分讨好的意味："大表哥。"

明屹瞥她一眼，将她手里看起来很重的那袋东西接过来，声音还是很冷："干什么？"

乔晳发现，大表哥现在对她，好像有些爱搭不理的意思。

想了想，乔晳又从他手里拿回那个塑料袋，小心翼翼地瞧着他的脸色，颇有几分可怜巴巴的："之前我不知道你没钱了，对不起。我给你买了酸奶，你看，和那天球球喝的是一个牌子的。"

明屹的额角被气得暴出了青筋："你还真拿我跟狗比上了？"

"不是、不是。"乔晳赶紧辩解，"这个比球球喝的贵多了！"

明屹怒气冲冲："一边儿去！"

好凶的大表哥呀。

乔晳探着脑袋偷偷觑明屹的脸色，然后发现……他在偷笑！

知道他真的不生气了，乔晳的心情瞬间好了起来。

她佯装要将那一袋酸奶提走，嘴里嘀嘀咕咕道："你不要……那我给球球了。"

明屹不得不出声："回来！"

乔晳咬住嘴唇，忍着笑停下脚步。

明屹黑着脸将乔晳提溜回了自己面前。

乔晳的眼睛滴溜溜地转着，打量着自己面前的明屹："不是你说不要了吗？大表哥不讲道理哟！"

明屹嘴硬道："我拿回家喂菀菀！"

家里还有斑比呀，"喂"这个词怎么也轮不到菀菀吧？

明屹又道："别走，一起出去吃饭。"

乔晳赶紧偷偷去摸自己的口袋。

她今天带了钱包，只要不去太高档的地方，她请大表哥吃饭是没问题的。

谁知明屹一眼便看出她心中所想，直接冷冰冰地问："我在你心里有多穷？"

很……很穷啊，毕竟连球球喝酸奶都要眼红生气。

明屹揉了揉太阳穴："我爸来学校了，现在他就在外面等着。"

明骏的打算是第二天就对儿子兴师问罪，结果，第二天他就因为公务去了外地。

不在家的这几天，他每晚都要在电话里哄自家夫人。

夫人整天里悲悲戚戚——

"你说是不是因为咱们从小就让他学奥数？奥数班本来就没几个女孩子，他只能成天和男孩子混在一起。

"还爱打篮球，篮球队一群大小伙子整天光着膀子……想想我就受不了。

"一般女孩子追他，他不搭理就算了，可家里的这个长得这么漂亮，他正眼都不给一个……正常男孩子哪里会是这个样子哟！"

明骏试图安慰自家夫人："那要不多让他和晳晳接触？说不定多和漂亮姑娘相处相处，他就转回来了呢？"

"你怎么回事？"处在悲伤中的夫人立刻怒声道，"你儿子都这样了，你还想着坑人家姑娘？你们男人真没一个好东西！"

明骏连忙赔不是："是是，夫人说得对……等我回来就去和他谈心！"

"那你别太直接啊。"夫人还是放心不下，"这几天我都没敢问他这事……孩子都有逆反心理，你千万别激他，有话好好说，告诉他爸爸妈妈绝不会歧视他，就是希望他能考虑清楚自己是不是真的喜欢……还是只是一时懵懂，记住了没？"

明骏十分不解。

他想不明白，自家夫人平时人精似的，碰上儿子这摊事，怎么就跟瞎了眼一样呢？

你儿子到底喜欢什么，你难道还看不出来？

明骏特意挑了中午去附中，到了之后，就让司机将车停在校门口。

等了五分钟，他没等到自家儿子，倒是看见另一个熟悉的身影。

明骏将车窗放下来，叫住从车边经过的女孩："娅娅。"

卓娅和江若桐双双停住脚步。

看见明骏，卓娅赶紧笑着招呼："明叔叔好！"

"乖。"明骏笑眯眯地看着面前的两个姑娘。

他没见过江若桐，只跟卓娅说："你爸爸之前跟我通电话，说明屹欺负你了，是不是？"

听明骏这样问，卓娅的眼圈瞬间红了。她低下头，委屈巴巴地说："是我不讨人喜欢，惹他生气了。"

"胡说！"明骏板起脸来，一副不悦的模样，"他比你大，当哥哥的就是要让着妹妹的……这样，中午你和我们一起吃饭，我让这臭小子好好给你赔罪！"

卓娅心中一喜，面上却不动声色，嘴里犹豫道："可是……叔叔，我和同学们都约好了。"

"那没事。"明骏毫不在意，"把你那些同学一起叫上，你想吃什么？谭家菜行不行？"

卓娅不情不愿地点头："那好吧。"

明骏让司机将卓娅和江若桐先送去吃饭的地方了。

卓娅口中的"有约"，是指她和江若桐约好了去吃甜品。

她之所以说"同学们"……

谁叫明骏说了，待会儿要让明屹好好给自己赔罪。

不多叫几个人来围观，她之前丢的脸要怎么找补回来？

她如意算盘打好了，上车后，就在小群里叫了七八个和她同年级的同学过来，有男有女。

附中有过明屹家世不凡的传言，不过大家都没太当回事，毕竟他们的家世家境也不差。

如今，只看明骏肩上扛着的两颗金星，众人就知道传言果然一点不假。

明骏让卓娅坐在自己右手边，又将自己左手边的位置空了出来。

大家自然以为他的这个位置是留给明屹的，没想到明屹不是一个人来的，跟他一同出现在包间门口的，还有乔皙。

明骏笑眯眯地朝乔晢招手："晢晢，坐到我旁边来。"

没想到乔晢也会来，卓娅和江若桐脸上都闪过了几分不自然。

本来以为一起吃饭的就只有三个人，陡然见了一包厢的人，乔晢也吃了一惊。

等乔晢坐下，明骏就笑眯眯地嘘寒问暖起来："怎么瘦了？是不是最近学习太辛苦了？都说了让你回家住，你阿姨天天都念叨着你。"

乔晢感觉气氛不太对，但到底哪里不对，她也说不上来。她只得硬着头皮接明骏的话："我还好，没有很累。"

"没哭鼻子。"明骏笑着拍拍乔晢的肩，转向席间的众人，嘴里说，"我们家的小公主也长大了。"

小公主……乔晢吓了一跳，差点将刚喝下去的水咳出来。

当着一屋子同学的面，明骏将自己面前的菜单递给乔晢："才点了几个菜，剩下的你来点。知道你喜欢吃这家的菜，我才特意挑这里来吃饭的。"

一旁的卓娅脸色发青，气得嘴唇发白。

什么让明屹给她赔罪？

还让她把同学叫来？

她算是明白过来，她被下套了！

明骏这个老狐狸，分明是叫她来给乔晢抬轿子的！

果然，不一会儿，明骏看向坐在靠门方向的自家儿子，开口道："听说你上次还欺负人家娅娅……当哥哥的哪能这样？还不快给人赔罪！"

这对父子虽然平时处处不对付，但两人的默契就好似天生的。

明屹一看到这满包间的人，就知道自己今天要配合明骏演戏了，这会儿听到明骏的话，他拿起杯子倒满茶水，闷不吭声地喝完，一言不发地亮了亮杯底。

明骏看向卓娅，笑眯眯地问："娅娅，你看他这样行不行？"

如此敷衍的赔罪……卓娅一口气哽在喉咙口，几乎气死。

可明骏都这样发话了，她哪里还能说不行？她气呼呼地点了点头。

如此，明骏又将话题转回到乔晢身上："晢晢在家被我们娇惯坏了，现在她要上高中了，我们生怕她适应不来……她和你们相处得还好吧？"

听话听音，他们哪里不明白？在座的同学纷纷抢着说话。

"乔晢性格很好的，大家都很喜欢和她玩。"

"对呀，她成绩也好，新生夏令营考试她是全年级第一呢！"

"叔叔您放心吧，我们会帮您照顾好乔皙的。"

乔皙这会儿也明白过来了，明伯伯今天这一出，是为了帮她在同学面前撑场面。不仅如此，他还拉了卓娅来给她抬轿。

不顾乔皙在底下拼命扯着自己的袖子，明骏笑眯眯道："皙皙呀，在我们家就是小公主，我们所有人就宠着她和她妹妹了。虽然皙皙是娇气了点，但性格不坏，她对人也是真心的好。"

此言一出，旁边人纷纷附和。

明骏又笑了笑，说："小丫头性子软，这也怪我们，之前把她保护得太好了，她没怎么和外人接触，胆子也小……我们就怕有人看她性子软就欺负她。"

有两个男同学抢先开口："叔叔您放心，以后在学校里我们都会多帮着照顾乔皙的，决不会让人欺负她。"

其他人也附和着表明了自己的态度："大家都是同学，我们不会让人欺负乔皙的。"

卓娅铁青着一张脸，坐在一边一言不发。

明骏转向了她，脸上是笑眯眯的，可话里话外逼她表态："娅娅你呢？"

第九章
Chapter nine
喜欢啊

重压之下，顶着明骏的目光良久，卓娅终于缓缓点头，心不甘情不愿地"嗯"了一声。

明骏眼睛里重新浮现出了笑意，目光不再那么具有压迫性。

他摸了摸卓娅的脑袋，声音里带笑："真乖……你比皙皙大，以后我们家小公主还要你多照顾呢。"

很多事情明骏嘴上不说，并不代表他心里不清楚。

乔皙刚来明家时，明骏就知道自家夫人对她多有防备。可那时，他不能多说也不能多做，就怕惹得自家夫人更加反感小姑娘。

不过，明骏并不担心情况会变糟糕。他知道小姑娘模样乖性子好，自家夫人喜欢上她不过是时间问题。

喏，今早夫人不还为了小姑娘将他骂了一顿吗？

至于卓娅，明骏可是知道，这姑娘娇纵跋扈都出了名。

那天接到卓父打来的电话时，明骏心里就猜了个八九不离十，根本不是卓娅和明屹起了冲突，而是卓娅和皙皙起了冲突。

明显，卓娅欺负了自家小姑娘。

明骏承认在这件事上，的确是他疏忽了。

同样是从明家大门里走出来的姑娘，他们不敢欺负明菀，却敢欺负乔皙。

认定了乔皙不是正经的明家人，他们才敢可劲儿地欺负她。

所以，明骏就当着乔皙这么多同学的面，特意演了这么一出，为的就是告诉所有人——

乔晳不是无势可依的孤女，她是被明家所有人捧在手心里的小公主，不是他们可以欺负的人。

当然，还有一件事，明骏决不会忘记。

这是他今天请吃饭的次要目的。

"我们家的小公主呀，"明骏摸了摸身旁乔晳的脑袋，笑眯眯地看向饭桌上的众人，"从小到大不知道被多少臭小子盯上过。"

明骏的视线状似无意地扫过坐在对面的自家蠢儿子。

明屹恍若未觉，面无表情地盛了一碗佛跳墙，老神在在地吃了起来。

明骏气得在心里大骂，面上却不动声色，转头看向乔晳，叹了口气才道："你呀你，还是太单纯，又不懂得拒绝人。有些臭小子就看中你这点，专门借着辅导功课的名义接近你，我跟你说，碰上这种小浑蛋，你大耳刮子扇过去就是了。"

一旁的明屹听了，在心里冷笑一声。

有他在，谁敢？

乔晳不明所以，日常的功课，她自己完全可以应付，并不需要别人辅导呀。

难道……明叔叔说的是……

乔晳咬住嘴唇，压下心底的疑问，偷偷看了一眼对面的明屹。

明屹仿若无知无觉，低头正专心地吃着东西。

这个人……

乔晳彻底无语了。

饭桌上的其他人一头雾水，不明白明骏为何突然提起了这茬。

"我们家的小公主，十八岁前可不许谈恋爱。"明骏笑了笑，"大家也帮叔叔看着点，要是有那种高年级的、仗着自己成绩好就敢打我们家晳晳主意的小浑蛋，一定记得告诉叔叔啊。"

明屹眉头一皱。

他慢慢地放下勺子，终于意识到，明骏口中说的"小浑蛋"……似乎与他有关。

这顿饭吃完后，明屹被明骏拎进了洗手间。

跑去和宁家的小子厮混，还有意当着人家亲妈的面不穿衣服，自己的脸都被他丢到姥姥家了！

想到这个蠢儿子刚才还提了一袋酸奶，明骏就气不打一处来。

看着面前这个个头就要超过自己的蠢儿子，明骏一巴掌拍在他的后脖子上，怒道："我让你给我装兔子！"

明屹被打惯了，被亲爹拍一下并不觉得如何，只不由自主地高声辩解道："我没装！"

"没装？"明骏更加生气了，怒目而视，"那你是怪你妈蠢？"

明屹不吭声了，心里想的却是，没错，妈妈是有点蠢。

明骏又拍了儿子一巴掌，这回他压低了声音："那天晚上皙皙和你在一起？"

明屹犹豫了三秒才"嗯"了一声。

他大概是觉得这话有歧义，对乔皙不利，又解释道："那天太晚了，我看她那么困，就让她先在宁绎家睡一晚。"顿了三秒，明屹补充道，"小丫头每天天不亮就爬起来看书，犯困也是很正常的。"

明骏觉得手掌这会儿有点发麻，不然他必定又是一巴掌拍过去了。

他拿手点了点自家蠢儿子，语气严厉："你要敢打皙皙的主意，我扒了你的皮！"

明屹皱了皱眉，试图纠正自己老父亲的说法："是我看着她。"他补充道，"看着她不让她谈恋爱。"

明骏气得破口大骂："我看你就是想监守自盗！"

尽管明骏常年忙于工作，照顾家里的时间远不及夫人长，但他自认他对他们兄妹俩的了解比夫人更透彻。

明屹从小到大，为谁出过头？

隔壁老沈家的闺女，从小学起就跟在他屁股后面哥哥长哥哥短，他们也没见他多看人家一眼。

颜夏住进明家后，有同学来家里玩，好奇地问："颜夏，你是明师兄的妹妹吗？"

这句话恰好被明屹听见，他当即毫不留情地顶回去："你还知道她姓颜？"

这话半点情面不留，晚上颜夏便躲在房间里大哭。后来，还是祝心音去哄了好一阵，才把颜夏哄好。

后来，颜夏被赶了出去。

据祝心音说，她原本还担心明屹对小姑娘有感情，会有抵触情绪，结果，他对颜夏的消失居然半句都没问，仿佛这个人从不曾出现。

明骏一直觉得儿子没开窍，却没想到，他这一开窍，可不得了。

皙皙被接过来还不到两个月，刚才饭桌上那些同学就一个个全都知道她是明屹的表妹，要不是明屹自己到处说，他们哪里会知道得那么清楚？

好端端的，这小浑蛋这么殷勤为皙皙出头，不是没安好心还能是什么？

对老父亲的指控，明屹表现得十分坦然，坦然到近乎无耻："十八岁后再盗。"

见他这副不要脸的模样，明骏气得抬手又要揍他。

恰在此时，传来轻轻两下敲门声。

乔皙在外头小心翼翼地问："明伯伯，你们在吵架吗？"

明骏瞪了自家蠢儿子一眼，脸上恢复了笑容才拉开门："哪有，我就交代他几句话呢。"

乔皙打量了他们父子俩好几眼，发现大表哥没有被打的痕迹，便慢吞吞地"哦"了一声。

同学们已经走了，现在就只有他们三个人，乔皙终于将憋了一肚子的话吐出来。

她低垂着脑袋，有些不安地对着手指，声音细细小小："明伯伯，我知道您那样说是为我好，可总会被发现的……"

看着面前惴惴不安的小姑娘，明骏反问："发现什么？"

当然是发现她不是明家的小公主……但乔皙实在是没脸将"小公主"这三个字说出口。

"皙皙。"对她向来和颜悦色的明伯伯，此刻的神情却前所未有地严肃，"伯伯从一开始，就是把你当亲生女儿一样来对待的。"

乔皙动了动嘴唇，却什么话都说不出来。

"你和菀菀一样，就是我们家的小公主，有谁敢说一个不字？

"我们家不是多有钱的人家，吃穿上你也许比不过有些同学，但有一点，你要记住了。

"伯伯把你从西京接过来，不是让你来这里受委屈的，受一点委屈也不行。

"家里不行，外面更不行。

"你记住了，只要我在一天，就不会让任何人欺负到你头上去。你爸爸是怎么待你的，我就怎么待你。"

乔晳的鼻头发酸，眼眶很不争气地湿了。

她突然想起了很久很久以前，她还很小，爸爸还很年轻的时候，发生的一件事。

恰逢过年，她带了心爱的玩具去爷爷家，堂姐却要来抢她的玩具。

她个子矮力气小，根本抢不过堂姐，拉扯之间，她突然冒出了一股子坏水，松开了手。

堂姐如她所预料的那样，因为用力过猛，在她松手的一瞬间，"砰"的一声倒地，然后哇哇大哭起来。

见自己弄哭了堂姐，乔晳害怕极了，也愧疚极了，她想要将表姐扶起来。

闻声赶来的大伯母冲过来将倒在地上的表姐抱起来，指着她破口大骂："有娘生没娘养的东西，才这么点大就一肚子坏水！"

乔晳虽小，可哪怕听不懂对方说的话是什么意思，也看得懂大伯母是在骂她。

她那么小的一个人，看着被大伯母抱在怀里的堂姐，就那样蒙蒙地站在原地挨骂。

那也是她第一次看见素来笑眯眯的爸爸发那么大的脾气。他连风度也不要了，当着众多的亲戚便同大伯母吵了起来。

再后来，爸爸抱着她从爷爷家出来了。

路上，她搂着爸爸的脖子，很不安："爸爸……真的是我害楠楠姐姐摔跤的。"

不是大人们以为的，小孩子玩闹时堂姐无意间摔倒了，是她趁着堂姐最使劲的时候，故意使坏松手的。

可爸爸知道了也不在意，只告诉她："爸爸在，就不会让任何人欺负你。"

他不在乎她做对做错，他在乎的只是她有没有受委屈。

乔晳以为，爸爸走了之后，这世上不会再有这样的人这么对她。

可明伯伯……

一阵泪意涌上来，她慌忙低头想要擦眼睛。旁边却伸过来一只大手，将她的脑袋按在一堵胸膛上，随后略显冷淡的声音在她的头顶上方响起：

"想哭就哭吧。"

乔皙愣住。

她正想挣开，就听见"啪"的一声——

明骏一巴掌狠狠拍向儿子的后脑勺，怒道："你动手动脚的干什么？！"

明骏公务繁忙，回家的转天又要出差。

一边要对夫人隐瞒自家蠢儿子的心思，一边又要防着自家儿子拱家里这棵水灵灵的小白菜，明骏煞费苦心地暗地里叮嘱女儿："没多久就开学了，这几天你就带着你皙皙姐姐到处逛逛，活动经费爸爸出。"

幸福来得太快，明菀眼睛亮了："真的？什么都包吗？"

"当然。"明骏拍着胸脯作了保证，又提了一点额外要求，"但是，只能你们两个人去逛街。"

明骏这么做，自然是减少蠢儿子单独接触皙皙的机会。

他万万没想到，他防住了儿子，却没防住水灵灵的小白菜。

这天晚上，乔皙刚和明菀去逛了一天的街回来，趁着明菀回房间洗澡的工夫，乔皙见刘姨忙着准备第二天的早餐，家里也没其他人，便偷偷溜到了明屹的房间门口。

她试探性地敲敲门，声音压得很低："大表哥？"

正在房间里看书的明屹"唰"的一声拉开房门，看着她，很冷淡的模样："有事？"

人在屋檐下，不得不低头。

乔皙的笑容里带了几分狗腿的意味："大表哥，你什么时候带我去看球球啊？"

明屹淡淡地反问她："现在有空了？"

乔皙赶紧点头："有的！有的！"

明屹不冷不热地"哼"了一声，问："昨天叫你去的时候你怎么就没空？"

乔皙沉默了。

因为心虚。

前天菀菀约她去北海公园玩，她刚答应，明屹就突然出现，提醒她半个月后就是全国联赛，作为一个高中生，她最理智的选择应该是和他一起去市图书馆自习。

前一段时间她累坏了，这会儿实在学不进去了，她只想好好休息两天放放风，于是婉拒了明屹的邀请。

没想到他生气了。

而乔皙和菀菀在外面玩了一天后回来，分别带了祝心音最爱吃的抹茶味布丁、刘姨最爱的焦糖布丁，以及明屹最讨厌吃的杧果布丁后……

明屹知道，菀菀故意给他挑的杧果布丁，可乔皙居然没有阻止她。想到这儿，他就更加生气了。

乔皙觉得很无辜："我不知道你讨厌杧果。"

"你生日那天，"明屹语气淡淡地开口，帮她回忆，"吃蛋糕的时候，我把上面的杧果挑出来了。"

在明屹看来，乔皙理所当然应该知道这些事情。

毕竟他知道她最爱吃的……更确切地说，是吃得最频繁的食物前十名。

在酸奶里吃到了黄桃会先眯一下眼睛，然后笑得很开心。

很爱吃草莓坚果混合口味的麦片，如果不小心吃到葡萄干，她就会偷偷将葡萄干吐出来。

吃樱桃的时候，会偷偷往嘴里一次性塞五六颗樱桃，然后趁着没人注意的时候，像豌豆射手一样将五六个樱桃核一口气"biubiubiu"发射出来。

他知道她这么多事，可她连他最讨厌的食物是杧果都不知道。

昨天，明屹的怒火值达到了顶峰。

一大早起来，明屹就让受气包今天和他一起去看那只寄养在宁绎家的狗。

谁知受气包居然说，自己昨天就和菀菀约好了要去潭柘寺。

明屹想了想，表示潭柘寺太远了，都要到 B 市了，两个女生出省不安全，最好由他陪同。

乔皙有些不好意思，担心这一趟游玩会耽误他的学习，但在他表示不会后，才欣然同意。

明菀应承得好好的，结果乔皙回房间去收拾东西后，她便压低了声音对自家哥哥说："活动经费是老明赞助的，你要去费用自理。"

连五毛钱一个的白馒头都吃不起的明屹，自然掏不出这项费用。

193

明屹知道，受气包那么希望他一起去，肯定会主动为他掏钱。

可他是坚决不会吃软饭的人。

因此明屹暗地里打好了算盘，只要他说不去，受气包肯定也不会去的。

这样一来，他既不用花钱，又能和受气包待在一起。

结果——

乔皙戴上了帽子墨镜，全身抹好了防晒霜，穿着一条背带裤，像超级玛丽一样蹦蹦跳跳地出了门，走出大门好几步，才想起要折返看他一眼。

也就是看了他一眼而已，连脸上的墨镜都没有摘下，看完了，受气包便很快乐地朝他挥挥手："大表哥，我们出发啦，你在家好好休息哦！"

明屹的脸都气变形了。

而快乐异常的乔皙，并未预料到，最初在宁绎家见球球的那一面，竟然会是这些天她和球球见的唯一一面。

等她再提出想要见球球的时候，得到的是明屹冰冷的回答："已经饿死了。"

乔皙皱着眉看他，很无奈的样子："大表哥，你好幼稚。"又教育他，"你不能咒它。"

明屹冷笑一声，道："你现在的分数，离能去看狗还差得很远。"

乔皙不明白："什么分数？"

明屹拉开抽屉，从抽屉里面拿出一个皮质笔记本，翻开第一页，轻描淡写地念道："你连续玩了三天，现在是负30分，积满100分你才能去看狗。"

瞬间，她就反应了过来，脸"腾"地红了。

什么加分减分……怎么和她的小本本一模一样……

大表哥是不是偷看她的笔记本了？

肯定是这样的！

乔皙心里着急，伸手去抢明屹手里的那个笔记本。

但是明屹手长脚长，手一伸便将本子举到了她够不着的地方，长腿一伸，又成功地将意欲冲过来的受气包挡住了。

"呀！"

乔皙脚下一绊，整个身子往前一栽，一只手撑在了旁边书桌上，另一只手则撑在了……年轻男孩温热的胸膛上。

"咚咚咚！咚咚咚咚！咚咚咚咚咚！"

为什么……大表哥的心跳……好像和她的一样快呢？

羞得满脸通红的乔晢慌忙收回手，扶着一旁的书桌想要站起身来，却在慌乱间带倒了书桌上的东西。

"哐"的一声响，书桌上的可乐罐被打翻，里面剩下的可乐一滴不漏地全洒在了明屹的白衬衫上。

乔晢吓了一跳，赶紧站直了身子，又低头去看他身上的可乐渍。

"对不起……你快换下来，我帮你洗洗，还能洗掉。"

明屹的心跳平复了些许。

他面无表情地将衬衫脱下来，递给乔晢。

没想到他半点不害臊，这就将衣服脱了，乔晢拿过衣服赶紧转过身，一溜烟地跑进了洗手间。

明屹跟在她身后也进了洗手间，见她"哗啦啦"地放着水，不由得问了一句："你会洗？"

乔晢视线躲着他，满面通红道："你你你……你把衣服穿上啊……"

两人正说着，门口突然传来两下轻轻的叩门声。

随后祝心音的声音响起："明屹，是我。"

乔晢快晕了，赶紧将手里的衬衫丢进水池里，大脑开始飞速运转，想着待会儿要怎么和祝阿姨解释。

明屹的反应比她更快，听见祝心音声音的那一刻，他便将洗手间的门关上，然后将想要出去的乔晢按住，禁锢在门板和他的身体之间，对着她轻轻比了个"嘘"的手势。

祝心音的声音再次响起："衣服都帮你熨好了……我给你拿进来？"

外面传来一声响动，祝心音推门进来了。

乔晢大气不敢出，全身僵硬地贴在门板上，脸通红，额头沁出了细密的汗珠。

祝心音在外面问："你要洗澡？"

明屹探身过去将淋浴头开关打开，"嗯"了一声。

紧接着外面传来一阵开关衣柜门的声响，想来是祝心音正在帮他放熨好的干净衣物。

乔晳突然心生愧疚。

她的日常衣物也是祝阿姨帮她熨了之后，拿到她的房间里的。

祝阿姨对自己这么好，自己却……

"哎呀！"外面突然传来祝心音的惊呼声，"你这地上是什么东西……可乐泼了也不知道收拾收拾，就等着我来收拾是不是？"

屋外，祝心音叫刘姨上来收拾房间里的地板。刘姨动作麻利，没一会儿便收拾干净下楼了。

祝心音目送刘姨下楼后，立刻关上了门。

她有心事。

斟酌片刻，她开口了："明屹，晳晳在你们学校是不是很受欢迎啊？"

明屹皱了皱眉，觉得这个问题有几分深意。

不过，想想那个姓韩的书呆子，那个奥数班的蒋一炜，还有那群嚷着要来奥数班见"天籁妹妹"真人但都被他口头暴力劝退的高年级男生……

他低头看看抵住门一动不敢动的受气包，有些不高兴。

想让她好好学习，怎么这么难？

而僵立着的乔晳，同样十分紧张。祝阿姨这样问……是什么意思？难道她已经发现自己就躲在浴室里面，有意这样问的？

这时，明屹拿出了十分拙劣的演技，很不耐烦地开口道："不清楚。怎么了？"

放在平常，知道自家儿子心无旁骛、专注学习，祝心音心中铁定乐开了花。

这样才对嘛，在这种年纪就应该专心读书，谈情说爱的事情留到以后也不迟。

现在祝心音的误会却越来越深了，认定了自家儿子对男女之事全无心思，是因为走弯了路。

因此一听他这样答，祝心音心里便"咯噔"了一下。

祝心音并不打算叫儿子发觉自己正在试探他，因此后面的话还得圆回来："没……没怎么，就是……就是……晳晳不是总去院子里遛斑比吗？好几家的太太瞧见了她，转头就来我这儿打听了，说是想预订儿媳妇……我们晳晳的确是讨人喜欢啊。"

听到这话，明屹眉头越皱越紧。

下意识地，他提高了音量，不悦地反问："谁在打听？"

听到他反应这么大，祝心音心中生出几分渺茫的希望来。她强压住心中的喜悦之情，像是开玩笑一般说："你问这个干什么？难不成你也喜欢皙皙啊？"

乔皙瞪大了眼睛，满脸惊恐地听着这对母子"全程高能"的对话。

她茫然地抬起头，一张嘴惊讶得张成"O"形，直愣愣地看着明屹。

"喜欢啊。"

短短的三个字，听在乔皙耳中，却像是落了三道惊雷一般。她猛地瞪大了眼睛，脸上写满了难以置信。

恰在此时，门外传来祝心音疑惑的声音："你怎么不说话？"

明屹刚才的音量本来就不大，又有浴室里水流声作遮掩，祝心音没听到他的话是正常的。

而且……刚才那句话，他就想说给受气包一个人听。

因此，这会儿听祝心音问，明屹便提高了几分音量，慢悠悠地开口："我说——"

没等明屹将第三个字说出来，"啪"的一声，乔皙眼疾手快地一巴掌拍在了他嘴巴上，打断了他的话。

其实她没怎么用力，可不知道为什么……声音就是特别响。

明屹同样很震惊。

他没预料到受气包居然这样胆大包天，竟然敢伸手打他。

乔皙心里很慌。

刚才只是想让他闭嘴，没想到一时脑热，她竟然一巴掌拍了上去。

而且，面前的"小和尚"瞪着她不说话，看起来……的确有点凶。

乔皙哆哆嗦嗦地做了个"对不起"的口型，又手忙脚乱地伸出手，摸了摸明屹脸上刚才被她一巴掌拍红的地方。

莫名其妙挨了一巴掌，原本明屹是有些生气的。

可现在他又被逗乐了。

"我是说，"明屹继续先前没说完的话，"谁眼神这么不好，还打听她。"

门外的祝心音一听就拉下了脸。

这熊孩子，还说上人家坏话了！

刚燃起的些许希望就这么被蠢儿子的一句话浇灭，祝心音气不打一处来："你快给我闭嘴吧！"

以他这副德行，就算真喜欢女孩子，以后恐怕也没哪个姑娘会要他！

这样想着，祝心音气冲冲地出了房门。

听到"砰"的一声关门声，乔皙总算松了一口气，一直紧绷着的身体也慢慢放松了下来。

之后的几天，乔皙都没有给一肚子坏水的"小和尚"一点好脸色看。

明屹私下里同她赔礼道歉过一次："上次我开玩笑的，你别生气了。"

就知道都是开玩笑的……乔皙咬紧了唇，更加不想搭理这个人了。

见受气包还是这么一副对他爱搭不理的态度，明屹想了想，说道："你的狗还在我手上。"

乔皙看向他，满脸难以置信："你……是在威胁我？"

明屹轻咳一声，很不赞同地纠正了她的说法："我是在提醒你。"他还补充了一句，"你现在还是负30分呢，要是这次全国联——"

乔皙气得都糊涂了，大声打断他道："谁稀罕？我不要啦！"

明屹皱眉："那么喜欢的狗，真不要了？"

明菀刚好路过，敏锐地捕捉到了自家哥哥的最后一句话，立即"嗖"的一声兴奋地蹿过来——

"狗？哪里还有狗？"

乔皙动了动嘴唇，想解释，一时却想不出恰当的理由。

还是明屹镇定，他指了指乔皙身上T恤的图案："那里。"停了一下，他补充道，"三只。"

尽管一时蒙混过关了，明菀还是很快就发现了端倪。

开学前一周，乔皙不再出去玩，每天躲在房间里看书，准备迎接即将到来的全国高中数学联赛。

祝心音看见，满怀欣慰。

她欣慰于乔皙这孩子懂事乖巧、聪明又自律，而她曾经升起的让自家蠢儿子以奥数的名义多同人家姑娘接触的念头，早在那天蠢儿子嘲笑别人家的太太看上乔皙是眼神不好时，就彻底打消了。

乔皙对祝心音的心理活动完全不知，她全力以赴地准备全国高中数学联赛，只是心里还有几分牵挂着球球。

因此，乔皙通过盛子瑜辗转联系上了宁绎，想要找个他方便的时间去看看球球。

宁绎有些惊讶："明屹不是有钥匙吗？"

乔皙这才知道，原来宁绎这学期作为去国外高中的交换生，前几天已经出发了。

因为球球要放在他的房子里养，所以他将自己的房子全权托付给了明屹。

乔皙恍然大悟，难怪大表哥那么嚣张地威胁她！

乔皙上回被他耍得狠了，后来他的道歉又毫无诚意……

所以她这回无论如何也不会主动跟他求和的！

念及还被大表哥控制着的球球，又想到家里要到月中才发零花钱，再想想如今身无分文恐怕连个红糖馒头都买不起的大表哥……

乔皙不由得担心起了球球的伙食来。

因此这天中午，趁着明屹出门去了，家里其他人都在午睡，乔皙悄悄溜进了明屹的房间，将自己手里的小金库全数掏出，偷偷地塞进了明屹的书桌抽屉里。

乔皙一眼就看到了，书桌抽屉里放着的乔皙上回见过的那个小本本。

翻看别人的东西当然是不好的行为，可是……乔皙绞尽脑汁给自己找理由。

这是给她打分的小本本，她看一眼也不算过分吧。

乔皙忍住强烈的罪恶感，迅速将那个笔记本翻开。

除了有三天扣掉了 30 分，剩下的全是"很乖 +10"。

乔皙数了数，足足有五个……这不正好是她乖乖在家看书的天数吗？

现在她已经有 20 分了！

乔皙的嘴角不自觉地上扬，但她很快意识到自己笑了，又立即拉下脸来，将笔记本放了回去。

她才不稀罕。

乔皙以为，球球狗粮的问题就这样被自己用偷偷放钱的方式完美解决了。

没想到，午睡起来后，往楼下跑了一趟的明菀便大呼小叫地冲进了她的房间："小乔姐姐！我们家里进贼了！"

这话将乔皙吓了一大跳，她冲上去将明菀拉到自己身后，迅速地锁上了房门："贼？哪里有贼？"

"不是、不是。"明菀手忙脚乱地解释，"我没抓到现行，但肯定有贼！"

"噢噢……"乔皙拍了拍胸口，松了口气。

突然，她生出了一种奇怪的预感。

明菀便神神秘秘地凑近她，压低了声音道："最近，斑比的狗粮，总莫名其妙地变少……"

乔皙心里"咯噔"一声。

感觉她突生的奇怪的预感……即将得到验证。

见她不说话，明菀神神秘秘地继续说："以前斑比的狗粮，开一袋可以吃一星期……但是最近，斑比的狗粮总是打开三天就见底了！这已经是第三袋了！"

乔皙皮笑肉不笑地和她打着哈哈："可能……可能是斑比最近胃口比较好呢。"

"不可能！"明菀断然否定了她的这个说法，掏出手机来给她看，"你看，这是我昨天拍的狗粮袋的照片，这是我刚才下楼去拍的照片……斑比怎么可能一天就把剩下的半袋狗粮吃得见底？"

乔皙假笑得脸都酸了："可是……可是怎么会有人偷狗粮啊？明明有更贵的东西可以偷……"

"怎么不会？"听她这样说，明菀立刻很不高兴地板起脸来，"斑比的狗粮是瑞典皇家狗粮，要去进口超市买！超贵的！"

乔皙不说话了，只在心里默默想——反正听起来就比大表哥吃的白馒头贵。

明菀寻求她的意见："我待会儿就把手机藏在柜子里，开录像模式，这样就能抓到小偷了。嘿嘿，你觉得怎么样？"

乔皙面上十分冷静地赞同了明菀的方案，转身她就溜进了洗手间，拿出手机疯狂打字给大表哥发消息："别偷狗粮了！"

你妹妹即将布下天罗地网来抓你了！

有内奸在，明菀自然没有顺利抓到偷狗粮的小偷。

虽然有些气馁，但晚上睡觉前，明菀还是十分不死心地将充好了电的旧手机开了录像模式，藏在了柜子里。

有了明菀的摄像头，明屹想再偷狗粮怕是不可能了。

乔晢偷偷算了一下，照明莞的说法，明屹之前偷走的狗粮只够球球再吃三天，那三天过后，球球岂不是要饿肚子了？

当晚，乔晢便不情不愿地给大表哥发了信息："球球是我的狗。"

那边迅速回复道："你大伯已经把它卖给我了。"

乔晢瞪着自己刚打完字、没来及发出去的那句"所以狗粮应该由我来负责"，一口气梗在心口，噎了个半死。

就不应该给他通风报信！

就应该让他偷狗粮被抓现行！

乔晢趴在床上咬牙切齿地捶枕头，突然听到两道很轻的叩门声。

一道低低的男声说："开门。"

乔晢怕隔壁的明莞听见，赶紧从床上蹦起来跑去开门。

一看见她，"小和尚"原本绷得紧紧的嘴角便忍不住向上翘起。

乔晢松开门把手，慌忙转过身去，花了不小的力气才将自己同样翘起的嘴角压了下去。

再回过头时，她已经恢复成冷冰冰的模样了："你干吗？"

明屹将手里的钞票拍在乔晢的书桌上："我像是会用女生钱的人？"

乔晢默默嘀咕："你看起来比较像会偷狗粮的人。"

明屹双手插兜，有些恼羞成怒："谁偷了？借用一下。"

看着被他退回来的球球狗粮基金，乔晢想了想，说："那钱不是白给的……我是要买回球球一半的抚养权。"

明屹轻描淡写道："不卖。"

乔晢气得跺脚："你怎么不讲道理呀！"

明屹凑近了她："都说过了，积满 100 分给你看狗。"

乔晢气鼓鼓地看着他，不说话。

"你现在有 20 分。"明屹有理有据地给她分析，"下星期的全国高中数学联赛，考省第一名加 200 分，每天让你看狗。"

200 分！每天看球球！

乔晢眼睛都亮了："那第二十名呢？加多少分？可以一个星期看一次吗？"

乔晢查过前几年 A 市的竞赛获奖名单，知道全国高中数学联赛的省前二十名可以进省队，还有资格参加冬令营。

一开始，她给自己定的目标就是进省前二十名。

进了省队,她就还有一个学期的时间来拉近自己和其他同学的差距。

明屹冷笑一声:"扣 200 分。"

乔晢哭笑不得。

"前三名。"明屹居高临下地看着她,"没考到省前三名你就别想看狗了。"

乔晢气得恨不得咬他一口:"你以为每个人都是你吗?"

明屹皱了皱眉,道:"你在集训班都能考第三名,怎么这次考不了了?"

她还是旁听生呢。

要知道,集训班里的每个人都是起码能在全国联赛里拿"省一"的。

况且集训班集结的是整个华北地区的尖子生,不单只有 A 市的尖子生,里面可是有几个竞赛大省的尖子生,他们的竞争可比 A 市的学子更加激烈,因此,集训班的平均水平可比 A 市队的高多了。

乔晢苦着一张脸:"我又不能保证联赛的时候运气也这么好。"

听到她这样说,明屹笑了笑,问:"学过的均值方差还记得吗?"

这是最基本的概念,乔晢理所当然地点了点头。

"想拿第一名,就要提高均值,缩小方差。"明屹看着她,很认真地说道,"只要你的均值够高,方差够小。哪怕运气不够好,第一名也是你的。"

乔晢强行告诉自己冷静,不然就被他忽悠住了。

想了想,她讨价还价道:"前十名吧?"

明屹丝毫不为所动:"第一名。"

"别别别,"乔晢不敢再和他讨价还价了,"前三就前三。"

很快附中开学了,乔晢被分到了国际班,同样被分过来的同学还有盛子瑜和江若桐。

国际班里的学生,都是未经过统一升学考试、通过各种各样其他途径进附中的。乔晢没想到,有一天她在这样的班里就读。

虽然她心里有些不是滋味,可想到江若桐也被分进来了,一下子释然了不少。

国际班上的同学都还算规规矩矩,可和附中的其他班比起来,他们的确有些松散了。

"像养老院。"盛子瑜兴致勃勃地这样评价。

乔皙哭笑不得。

她知道自己是很容易被环境影响的人,是以上课以外的大部分时间,她和实验班的韩书言一起跟着年级里组织的数竞学习小组学习。

就这样一直学习到联赛的前一天。

数竞学习小组的同学们聚在一起做完了一套模拟题后,纷纷表示,乔皙的水平已经有"0.3 明"了。

乔皙乍一听只觉得云里雾里,什么叫……"0.3 明"?

韩书言忍着笑解释道:"就是说,你已经有明师兄的三成功力了。"

这么奇怪的计量单位……这是在骂她还是在夸她?

韩书言道:"当然是夸你。"

就连大神江若桐,大多数人也只觉得她有"0.5 明"。

大家平时连自己有"0.1 明"都不敢说,最多也就"自黑"的时候说自己的水平有"10 鱼"。

"10 鱼"……乔皙的心里"咯噔"一下,有不好的预感:"'鱼'这个计量单位,难道是……"

旁边人立刻肯定了她的想法:"就是盛子瑜!"

盛子瑜的学渣之名,在整个附中也是流传颇广的,而且盛子瑜曾很不屑地表示,那些竞赛的题目,来一套她做一套,这直接导致她和明屹一起,成了大家口中的计量单位。

如果非要进行等价的话,大概是"1 明 =1000 鱼"。

当然,可怜的鱼鱼本人对此一无所知。

这天,拥有"0.3 明"之力的乔皙信心满满地进了考场。

考试时间从八点到十二点,乔皙考完出考场的时候,已经饿得两眼发花。

先前她和数竞学习小组的同学约好了,考完试后聚餐。出了考场,乔皙就等在了考场门口,左顾右盼地到处找人。

突然,她的脑袋上被人拍了一下。紧接着,她头顶上方传来熟悉的声音——

"走吧。"

乔皙惊讶地转过头:"大表哥?"

不等她问,明屹主动开口解释:"刚好路过,又刚好看到你。"

乔晳才不信。

他肯定是故意来问她考得怎么样的！

看着整个附中里唯一一个拥有"1明"之力的男人，乔晳开口道："大表哥。"

明屹看向她，没说话。

满分的话，那肯定是第一名了吧。

"我觉得……"乔晳慢吞吞地开口道，"你可能要天天让我看球球了。"

第一次说这种膨胀到变形的话，乔晳心中还是有几分忐忑的。

因此，说完，她便有些紧张地盯住了大表哥。

明屹听了这话，并没有觉得有半点问题，也不觉得受气包的话嚣张。

在他原本的计划里，她要是没考到省前三，他就带狗去做绝育手术。

对此一无所知的乔晳兴奋地拉着他的衣袖："大表哥，我们现在就去看球球好不好？"

这时，一旁传来韩书言的声音——

"乔晳，明师兄。"

见了韩书言，乔晳想起她竟然忘了聚餐的事情，顿时一脸抱歉地看着明屹："大表哥，我们约好了一起聚餐……你要不要一起来？"

乔晳知道自己这话问了等于白问，毕竟几天前，子瑜请客吃饭，她和菀菀欣然赴约，只有大表哥一个人用"讨厌人多的场合"为由，断然拒绝了。

还是菀菀跟她说，她哥大男人自尊心强，吃女生请的饭是不可能的。

乔晳想到大表哥一贫如洗，不可能反过来请她们三个女生吃饭……

今天他们的聚餐，是 AA 制的。

而今天的大表哥，依然是一贫如洗的大表哥，想来他不会答应去聚餐的。

"好啊。"明屹淡淡出声，打断了乔晳的思绪。

咦？

怎么大表哥突然愿意和他们一起吃饭了？

乔晳歪着脑袋想了一会儿也没想出个所以然来，只能暗自下决心，为了避免大表哥尴尬，今天这顿饭就由她来请客吧。

由她请客，大表哥肯定不会拒绝，还能心安理得地蹭饭。

跟同学就……就说……就说她今天考得好，一高兴就请客了吧。

不过，事情的发展并没有乔皙想的那样好。

数竞学习小组的同学一聚头，便开始吐槽。

"最后那道数论题怎么那么变态啊？谁出的题啊？"

"不知道啊，我这回怕是凉了凉了，撑死也就'20鱼'。"

一听他只有"20鱼"，立刻有人幸灾乐祸地笑了起来："哈哈哈哈哈哈哈，20鱼！我今天可是有0.2222——"

这位同学话刚说到一半，舌头突然抽了筋。

因为附中的两大计量单位其中之一就站在他身边，并且这个计量单位一副十分认真倾听的模样。

这个计量单位发现，站在身旁的受气包这会儿一张脸憋得通红，一副极力憋笑的样子。他实在是有些好奇受气包的笑点，见说话的同学突然住了嘴，便盯着他。

直接面对计量单位目光的同学只好结结巴巴地把话说完了："0.2222……2鱼！"

"鱼"这个单位，明屹第一次听说。

但用人名当作计量单位，那是早有先例。

比如说，1特斯拉等于10000高斯。

刚才他们说的"鱼"，明屹想了想，觉得大概说的是"盛子瑜"。

嗯，没毛病。

看着那个仅有"0.22222鱼"的同学，明屹的眼神里，罕见地带上了几分同情。

乔皙憋笑几乎憋出内伤。

不过，既然有人说自己只有"20鱼"，显然考得不好。

这会儿，她再说自己因为考得好所以一高兴就请客，显然会戳到别人的痛处，想了想，她说道："我刚学奥数，很多不懂，要不是你们帮我，我肯定要走很多弯路……今天就让我请大家吃饭吧！"

大家立刻欢呼："好呀好呀！暂暂小富婆！"

明屹双手插着兜，看着被同学簇拥着的小富婆，嘴角挂着笑。

大家商量着聚餐地点，叽叽喳喳地左一个提议右一个提议。

等到他们终于安静下来，一直没说话的韩书言才提出了自己的建议："前面就有吉野家，有没有人想吃肥牛饭？"

　　大家都不是挑剔吃的人，现在又是别人请客，因此听韩书言提议吉野家，纷纷表示赞同："好啊好啊，就吉野家。"

　　乔皙知道韩书言是在帮自己省钱，顿时感激地看了他一眼。

　　"不要。"一直没参与讨论的明屹，却在大家敲定之后突然提出了异议。

　　大家纷纷转过头来看他，就见明屹伸手指了指前面不远处的店铺："我要吃日料。"

　　"日料？可以哎！"

　　"这家上次我来吃过，味道还蛮不错的。"

　　"皙皙觉得呢？我们改吃这家可不可以？"

　　看着面前的六个人，乔皙面上一派镇定，内心却十分慌张。

　　她的全部家当就是书包里装着的球球的赎身费了，可这家店看起来像是人均三四百也打不住。

　　她知道同学们没有恶意，毕竟对他们来说，上这种日料店吃饭是很稀松平常的事情。

　　他们可能没有想到……口出狂言要请客的她居然这么穷。

　　穷得只比大表哥富裕一点点。

　　韩书言倒是察觉到了乔皙的尴尬，解围般笑着开口："不是都定好去吉野家了吗？这家店我们下次再来吧，到时候我请客。"

　　明屹看向韩书言，皱了皱眉，神色间带了几分嫌弃："我从不吃快餐。"

　　她怎么不知道他不吃快餐？

　　他明明什么都吃！

　　乔皙气呼呼地瞪着明屹消失在那家日料店门口的背影。

　　亏她还担心他会脸皮薄不好意思蹭吃的，没想到他的脸皮比谁都厚！

　　一坐进店里，乔皙就低着头和盛子瑜发消息。

　　没想到盛子瑜勃然大怒："吃饭都不叫鱼鱼还想找鱼鱼借钱？当鱼鱼是冤大头咯？"

　　乔皙赶紧安抚她："没有不叫鱼鱼，我们是正好一起考完试所以聚餐啦。"

　　盛子瑜更加生气了："影射鱼鱼是学渣！"

　　没等乔皙想出要用什么话来安抚她，聊天界面"哐当"一下跳出来一条消息。

盛子瑜发过来一条转账信息，上面写着"分手费"三个大字。

"不准玩手机。"旁边突然伸过来一只大手，将乔晳面前的手机拿开，"专心吃。"

说着，他将刚上来的海胆放在了乔晳面前。

乔晳发现桌上每个人面前都摆了一只海胆，顿时吓得猛咽了一口口水。

谁点的？

经过她允许了吗？

算……算了……反正钱都已经借了，不如吃个痛快……

乔晳哆哆嗦嗦地拿起勺子，伸向面前的海胆。

海胆果然是这家日料店的招牌，鲜活，混合着柠檬汁的味道，入口即化，好吃得乔晳差点将舌头咬下来。

呜呜呜，真好吃……唯一的缺点就是太贵了。

乔晳泪流满面地在心里纠正自己的想法。

贵不是海胆的缺点，是她太穷了。

乔晳恋恋不舍地抿着勺子里的最后一口海胆。

这时明屹伸手过来夺她嘴里的勺子："还没舔完？"他抬手一副叫服务员再上一份的架势。

"不行！"乔晳赶紧将他举起来的手扒拉下来，"我吃饱了！不要！不要了！"

明屹愣了愣，后知后觉地明白了过来。

趁着其他人都没注意的间隙，他凑近乔晳，低声开口："小气鬼。"

话一说完，明屹便动作极快地往旁边一闪，正好躲过来自受气包狂暴状态下的一击。

扑了个空没打着人，乔晳气鼓鼓地瞪着他。

"别气了。"明屹抬手轻轻一拍，将受气包气得鼓起来的半边脸颊拍瘪了，又将自己面前未曾动过的海胆放到了乔晳面前，"我不喜欢吃这个，给你。"

乔晳怀疑地看他一眼："不喜欢吃你还点呀？"

明屹一只手撑在桌上，托着下巴打量她，声音里带笑："谁让它贵呢。"

乔晳恍然大悟。

他果然是故意的！他就是想把她吃破产！

一肚子坏水的"小和尚"！

乔皙气得又想伸手打他了！

乔皙又心生疑窦，"小和尚"是不是想把海胆让给她，所以故意这样说的？

这么想着，"小和尚"在她心中变回了大表哥。

乔皙将面前的海胆推回到大表哥面前："我吃过一只啦，现在我要尝寿司，拿走啦别让它占我的肚子！"

明屹皱了皱眉："这么点半口就能吃完，占什么肚子？"

"半口？"乔皙有意和他唱反调，"你半口吃完给我看呀！"

明屹被这话一激，立即要让受气包好好见识如何半口吞下一只海胆。

可他拿过勺子，便察觉出不对，再看受气包在一旁偷笑，他顿时意识到自己被要了。

明屹气得伸手就像捏可达鸭一样，捏住了乔皙的两瓣嘴唇不让她说话："话真多。"他放下勺子，松开了手，"我去上厕所，你再不吃它就要死了。"

见大家吃得差不多了，乔皙偷偷溜出去准备结账。

每往外走一步，乔皙都感觉自己的心在滴血。

这顿饭下来，她想还清欠子瑜的钱，恐怕要到明年了。

服务员笑着道："你们同学已经结过账了。"

乔皙："咦？"

服务员笑着继续道："那个高高瘦瘦，长得很帅的男生。"

乔皙："韩书言？"

恰在此时，韩书言从包间里走出来，走向乔皙："要不这顿还是我来付吧？"

乔皙茫然地看着服务员。

服务员微笑道："是最帅的那个哦。"

最帅的那个……那肯定是大表哥啦。

是他结的账？

可他哪里来的钱？

明明连狗粮他都要偷斑比的。

韩书言连连叫了她好几声："乔皙，怎么了？"

"没事。"乔晢回过神来，冲他笑了笑，"已经结好账了，说好了这次我请的，下次你再请吧。"

话是这么说，乔晢心底的疑问怎么也压不住。

她找服务员要了账单看，直接被上面的数字吓了一跳。

这么贵的一顿饭，大表哥没买球球之前也付不起啊！

乔晢惴惴不安，实在想不明白大表哥到底哪儿来的钱埋单。

不过，想到大表哥连狗粮都偷，难道他……

乔晢心里疑云密布。

因此，一回到包间，她便盯紧了正懒洋洋伸着两条长腿、躺在椅子上玩游戏的明屹。

察觉到她的注视，明屹抬起头来，看她一眼："过来。"

乔晢颠颠儿地跑过去，在他旁边坐下。

明屹打着游戏，突然很想使唤一下受气包，于是开口道："想喝可乐，给我开一瓶。"

这话说出口后，对方却迟迟没有反应，明屹抽空抬头看了一眼，发现乔晢睁着圆溜溜的大眼睛看着他。

"你干什么？"明屹被她看得险些吓了一跳。

乔晢扭头看看，发现没人注意他们俩，于是压低了声音开口："大表哥，你是不是偷——"

不不不，乔晢猛地刹住话音，换了更委婉的表达方式："你是不是一时糊涂、误入歧途，所以——"

明屹不置可否，还饶有兴致地"噢"了一声，示意她继续往下说。

迎着明屹的视线，乔晢实在心虚，声音也越来越小："你是不是……一不小心……拿错了家里的……"

没等乔晢把话说完，旁边的同学纷纷站起来："大家都吃好了，走吗？"

乔晢应道："走呀走呀。"

这里人太多，不太方便她和大表哥好好谈谈。

"晢晢，这顿饭多少钱啊？我们待会儿群里转账给你。"有人说。

"哎？"乔晢愣了愣。

虽然这顿饭的价格实在令她肉痛，但既然说好了这顿饭她请客，她就不会出尔反尔。

她赶紧道："不用啦，说好是我请客的。"

虽然她这么说，其他人却纷纷表示："不行啦，吉野家你请就算了，这种地方当然还是要 AA 啊！"

正当乔皙不知该如何应对时，明屹突然伸出手揽住她的肩，懒洋洋地开口道："皙皙小富婆这么有钱，请一次客穷不了。"

皙皙小富婆……

意识到大表哥在给她挣面子，乔皙心情顿时很复杂。

她很想谴责大表哥偷钱偷狗粮的行为，但想到自己吃了那么贵的空运海胆，自己的狗还吃了瑞典皇家狗粮，她就理直气壮不起来。

出了日料店，大家都各自回家。

明屹带着乔皙往宁绎家的方向走去。

一开始，两人并排走着。

乔皙心事重重，走着走着，脚步渐渐放慢了，不远不近地落后了几步。

走在前面的明屹突然往前跑了几步，弯下腰，迅速将地上的一样东西捡起来。

他跑回乔皙身边，将刚捡来的那个东西递给她："喏。"

乔皙下意识伸手接过。

她定睛一看，摆在她手里的，竟然是一个石榴。

乔皙再抬头，发现不远处的路边栽着一棵石榴树，这个石榴应该就是从树上掉下来的。

她有些无语……大表哥怎么跟三岁小男孩一样，见到地上的东西就捡起来……

而且，拿着捡来的东西跑来递给她的这行为简直和球球一模一样……球球也是这样，扒拉到什么东西就献宝似的叼到她面前来。

明屹绝猜不到乔皙现在脑海里转的念头。

小时候他在路边看见掉落的石榴，就会捡起来给莞莞玩。

因此他先前见到掉落的石榴，下意识地就捡起来给受气包玩。

谁能想到，他将受气包当妹妹，受气包心里却将他比作狗。

"大表哥！"乔皙终于下定了决心，一把拽住他的衣袖，开门见山道，"你是不是偷拿家里的钱了？"

明屹挑了挑眉："噢？"

乔皙很不安："你快把钱还回去吧，要是被明伯伯发现，他肯定又要打你。"

明屹摊了摊手,脸上是少见的无赖相:"已经用完了。"

乔皙大惊失色:"你拿了多少?"

明屹想了想,道:"不多,就一两万吧。"

一两万,这对乔皙而言,就是个天文数字。

她眼前一黑,差点昏过去。

明屹拍拍她的肩膀,语气严肃:"你坚强一点。"

乔皙不明所以。

他没绷住脸,声音里带了几分笑意:"还要一起还债呢。"

乔皙哭笑不得。

明屹表情认真严肃,说话有理有据:"为了请你一个人吃饭才拿的钱,结果你们那么多人吃饭……都怪你。"

为了请她一个人吃饭才拿的钱,结果却请了她这么多同学吃饭……

这是什么新型的讨债理由?

明屹本来只想逗逗受气包,看到她以为自己偷钱了,又关心又慌张的模样,他的心情简直不要太好。

不过再逗下去就要出事了,因此明屹很及时地收住了,终于正经起来:"谁偷钱了?我有钱。"

乔皙一脸机警地盯住了他:"你哪里来的钱?"

既然不是从家里拿钱……乔皙忧心忡忡,生怕大表哥走上了违法犯罪的道路。

毕竟,他如今和在小巷子里堵小学生要保护费的不良少年,看起来就像是一路人。

明屹轻飘飘地"哼"了一声,大步往前走去:"不告诉你。"

他人高腿长,乔皙跟不上他,只得小跑着跟在他身后:"你告诉我一下嘛!"

"不要!"

"求求你!"

明屹突然停下步子。

乔皙"刹车"不及,脑袋就撞在了他的背上。

"你是我什么人?干吗告诉你?"明屹难得一口气说了这么多话,"我媳妇儿才能管我的钱。"

211

话音落下，两个人皆愣住了。

乔皙的注意力在前半句，一时委屈地咬紧了嘴唇。

亏她还那么为他着想，害怕他没钱吃饭，又害怕他违法犯罪。

结果在他看来，她根本就是无关的人多管闲事！

而明屹愣住的原因，主要是他说出口的后半句话。

他的前两句话，就是单纯的问句，不带任何嘲讽意味。

虽然他觉得受气包很好，可……媳妇儿这事，还……还太早了，他压根就没考虑过，怎么就脱口而出了？

一半羞恼，一半心虚，明屹都没敢回头看受气包的表情，尴尬地干咳了一声后，大踏步往前走去。

直到走过了刚刚那条街，明屹才觉得自己脸上的热气散了几分。

饶是如此，他还是不敢去看受气包的反应。

只是这样的沉默太难挨，瞧见前面正好有一家雪糕店，明屹松口气，总算找到了再开口的契机，于是转头打算问受气包："想不想吃大——"

话音未落便戛然而止。

因为明屹发现，自己身后空无一人。

受气包呢？

到了这会儿，他才后知后觉地意识到受气包丢了，赶紧转身沿着来路去找。

好在受气包并未走远，她还在刚才两人说话的那条人行道上，背着个大书包，正低头围着一根电线杆子打转。

"别生气了。"明屹在她身后站定。

乔皙停住脚步，下意识想转头看他，但又艰难忍住了，她一言不发地盯着面前的电线杆子。

明屹将肩上的书包拿下来，微不可察地叹了口气："我告诉你钱是怎么来的。"

听了这话，乔皙才忍不住回过头。

明屹从书包里掏出一块……金牌奖章。

他老老实实地坦白："上午在外面等你的时候，我卖了几份笔记。"

以前就有不少人问他要笔记，只是他从来没有笔记，只有演算草稿纸。

现在不一样了，要养孩……要养狗，要赚钱，他一下子就动了卖笔记的心思。

于是，昨晚他熬夜现写了一份三页纸的笔记，今天带着自己的 IMO 奖牌和 30 份复印好的笔记，一边等人，一边现卖笔记。

在考场外等待的都是望子成龙的家长，他们见卖笔记的人居然是拿过金牌的满分状元，纷纷上前将他团团围住。

明屹原定笔记 200 块钱一份。

对这个价格，家长们很不满意："这么便宜岂不是人人都能买到？小伙子，你定 500 块钱，阿姨买十份！"

最终，在这群家长的要求下，明屹将这仅有三页的笔记提高到了 1000 块钱一份。

只收现金，现付现结。

转眼，30 份复印件便被一扫而空。

并且，为了防止这份笔记被更大范围传播，那个买了十份的阿姨出了 5000 块钱，将他笔记的原件买断了。

乔皙呆呆地看着面前的大表哥，嘴张成了"O"形。

她本来以为，大表哥算人傻钱多的，没想到……还有比他更人傻钱多的！

明屹将那枚金牌奖章放回书包里后，从夹层里拿出了一沓百元大钞。

他一五一十地说："等你的时候，我买了四个牛肉包和一杯豆浆，一共花了十五块钱，中午那顿饭花了三千九……剩下的钱都在这里了。"

乔皙赶紧将他的手摁了回去，吓得左看右看："干吗在大街上数钱啊？"

这会儿的明屹，看起来就像个刚下山、懵懂不通世事的青涩小和尚。

他皱着眉，不觉得自己哪里做错："我是想把钱给你。"

乔皙赶紧安抚他："先收好收好，回去再说。"

就这样，她拉着一脸不高兴的"小和尚"，进了宁绎家所在的小区。

目送着两人消失在小区里面的背影，刚从学校出来，正在路口等着司机来接自己的江若桐，思索几秒后掏出了手机。

她给祝心音拨了个电话过去，声音乖巧甜美："阿姨，明师兄上次来我家找爸爸，有东西落下了，爸爸让我给他送过来。只是我这几天都没在学校看见他……您看我方便把东西送到您家在嘉湖公馆的那套房子里吗？"

213

电话那头的祝心音满头雾水："我们家在嘉湖公馆没有房子啊……你听谁说的？"

"啊？"江若桐的声音显现出几分慌乱，"我……我之前看见过好几次明师兄和乔皙都——"说到这里，她猛地收住话，转而笑道，"对不起，祝阿姨，应该是我看错了。"

第 十 章

Chapter ten

一双笑眼弯弯，盛满了
细碎璀璨的点点星光

　　乔皙长到这么大，还是第一次见到这么多现金。

　　进了屋后，她满脸紧张地揪住了明屹的袖子："大表哥，你锁门
了吗？"

　　"门锁好了。"明屹看向她，眼神里颇有深意，"你想干什么？"

　　咦？乔皙反应过来自己好像说错话了，一下子羞得满脸通红。

　　见原本白乎乎的受气包瞬间变成白里透红的受气包，明屹似笑非笑
地开口道："你在想什么？"

　　怎么这人还倒打一耙？

　　不怪她说错话！就怪大表哥臭不要脸！

　　她瞪了明屹一眼，并不接这种臭不要脸的话，而是转过脸对着一书
包的钱发愁。

　　话说回来，大表哥胆子还真大，居然敢背着一兜子钱到处跑。

　　明屹也凑了过来。

　　两个人肩并肩一起蹲在地上，瞪着地上的书包。

　　这么多钱，存到银行去是最好的选择，明屹虽然有银行卡，可一旦
他将钱存进去，怕是下一秒祝心音就知道了。

　　明屹倒是不怕跟祝心音解释这钱的来由，怕的是祝心音追着问他这
笔钱的详细支出。

　　那他想用钱，就一点不方便了。

　　乔皙又没有银行卡。

不过，明屹其实不太明白受气包的重重顾虑究竟是为什么。

在他看来，钱就放在这里了，要用的时候直接拿不就行了？

乔晢下意识地否决了他这个说法："不行！会被没收——"

话说到这儿，乔晢自己先愣住了。

然后她尴尬了。

她还在大伯家借住时，有一个爸爸的老战友来西京，顺便来学校看她。那天中午，他请了她在外面的饭店吃饭，叮嘱她要好好学习，临告别时还给了她一些钱，让她好好吃饭，别亏待自己。

没想到，大伯母一在她书包里发现了这些钱，就说家里少了钱，她这书包里的钱肯定就是家里少的钱，一定是她偷偷拿的。

她长到这么大，何曾受过这样的污蔑？直接梗着脖子同大伯母吵了起来。

表姐在旁边帮了一句腔，说表哥今天回过一趟家，兴许少的钱是他拿走了。

就是这么一句话，引得大伯母当场甩了表姐一耳光，还厉声痛骂表姐胳膊肘往外拐。

那时她就明白了，有些人的恶意，其实不是因为隔阂和误会，只是纯粹的恶意。

明屹听乔晢话只说半截，不由得有些发愣。

平时他不通人情世故，只是因为懒得想，这会儿他脑袋一转，便想明白了。

况且，他因为要带狗回来，同她的那些亲戚打过些交道，虽然时间短暂，但足够他了解对方的为人了。

明屹的语气微沉："他们对你很不好，是不是？"

乔晢轻轻摇了摇头。

她吃得饱穿得暖，还继续念着书，说不上很不好。

可仅仅如此了，因此也说不上好。

这个话题聊得人心情沉闷。

其实乔晢早已经习惯自动过滤掉这些不算愉快的回忆。

毕竟人生这么苦，多记得一点甜，才是聪明人应该做的事情。

瞧着大表哥闷不吭声的样子，乔晢有些愧疚。

都怪她，说些有的没的，害得大表哥的心情都糟了。

乔晢伸手在明屹眼前挥了挥，想要逗他说话："大表哥、大表哥。"

明屹抬起眼皮看她一眼。

乔晢托着腮，笑眯眯地看向他："如果时间能倒流，你有特别想回到哪个时间点吗？"

这是什么怪问题？

明屹凝神想了几秒，干脆利落地回答："没有。"想了想，他补充道，"到目前为止，我的人生很完美……没有哪个地方有重来的必要。"

看来她想错了，大表哥的心情其实没有被她影响。

他还是那么自恋膨胀。

明屹看一眼面前的小傻蛋，想到她为何会说出这话，再次沉默了。

对小傻蛋来说，人生的分界点，就是她的父亲车祸身死的那一刻吧。

也许，她人生的分界点还要更早。

如果她的父亲不因为救他父亲而退伍，那她的父母不会分开。这样，哪怕她的父亲还是出了车祸，她也不会寄人篱下。

如果她父亲没退伍，说不定他们很多年前就能认识了。

念及此，明屹不自觉地摇了摇头。

他实在想象不出，和受气包一起长大会是什么样子。

和她一起上幼儿园，上小学，上初中。

也许他从小就要防备学校里、大院里觊觎她的小浑蛋们。

乔晢问出那个问题后，突然福至心灵，想着要是时间能倒流，她想要时光倒流到三个小时之前，就倒流回考试交卷的前一刻。

这样她就可以补上两个小步骤再交卷了。

因为乔晢惊觉上午的试卷，最后两道大题她都漏了一个步骤。

漏掉的两个步骤，起码会被扣 4 分……不是满分的话，她以为的第一名说不定就保不住了。

非但保不住，万一有并列满分，她说不定连前三名都拿不到。

念及此，乔晢满脸警觉地死死闭上了嘴。

她可不能说漏嘴说她两道大题都漏了两个步骤。

不过，对考试的结果，其实她并不是太担心。

因为哪怕扣了 4 分，她进省队也是板上钉钉的事情。

她唯一需要担心的，就是对她有着超高要求的大表哥知道这件事后的反应。

离考试成绩出来还有一个多月呢……只要她不说，大表哥就不知道她到底有没有考满分。

不如先开开心心玩一个月的球球好啦！

说起球球，真是狗如主人。

乔晢不在的时候，狗东西不知道多胆小，每次明屹来喂它东西，只要一打开门，就能见到它冲上来叼着拖鞋给他。等它吃完，明屹带它出门遛弯，它也乖乖的，不敢挣绳子，更不敢随地大小便。

可今天乔晢来了，情况就大不一样了。

进门后，它完全没有叼拖鞋的意思。

等他们把狗粮倒进它的碗里，它立刻欢快地大口大口地吃起来，心里美滋滋，一边吃还一边得意地转着圈圈"汪汪"叫。

乔晢摸摸小家伙的脑袋，语气有些心疼："你是不是没吃饱呀……"

狗粮是偷的斑比的狗粮，想来大表哥的偷窃技术也不高端，估计没偷多少狗粮出来。这样一来，球球饿肚子在所难免。

想到这儿，乔晢忍不住带了几分埋怨看了大表哥一眼。

她小声嘟囔："又不是非要吃皇家狗粮才有面子……球球吃普通狗粮也可以啊，它只要不饿肚子就行了呀。"

这狗装什么可怜？他什么时候让它饿肚子了？

吃饱喝足了，自然要将球球牵出去遛。

今天狗可谓是胆大包天，明屹刚牵着它出门，它就撒丫子往乔晢面前奔，带着狗绳上的铃铛一阵"当当"作响。

乔晢看向明屹，轻轻叹了口气，伸出手："我都说了……还是我来吧。"

看来她不在的时候，大表哥对球球并不很好。

出了楼门，刚走到小区里的花园，乔晢突然反应过来，赶紧推了一把身旁的明屹："忘了拿袋子。"

万一待会儿球球随地大小便就不好了。

明屹信心满满、斩钉截铁地开口："用不着。"

这些天他一天遛狗东西两回，都没见它在外面拉过一次。

话音刚落，他们就见球球在地上四处嗅了嗅之后，挑了一块干净的地方，慢慢地蹲了下来……

乔晢转头看明屹，催促："大表哥！快！快点呀！"

这狗，是真成精了吧？

明屹憋着一肚子的火转身离开。

他没上楼，而是跟不远的便利店借了个袋子和一双一次性筷子。

在明屹的想象中，今天的场景本该是夏日午后的微风里，两人一起牵着狗，在树荫下悠闲散步。

气氛好的话，他还可以给受气包讲一讲当代数学的发展，好让她的知识面不局限于那么窄的课本里。

可现在，同样是两人一狗，同样是夏日午后的微风里，同样是在树荫下……

为什么真实场景却是受气包带着狗，一人一狗在前面又跑又笑，而他……而他只能跟在这一人一狗后面，任劳任怨地捡狗屎？

明屹心中郁结难舒。

不知是不是因为他的怨气实在太过强烈，前面一心一意牵着狗东西玩了十几分钟的受气包，突然回过头来。

乔皙找了好一阵，才看见站在草地旁的小道上的大表哥。

她朝他挥手："大表哥，快来——"

话音戛然而止，因为乔皙发现，大表哥之所以站在小道上，是因为他要往垃圾桶里……扔狗屎。

乔皙硬生生将"一起玩呀"四个字咽下，决定等大表哥去洗了手再叫他。

只是……明屹将沿路捡的满满当当一袋子狗屎扔进垃圾桶后，径直朝乔皙走去。

乔皙试图提醒他："大表哥，你的……"

明屹明知故问："什么？"

乔皙很不好意思地指了指他的手，犹犹豫豫地开口："你忘记洗……"

明屹一步步地靠近："洗什么？"

乔皙猛地反应过来，下一秒她扔掉手中的狗绳要跑。

明屹早有准备，不等乔皙跑出半米外，他就伸手一拉，将人拽回了自己的身边。

乔皙将脑袋摇成了拨浪鼓，竭尽全力想要躲避大表哥的魔爪，尖叫道："啊啊啊，不要！"

明屹却不管那么多，固定住受气包的脑袋，然后将十根手指重重地按在了受气包的脸上。

恶作剧得逞，明屹脸上露出满意的笑容来。

乔皙内心崩溃。

刚捡完狗屎没洗手的大表哥竟然……乔皙气得哇哇大叫："你干吗呀？讨厌！"

看着气得跳脚的受气包，不知为何，明屹的心情突然就特别、特别、特别好。

他有意使坏，故意用十根手指在受气包的脸上摩挲了好几下，恶声恶气地开口："不搭理我？只跟狗玩？"

乔皙被他按住脸，一颗脑袋动弹不得，只能用跺脚来表达自己的愤怒："啊啊啊，你这么讨厌！当然不跟你玩！跟球球玩都不跟你玩！"

"嗯？"这话令明屹眉头紧皱。

他难道还比不过一只狗？

谁知道乔皙理所当然地回复："当然比不过！"她气得脸颊都鼓了起来，"而且我刚来的时候，你对我那么凶！"

明屹莫名其妙地松开她："我哪里凶了？"

明明当初并不觉得委屈，不知为何，此刻再回想起来，乔皙却觉得委屈得要冒泡泡——

"我以为你要牵我，结果你是要牵狗，害得我很丢脸……斑比在你心里也很重要啊！"

好像……还真有这么一回事。

明屹揉了揉额头，尽管自觉理亏，但他还是很无耻地说："给你一个很中肯的建议……"

听出大表哥语气认真，乔皙不由得好奇地抬头看他，竖起了耳朵听他的下文。

明屹轻咳一声，道："每个人的脑容量都很宝贵，所以……应该用它来多记一些有意义的事情。"

乔皙过了一会儿才反应过来。

她气得蹦起来捶了面前一肚子坏水的"小和尚"一拳："你真的好讨厌啊！"

眼看自己将受气包逗成了炸药包，明屹心中愉悦，但面上忍住了笑，不让乔皙转身走。

等乔皙安静了下来，他才开口道："以后不会了。"

这是……邪恶势力大表哥在向她低头吗？

见她不说话，明屹又道："以后对你好一点。"

乔皙："一点？"

明屹点点头，补充完了"好一点"的条件："如果你能进集训队的话。"

要求还挺多的……乔皙差点被气糊涂了，又是一拳头捶过去："那你别跟我说话了！"

这一通闹腾，两人回到明家的时候将近下午四点了。

练了一下午器乐，刚把器乐老师送走的明菀，懒洋洋地窝在一楼的客厅沙发里一边吃薯片一边看着动画片，脚上还踩着毛茸茸软乎乎的斑比。

一见乔皙进门，明菀脚下毛茸茸软乎乎的脚垫立刻跑走，欢快地在乔皙脚边绕着圈撒欢。

一个球球，一个斑比。

有些人表面上看起来平平无奇，可谁都不知道，她居然有两只狗！

心理上得到极大满足的乔皙，怀着满腔爱意将斑比从地上抱起来："小斑比。"

没想到，这次斑比回应乔皙的，不是软萌哼哼声，而是愤怒的"汪汪汪"！

咦……乔皙不免有几分心虚。

难道斑比在她身上闻到了球球的味道？

这个猜想吓了乔皙一跳。

见斑比一直在乔皙怀里叫个不停，明屹皱了皱眉，打算将她怀里的斑比抱走。

"别动！"明菀从沙发上跳下来，喝止了自家哥哥的动作。

明菀的模样太过认真，一时间两人一狗都停住了动作，疑惑地看向她。

"这里。"明菀踮起脚，从乔皙的衣领上扯下一根狗毛来。

狗毛是淡淡的棕褐色，迎着光还微微发着亮。

毛质挺好的。

明菀和通体雪白没有一丝杂毛的斑比，齐齐地看向乔皙。

"好哇！"明菀紧皱着眉头，"你在外面真的有别的狗了！"

221

斑比在一旁附和："汪汪汪！"

乔晢心虚地低下了头。

再一联想，明菀恍然大悟，指着乔晢大叫起来："哦！原来偷斑比狗粮的是你！小乔姐姐！难怪我抓不到偷狗粮的贼！"

斑比叫声中的谴责意味更加浓烈了："汪汪汪！"

乔晢张了张嘴，感觉自己百口莫辩："我……我……"

明屹突然一巴掌拍在斑比的狗脑袋上："我偷的粮，有意见？"

斑比委屈地"嗷呜"一声，将脑袋埋进乔晢的怀里。

明菀皱着眉，在这两人中间来回扫视："你们……一起……养狗啦？"

乔晢试图解释："菀菀，这件事情说起来有点复杂……"

相比之下，明屹的话言简意赅得多："不准说出去。"

"哈？"明菀满脸难以置信，"你还敢威胁我？"

有明屹的把柄在手，明菀当然不害怕他的威胁，直接往地上一蹲，开始要赖："带我去看狗！不然我就告诉妈妈！"

短短的一句话，无比精准地踩中了两人的死穴。

明屹看着面前的蠢妹妹，想要敲爆她的狗头。

乔晢无奈地叹了口气："我带你去就是啦……"

接到江若桐的电话时，祝心音正陪着老爷子在水库钓鱼。

等她赶回市区，已经是要吃晚饭的时候了。

一直惦记着江若桐的那通电话，她满腔的疑问亟待解答。

毕竟宁绎都出国了，那自家儿子还往他家跑干什么？

不单自己去，还带上个晢晢……要说这是拿晢晢当挡箭牌，可宁绎人都不在，他还要晢晢这个挡箭牌做什么？

等等！

难道说……

祝心音心中突然一阵狂喜。

难道说，其实自家儿子不是拿晢晢当挡箭牌？

真正的挡箭牌，其实是宁绎？

祝心音心里燃起了满腔的希望。

她先给家里打了电话，问："明屹呢？"

刘姨说："我刚才出去买菜了，他好像一下午都没回来。"

"其他孩子呢？"

"都不在。"

断定这两人这会儿还在嘉湖公馆，祝心音连家都没回，直接让司机往嘉湖公馆开。

之前祝心音来过嘉湖公馆给两个男孩子送夜宵，知道宁绎那套房子的门牌号。

但她没有门卡钥匙，想要上楼去，还得里面的人放行。

她真想知道什么，就不能通过这种方式上楼。

想了想，她让司机在附近的烟酒超市停下，进去买了一条好烟和一瓶好酒，在小区门口就下了车，打算先同门口的保安套近乎。

保安大叔见祝心音衣着不俗，感觉她应该是养尊处优的太太，又见她手里提着烟酒，想来对方是来打听事情的。

保安大叔立即有些警惕。

难不成是来抓小三的正房太太？

惹不起、惹不起。

出乎保安大叔意料之外的是，对方走上前，掏出手机，点开一张照片，嘴里问的是："您见过这个小浑蛋吗？"

这个小浑蛋？

定睛一看照片上的人是个男孩子，这人保安大叔见过。

从小到大，明屹就是人堆里最打眼的那一个。虽然保安大叔才到岗几天，可见了他不少回。

今天他又和乔皙一起出入，两人都像是从电影里走出来似的。他对他们，那是印象深刻，想忘记都难。

不是抓小三的正房太太，只是个打听孩子的普通母亲，这么一推断，保安大叔立刻放松了警惕。

保安大叔问："你是那姑娘的妈妈吧？"

他推断祝心音是个富太太，理所当然地觉得祝心音不是男孩的妈妈。

毕竟这个富太太一副要打断男孩狗腿的架势。

咦？祝心音愣住。

她没说是，也没说不是，只试探着问："我们家姑娘……您也见过？"

"当然见过啊。"保安大叔一脸痛心疾首，"刚才还和那个小浑蛋一起进去了呢。"

"啊？"祝心音觉得自己有些眩晕。

真的是他们俩？

可这两人平时一点也看不出啊！

祝心音分辨不出，自己此时此刻的眩晕，到底是幸福之下的眩晕，还是被惊吓之后的眩晕了。

"你们这些人啊，成天只顾着赚钱，也不知道多关心孩子！"保安大叔语气责备，"我看小姑娘肯定是缺少父母的关爱，才会跟那么个小浑蛋好上！"

祝心音这回觉得自己真的要晕了："啊？"

"那个小浑蛋，你们不知道他的底细吧？"保安大叔神秘兮兮地凑近祝心音，压低了声音，"听说之前就和这儿住的一个小公子哥儿是那种关系！"

祝心音揉了揉太阳穴："我知道。"

"知道你还不管管你女儿？"保安大叔难以置信道，"我跟你说啊，不知道是不是被公子哥儿甩了，这个小浑蛋之前穷得每天蹲在门口啃白馒头，今天！就今天！才傍上你女儿，立刻就大包小包地提着东西进来了！"保安大叔气得拿手点点她，"你们这是养了个傻女儿啊！我跟你说，这种穷小白脸，好不容易扒上个有钱姑娘，绝对不舍得放！你还不管管你女儿！怎么当妈的你？"

祝心音恍惚地将手里的烟酒一股脑地塞给了门口的保安，道："我……你放我进去，我……我这就去把我女儿抓出来。"

"我不要你的东西！"保安大叔连忙将烟酒退还给她，义正词严道，"可怜天下父母心啊！你快进去吧，抓到那小浑蛋先狠狠打一顿！"

祝心音晕晕乎乎地进了小区，沿着小区的绿化带一路走，还在回想宁绎住的到底是哪一号楼时，突然听到一个熟悉的声音——

"哈哈哈！球球你别舔我啦！去咬大表哥啦！"

祝心音循着声音望去，只见不远处的草地上，乔皙跪在地上，抱着一只毛茸茸的短腿狗。她旁边双手插兜站着，嘴角挂着淡淡笑意的人，不是明屹是谁？

果然，这两个人！

祝心音终于反应过来了！

这小浑蛋之前肯定就是同宁绎一起骗她！

他哪里不喜欢姑娘了？

在家里他一眼都不看乔皙，装得跟没事人一样，在外面就好着呢！

她就说，这小浑蛋半点迹象都没有，怎么一下子就跟宁绎鬼混了？

骗子！

男人都是骗子！

祝心音气势汹汹地冲了过去。

听到"嗒嗒"的高跟鞋声音，乔皙下意识抬头看了一眼，直接呆住了："祝……阿姨……"

明屹皱了皱眉："妈？你来这儿干什么？"

祝心音气得肝疼："你们俩……这样多久了？"

沉默。

死一般的沉默，在三人中间蔓延。

这时另一个清脆的声音响起，打破了这令人窒息的沉默。

明菀问："妈妈你怎么也来了？"

转过头，看着站在自己面前的小女儿和自家的蠢狗斑比，祝心音闭了闭眼睛。

为什么菀菀也在？

难道这不是他们甜蜜约会？

所以……她是又误会了什么吗？

祝心音揉了揉太阳穴，强行令自己挤出微笑来："你们……玩得还开心吗？"

"开心！"菀菀兴高采烈地点点头，说着，她拉过祝心音的手臂，很热情地为她介绍，"这个是球球！是哥哥和宁绎哥哥一起养的狗！"

宁绎？

祝心音眼前一黑，感觉要昏过去。

怎么又是宁绎？

菀菀叽叽喳喳地说个不停："妈妈，你看看，这只狗和小乔姐姐以前在西京的那只狗像不像？哥哥和宁绎哥哥在路上捡到了它，还决定一起养它。"

祝心音强行维持着脸上的微笑："那……哥哥和宁绎是什么时候捡到它的呢？"

明菀摇摇头，看向一旁的明屹："那你要问哥哥了。"

明屹眉头紧皱，嘴里说道："我和宁绎天天在一起，哪里还记得是哪天？"

天天在一起……

祝心音眼前又一黑。

她抱着残存的几分冷静，坚强地找寻着最后的希望："你哪里是会养小动物的人？你是不是想逗皙皙开心，所以才留下它的？"

"哦？"似乎是觉得这种猜测太过可笑，明屹轻轻嗤笑了一声，"你要这样想，我也没办法。"

看着面前摇着尾巴、围在自己脚边打转的狗，祝心音暗暗思忖。

既然它是宁绎和自家儿子"爱的见证"，那先将它带回家去准没错。在自己眼皮子底下，事情总比放任这两人在外面更加可控。

打定了主意，祝心音便蹲下将地上的球球抱起来，问面前的儿子："捡来的流浪狗，你们带它去打过疫苗没？驱过虫没？斑比才一岁，万一它有病传染给了斑比怎么办？"

所有的回答都是沉默。

如此一来祝心音更是理直气壮，直接将狗绳从乔皙手里拿了过来，话里满满都是责备："你们这群孩子啊，一点生活经验都没有！自己都养不起，还想养狗？"

说着，她又将怀里的球球放下来，满脸慈爱地看着它，语气温柔："小家伙多大呀？是不是还没起名字？算辈分的话，你也是'斑'字辈的，那要不就叫……"

斑字辈？

难道要叫斑马吗？

乔皙吓了一跳，赶紧硬着头皮打断了祝阿姨的话："阿姨，它叫球球。"

球球？

祝心音心中又是一阵气血翻涌，忍了又忍，最终还是没忍住，瞪一眼站在一旁的儿子。

两个大男人，给狗取这种名字！

祝心音按着才平复下来几分现在又疼起来的心口，气不顺地甩下一句："球球我先带去打针了，你们也都赶紧回家去！"

说完，她牵着球球走了。

乔皙担心球球会害怕抗拒，正想自告奋勇说自己也要跟着，没想到球球看都没看她一眼，摇着尾巴美滋滋地跟着祝心音走了。

难怪大表哥一直叫它"狗东西"。

狗东西！

此刻，心里不是滋味的不是只有乔晢。

被留在原地的斑比眼睁睁地看着妈妈牵走了别的狗，眼泪在眼眶里打着转，无助地"汪汪汪"叫了起来。

"嘘！"明莞拍了斑比的狗脑袋一下，转头看向一边的哥哥，朝他伸出手，语气不容拒绝，"结账！快！"

这事情说来简单。

莞莞刚刚带着斑比去宁绎家，一眼就看见了房间里的那一大袋钱。

对明屹而言，这钱来得虽然不是很辛苦，但莫名其妙要分给蠢妹妹，他不太愉悦，不想给。

见他犹豫，莞莞凑近他，"嘿嘿嘿"地笑起来："你刚才干吗让我说球球是你和宁绎哥哥一起养的狗？"

"球球明明就是小乔姐姐的球球！"莞莞凑近明屹，语气十分欠揍，"你不给钱我就告诉妈妈！"

明屹无语。

他今天第二次想打爆蠢货妹妹的"狗头"。

乔晢却有不一样的顾虑。

在她看来，莞莞还是个彻头彻尾的小孩子，无缘无故要那么多钱，万一学坏了就不好了。

想了想，乔晢开口道："莞莞，你要是有想买的东西，让你哥哥帮你买吧……你手上拿着太多钱不太好哟。"

明莞想要钱，本就是为了买心仪已久的娃娃，听乔晢这么一说，她高兴得蹦了起来："小乔姐姐你真好！"

不过，小乔姐姐的语气……怎么那么像她的嫂子呢？

莞莞捂住嘴偷笑。

明屹无可奈何，行吧，既然受气包同意了，买就买吧。

三人一狗回到楼上，莞莞知道斑比的狗粮被偷后就是藏在这里，先前上楼来也是想找点证据，不过注意力被钱吸引走了，现在她霸气地吼了一声："搜！"

斑比闻风而动，鼻子十分灵敏地闻了闻，接着就拖着莞莞往阳台走去。

见蠢货妹妹终于离开了自己的视线范围，明屹揉了揉太阳穴，感觉紧绷的神经总算放松了一点。

一进屋，乔皙就跑去拿钱了。

她还是有些好奇："菀菀要买的是什么娃娃呢？"

几千上万块钱的娃娃……会是什么样的呢？那该有多大呀？

听她这样问，明屹便道："你也买一个。"

乔皙赶紧拒绝道："我不要啦，我又不喜欢娃娃。"

她只是单纯好奇而已。

明屹想了想，问道："那你想买什么，我带你去买？"

见大表哥这样问，乔皙心里感动极了，但面上没流露半分："我真的没有什么想买的东西……大表哥，我知道你对我很好，我心里都记着呢。"

明屹有些惊讶地看了乔皙一眼："你怎么会这样想？"

咦？

乔皙愣了愣。

明屹语气淡淡地继续说："钱好像有点多，我只是想赶紧用完。"

乔皙脸登时由红转白，她哑口无言了好几秒，瞪了一眼明屹，气鼓鼓道："大表哥，你别一有钱就忘了没钱的日子，你忘了偷狗粮时你是什么心情吗？我奉劝你不要太得意忘形！"

眼见受气包又变成了炸药包，明屹不由自主地觉得愉悦。

明屹思索几秒，道："你之前问我，如果时光倒流的话，想回到什么时候。"

他的人生，到目前为止，并不是没有一点缺憾的。

"如果可以重来，我会早一点去西京。"

早一点去西京，将她从叔伯家接回来。

如果可以，他希望回到更早一点的时候，阻止那场夺去她父亲生命的车祸。

他低头看着面前的乔皙，语气是前所未有的认真："没能早点遇到你，我很后悔。"

话音刚落，他便发现面前低着头的受气包，肩膀在微微地抽动。

顿时，明屹觉得自己的心口都被揪紧了。

他伸手揽住乔晢的肩膀，轻声安慰道："别哭了，是我不好。"

"扑哧——"

压抑着的笑声响起。

明屹低头看了看，刚才的声音……是从自己手底下发出来的？

还是受气包发出来的？

与此同时，被他安慰的乔晢，很努力地挤了半分钟眼泪却没挤出来，因为她忍不住，笑场了。

大表哥的戏怎么那么多？

笑都笑了，乔晢索性破罐子破摔。

她抬起头来，极力忍住笑："大表哥。"

明屹很恼火，他瞪着面前的受气包。

"其实，我问你那个问题的时候……只是想时光倒流回上午。因为考完试我才发现，有两道大题我漏了两个解题步骤。我得不了满分，可能都考不到前三名。我本来不想告诉你的。"乔晢睁大了眼睛抬头看他，语气十分欠揍，"但是我刚刚发现，就算你知道了，你又能拿我怎么样呢？"

反正球球已经被祝阿姨带回家了！

从今往后，她早上可以看球球，中午可以看球球，晚上还可以看球球……大表哥再没有可以威胁她的东西了！

趁着他还在愣神，乔晢再次蹦起来，又是一巴掌拍在了"小和尚"的脑袋上："让你欺负我！"

说完，她像只兔子一般溜了。

球球的到来，并没有引起太大的波澜。

除了领地意识很强的斑比以及斑比的主人，其他人对球球都是持欢迎态度的。

还在外面考察的明骏，则是接到夫人打来的电话，才知道球球的存在。

夫人在电话那头唉声叹气："你儿子真的没救了……我把那只狗带回来了，省得人都不在，他还每天巴巴儿地跑过去，连门口保安都知道他们的事……你说我们家丢不丢人啊？"

明骏一听就明白了，这个小浑蛋又在诓他妈呢，安慰她道："你别着急，等我回去和他谈谈。"

两天后，明骏一到家，就看见自家小浑蛋正在院子里逗狗。

再仔细一看那狗，先前的猜想便得到了证实。

什么捡来的流浪狗？这分明就是皙皙以前养的那只串串！

这些线索在明骏的脑海里一串，就串了个水落石出。

难怪前段时间小浑蛋在西京比赛完还不着家，原来去干了这事。

明屹站在院子里训狗："叫爸爸。"

他脚边的球球仰着脑袋，一脸天真懵懂地望着面前这个"邪恶"的男人。

刚走近的明骏一听这话，立刻来了火。

这小浑蛋，又想占皙皙便宜！

他一巴掌拍在儿子的后脑勺上："不看书，玩什么狗？"

被打了一下，明屹不大高兴，刚要说话，就听到身后传来一阵脚步声，侧眸一看，来人是乔皙。

看见明骏，乔皙很开心："明伯伯，你回来啦！"

明骏笑着点点头："我听你阿姨说，你月考是年级第一？"

乔皙不好意思地挠了挠头："发挥得有点好。"

明骏笑眯眯的："比第二名高了40分，发挥得不是有点好吧？"

这并不是乔皙第一次拿第一。

刚开学的摸底考试，她的分数便比年级第一高。

不过国际班的学生不参与开学时的摸底分班，乔皙的成绩就没有算进年级排名里。

而这次月考，所有班级都参与了排名，乔皙是当之无愧的第一名。

菀菀听说的时候都惊呆了："小乔姐姐，你怎么能一边学奥数一边考年级第一的？"

毕竟自家哥哥凭借着常年不超过30分的语文成绩，年级排名只能是中等而已。

乔皙有些不好意思地笑。

因为……附中教的内容，与她在西京学的内容相比，实在是太简单了。

听她这样说，菀菀不由得有些沮丧："怪不得老师都说，其他地方的学生随随便便就可以秒杀我们。"

"也不是这样啦。"乔晢试图安慰她，"我们考得好是因为考点更难呀，如果把你放到我们的环境里去，天天做题，你再回来也可以考第一名呀。"

这只不过是大家在不同标准下的不同表现。

如果标准统一的话……就拿每年的奥数国家集训队来说，里面还是有很多来自大城市的学生呀。

明骏摸摸她的脑袋，又问："在学校里还适应吧？有没有同学欺负你？"

乔晢赶紧摇摇头："大家都对我很好。"

自从上次明骏请完那顿饭之后，大家对她都是客客气气的，就连卓娅，也就是不搭理她而已，再没来找过她的麻烦。

乔晢唯一的苦恼就是……

月考前，大家看她的眼神，都是"不能惹她"。

月考后，大家看她的眼神，一致地变成了"快看快看这就是那个考试机器"。

明骏挺高兴的，拍拍她的肩膀："好，真乖。你自己去玩吧。"

于是，乔晢弯腰去抱脚边的球球："球球乖，姐姐带你去洗澡了。"

姐姐……明骏看一眼旁边想占便宜的蠢儿子，没忍住笑出了声。

明屹面子上十分挂不住，恼羞成怒地转过身，怒气冲冲地越过乔晢，大踏步地进了房间。

咦？看着只留给自己一个背影、一阵风似的大表哥，乔晢握住怀里球球的爪子，小声道："小和尚脾气可坏啦，是不是呀球球？"

11月中旬，全国高中数学联赛的获奖名单出来了。

附中作为A市的竞赛强校，往年的省队名单里，附中的学生占据三分之二的事情是常有的。

但像今年这样，全A市的前三名，有两个都在高一的国际班，前所未见。

因为被扣掉的那4分，乔晢理所当然地没有拿到第一，仅仅拿了第三名。

第一名和第二名都拿了满分，并列第一。一个是江若桐，另一个则是高三的一个学姐。

连老师都觉得稀奇，毕竟历年来，能入选省队的女生偶尔才有一两个，今年他们学校却一下子出了三个女生，还整整齐齐是前三名，实在令人觉得不可思议。

老师话语有些调侃："咱们这届竞赛是阴盛阳衰啊，男生们要加把劲了。"

乔皙微微皱眉，心里有些不舒服。

坐在前排的江若桐直接站起来，声音不高，语气却很强硬："老师，省队二十个人里只有三个女生，这就是您所谓的'阴盛阳衰'吗？三个女生就让你们害怕成这样了？"

课堂上的气氛一时间凝滞。

被学生这样质问，老师的脸上显然有些挂不住："今年进省队的男生本来就少，前三名都是女生，这不是阴盛阳衰吗？好了好了，我们不纠结这个问题，继续——"

江若桐打断他，冷静地反问："比赛规定上有哪一条写了省队名额就应该是男生的？"

老师一时间哑口无言。

江若桐继续道："您再看好那些男生也没用……他们考不到第一，只要有我在，他们就考不到第一。"

江若桐平时性格温和，哪怕她的温和只是表面上的，再温和的人也会有自己的傲气所在吧……

乔皙想，数学天赋，大概就是江若桐傲气的资本。

正因为奥数是江若桐不容侵犯的权威领地，对乔皙的默默追赶，她一直十分警惕。

在暑假集训班的时候，江若桐还会因为粗心而犯一些低级错误。现在的江若桐，因为有乔皙这个假想敌，越发细致和努力，再没犯过低级错误了。

乔皙虽然觉得自己学得不错，但对代数和立体几何，她还是有些力不从心。

江若桐不一样，平面几何、代数、立体几何、解析几何……这些都是她的强项。

数学竞赛学习小组的同学们都说现在的江若桐有"0.8 明"，有资格再开创一个新的计量单位了。

乔皙看着教室前排站起来的江若桐，忍不住想，她的实力……的确配得上这份傲气。

震惊于江若桐的霸气言论，几秒钟的静默过后，班上女生纷纷给江若桐鼓掌。

就连一部分男生，因为看到老师被反击，也重重地鼓起掌来。

乔皙也默默地在心底为她叫了声好。

从小到大，她很讨厌老师对男生的无条件偏袒。

尽管她总是考第一名，老师夸她也不外乎用些"稳""细心""踏实"之类的词，而对那些成绩只是中上的男生，老师的评价却是"聪明却贪玩"。

似乎她的第一名只是靠她没日没夜地死读书得来的，那些男生，只要一认真学习，便能迅速将她赶超。

虽然不喜欢江若桐这个人，但这一刻，乔皙很佩服她。

她也讨厌老师的这种说法，可仅仅是讨厌而已，她没有勇气像江若桐一样当场站出来和老师公然对抗。

中午吃饭的时候，乔皙又想起这件事，忍不住问明屹："大表哥，你会觉得女生在理科方面更笨吗？"

不知她为何发出这样的疑问，明屹直截了当："笨蛋不分性别。"

这话直接射倒了一大片。

乔皙心里还是有几分窃喜的，就大表哥目前的表现来看，他是"钢铁直男"，但所幸没有发展到"直男癌"的程度。

"关心别人干什么？"明屹看她一眼，"让你看的书你看完了吗？"

乔皙有些心虚："快要看完了。"

事到如今，明屹才发现，受气包的运气……似乎太好了。

之前暑假时奥数集训班的最后那次测验，她考了第三名；这次全国联赛，她的排名在整个 A 市排名第三。

但这并不代表乔皙的真实水平，不代表她真的能在 A 市排名前三。

因为明屹发现，相比其他人，她还有知识盲区，比如代数。

一旦考试考到了她的盲区，她可能一分都拿不了。

这也是乔皙运气好的地方，两次考试，几十道题目，居然都准确地避开了乔皙的知识盲区。

简直不可思议。

乔晳却忍不住为自己辩驳："我这种不是应该叫大赛型选手吗？"

明屹毫不留情地给她泼了盆冷水："你现在的水平，进国家队很悬。"

国家队可不是一次考试定生死。

通过长时间的高强度密集训练，只有真材实料的学生，才能被选入国家队。

换句话说，要是乔晳的运气这么好下去，以至于错估了自己的真正水平，等她进了国家集训队，恐怕活不过第三天。

乔晳低头使劲扒饭，不想搭理明屹。

道理她都懂，可大表哥就不能鼓励她一下吗？

今年 CMO 冬令营的举办地点是 C 市学军中学。

包括乔晳在内的二十名 A 市队队员，一早就收到了主办方的邀请函。像明屹这种前一年的国家队成员，无须参加考试，主办方会直接给他预留一个旁听名额。而乔晳打算在冬令营结束后直接回西京看奶奶，陪奶奶一起过年。

菀菀听到她的这个打算，很不可思议地问："你不和我们一起过年吗？"

生平第一次，明屹生出和蠢妹妹一样的疑问。

祝心音当时就打了菀菀一下，嗔怪道："晳晳也是要和自己的家人一起过年的呀。"

"这样吗？"菀菀很伤心，"我还以为新的一年可以从抱着小乔姐姐开始。"

是啊，他也以为是这样。

生平第二次，明屹生出了和蠢妹妹一样的伤心情绪。

CMO 冬令营一共五天，时间紧凑。

第一天全体营员在指定酒店下榻，并至主办方处报到。晚上各个地方的领队汇集在一起开会，讨论考试的题目。

第二天有一个简单的开营仪式。开营仪式过后，考生可以自由活动，也可以复习备考。

第三天和第四天是整个冬令营的重头戏。

这两天，从上午八点到十二点半，安排了整整三道题四个半小时的考试。

连续两天共六道题的考试，考试成绩作为冬令营的排名依据，最终选出进入国家集训队的六十人名单。

第五天便是离营仪式。

离营仪式结束的几天后，考试成绩公布。

看着冬令营的行程，乔皙拍着小胸脯："好紧张啊。"

韩书言看着她，温和笑道："平常心，发挥出自己平时的实力就好。"

一旁传来一个声音："韩同学。"

韩书言转过头，看见明屹不知什么时候站到了过道处，此刻他正居高临下地俯视着他。

韩书言隐约猜到了明屹的来意，知道他多半是想和自己换座位。

票是领队买的，恰好他和乔皙的座位是连号。他完全有正当理由捍卫自己的合法权益。

因此韩书言抢在明屹说出要求之前率先开口道："明师兄，我和乔皙正在讨论问题。"

明屹皱了皱眉："和她有什么关系？"他举起一只手捂着胸口，"我晕车……你这个座位空间比较开阔，我和你换一下。"

韩书言愣住了，没想到明师兄居然这样无耻，这个理由他根本无法拒绝。

占据了大半个车厢里的人，都是此次 A 市队的领队老师和队员。领队老师见明屹一直站着，便走了过来，问："怎么了，有什么事吗？"

"老师，是这样。"先前一直没吭声的乔皙站起身来，简单解释道，"明师兄的身体比较虚弱，坐在自己的座位上会晕车，我们和他换一下座位就好了。"

乔皙的声音不高不低，但足够令周围几排的同学都听得清清楚楚。

一时间大家的注意力集中在了他们这里，七嘴八舌。

"我这里有晕车药和清凉油，明师兄给你给你！"

"车厢里好像是有点闷哦，我也觉得有点晕。"

"哎呀，那你和明师兄一样，都需要多锻炼了，不能整天看书搞得身体那么虚。"

明屹的脸色青一阵白一阵。

韩书言是个厚道人，见明师兄的脸色越发不好了，他不由得心里感

235

到抱歉，拿起书包准备离开。

乔晳突然伸手拉住了他。

韩书言愣了愣。

乔晳拿起了自己的书包，指了指自己的座位："你坐我的座位吧，我和明师兄换。"

说完她提起书包，往车厢后方走去。

被留在原地的两个男生面面相觑。

几秒钟过去，韩书言轻咳一声，率先打破沉默："明师兄，你想坐靠窗还是靠过道？"

没想到自己竟搬起石头砸了自己的脚，明屹没好气地开口："随便！"

明明当初带着狗，两天的长途大巴都坐了下来，可现在，五个小时的高铁路程，却叫明屹觉得难挨极了。

他坐直了身子，想要转头观察一下坐在车厢后面的受气包，没想到一转头他就对上了韩书言的脸。

四目相对，呼吸可闻……两人不约而同地迅速将脸转了回去。

明屹心里莫名其妙。

不过前两天受气包就不搭理他了，他看受气包的心情不好，特意忍住了没再招她。

可现在两天过去了，受气包难道还在生气吗？

问题是，受气包到底在生什么气？

讲讲道理，受气包决定回家过年，他都还没来得及生气呢！

乔晳坐到了明屹的座位上，旁边座位上的是这次 A 市代表队的另两个女生之一，那个和江若桐并列满分第一的高三学姐卢阳。

听说她性子冷淡，在学校里总是独来独往。大家都觉得她十分"高冷"，并不敢接近。

乔晳也是如此。

怕打扰到正在看书的学姐，她静悄悄地在明屹的座位上坐下。

她突然理解领队老师安排座位的苦心了。

大概只有大表哥的气场能够和卢学姐匹敌吧，这两个人坐在一块儿才不会被彼此的冷气冻死吧。

倒是卢阳，听见动静，抬头看了她一眼。

乔皙赶紧露出笑容来，没话找话："学姐看的是什么书啊？"

其实好学生之间大多都爱藏私，尤其是像竞赛队里这种有直接竞争关系的。

放在往常，乔皙会注意不去问别人看的是什么书。

不过她看卢阳手里拿着的书，密密麻麻全是字，看起来并不是竞赛书，像是小说，她才有此一问。

卢阳愣了愣，将书的封皮摊开给她看。

黑底封上是一个女人的半身黑白照，上书几个大字——

《源泉》，安·兰德。

见她脸上露出疑惑的神情，卢阳简单解释道："个人主义对集体主义的抗辩。"

"哦。"乔皙假装听懂地点了点头。

她以为大表哥看《查拉图斯特拉如是说》就够令人震惊了，那本书她起码还认识作者。

卢学姐在看的这本书，看起来就很厉害的样子，她连作者都没听过。

不过……说到大表哥，她就有些气。

出发之前，祝阿姨帮他们俩收拾行李。

这时节，A市已经下了好几场大雪。

一下雪，家里的两只狗尤其是雪橇三傻之一的斑比，快活极了，家里人怎么都看不住，一会儿没盯着，它就带着球球去雪地里打滚了。

菀菀玩心重，见斑比和球球玩得很开心，雪地靴也不穿，跟着两只狗狗在雪地里玩了一个下午。

这下好了，晚上她就病倒了。

祝心音气得不轻，勒令菀菀好好养病，要是再瞎胡闹，她即刻将两只狗送人。

即将去C市参加冬令营的乔皙，尽管没生病，祝心音同样放心不下。

不仅给她买了全新的羽绒服和羊绒衫，还附赠两条厚厚的秋裤，一起放进了她的行李箱里。

到底是小姑娘，正是爱漂亮的年纪，乔皙看到厚厚的秋裤，内心是崩溃的："阿姨，只拿一条秋裤不行吗？我在家也是穿一条的。"

"那怎么行？"祝心音立刻否决了她的提议，"我听人家说南方的冬天比我们这里还要冷，又没暖气。你是去考试的，不多穿点冻着了可怎么办？乖啊，两条秋裤都要穿！对，现在你就试试！"

乔皙反抗不了，只得乖乖将两条秋裤都穿上。

菀菀撑着病体还特意出来看了一眼，直接发出一阵"哈哈"大笑声："小乔姐姐你变大象腿了！"

乔皙有些羞恼，正想说话，就听到旁边又传来"扑哧"的笑声。她转头一看，不是明屹又是谁？

菀菀笑完之后就向她道了歉："其实不是大象腿啦……因为你之前的腿太细，看起来反差才那么大！对不起嘛好不好？"

乔皙知道菀菀的性子，本来也没怪她笑话她。

可另一个人，她气极了。

她心里记着仇，吃晚饭的时候"小和尚"同她说话，她便没搭理他。

谁知道"小和尚"比她还要记仇，她不过一次没搭理他而已，接下来的两天，他都没再和她说话。

更过分的是——

此次去 C 市，因为只有五天的行程，大多数同学只背了个背包或只拎了个小行李箱。

只有乔皙，因为要回家过年，带了个装得满满当当的二十八英寸大行李箱。

她一个人搬行李箱，费劲极了。

偏偏要上车时，大表哥人不知道去哪儿了，车站的自动扶梯又坏了，要不是有韩书言帮忙，她一个人说不定车都上不了！

大表哥真是大猪蹄子！

大猪蹄子对受气包的想法一无所知。

临出发前，菀菀给了他一罐红糖姜茶，让他记得盯着小乔姐姐喝。

明屹莫名其妙，问妹妹："喝了有什么用？"

因为小乔姐姐每次生理期都会很痛啊，所以妈妈让她每次生理期前都喝红糖姜茶。

这个理由自然不能告诉哥哥，于是，菀菀简单粗暴道："女孩子的事，你要弄那么清楚干什么？给她喝就是了！"

明屹记下了。

男人答应过的事情就要做到。

哪怕受气包这会儿正同他赌气，他还是从书包里拿出了保温杯，给她冲了一杯红糖姜茶。

当明屹举着一杯热气袅袅的红糖姜茶穿过整个车厢走到乔皙面前时，她愣住了。

大表哥这是来求和了吗？

乔皙低下头，不说话。

明屹将保温杯往她面前一递："把它喝了。"

乔皙一闻便知道杯子里的是什么，不由得问："谁给你的？"

"菀菀。"明屹催促她，"快喝，喝完了给你糖吃。"

在乔皙愣神的时候，明屹从口袋里掏出一罐薄荷糖。

乔皙难得有些不好意思，小声问："上车之前没见你，你是去买这个了？"

原来是她误会大表哥了吗？

明屹见受气包三番五次要将话题岔开，以为她不想喝药，于是他伸出手，捏住了受气包的两边脸颊，威胁道："再不喝我灌了啊。"

在大庭广众之下被捏成豌豆射手的乔皙含混不清地开口："我喝喝喝。"

大表哥真讨厌！

乔皙一口气喝完了一保温杯的红糖姜水，再看着大表哥递过来的薄荷糖。

她默默拿了一粒，含在嘴里。

有点甜哎。

他们到 C 市的时候，已经下午一点多了。

这个季节的 C 市前不久才下过一场大雪，此刻寒风刺骨，地面上虽没有冻雪，但路面湿漉漉的，一看就很滑。

一下高铁，为防止乔皙摔倒，明屹就一手拖着那个二十八英寸的大箱子，一手牵着乔皙往出口走。

他还分出神来调侃她："不过，穿两条秋裤，就算摔了也不疼。"

这个人怎么那么讨厌啊？

乔皙气得就要将手从他手掌中挣出来。

早有预料的明屹收紧了力道，牢牢地将受气包的手握在了自己的手心里。

"别乱动。"他恐吓道，"摔了我不扶你啊。"

他将乔皙的手塞进自己的口袋里。

"另一只手呢？"他问。

乔皙愣了愣："啊？"

他像问小宝宝那样问："有没有乖乖放进口袋里？"

乔皙被他的问话方式弄得有些脸红："放进去了……你闭嘴吧。"

下高铁前，老师就通知了他们，主办学校派的大巴车在南出口等他们。因此，一出高铁站，他们便往南出站口走。

地面冰化的水，大概是没来得及清理，形成一个个小水坑。

他们小心翼翼地跨过了好几个水坑，没走出几步，又一个大水坑拦在了他们前面。

乔皙犹豫地止住了脚步，心里估算着自己能不能跨过去。

没等她估算完，她突然感觉到有两只手托住了她的腋下，将她的身体提起，她只觉得身体一轻，人已经到了水坑的对面。

明屹面无表情地收回手，返回去提她的行李箱，再一次跨过了那个大水坑。

乔皙忍不住抗议："别再这样拎我了……很丢脸。"

"好。"明屹从善如流道，"我也没想到你有这么重。"

乔皙被分到了和卢阳学姐一个房间。

和在其他同学口中描述的不一样，卢阳并非那种刻苦努力挑灯夜战的人，晚上一到九点，她便关了房间里的大灯，戴上眼罩耳塞，并提醒乔皙："我要睡觉了。"

毕竟明天就要考试了，乔皙原本还想再看会儿书，但见卢学姐这样，心里又很清楚临时抱佛脚没什么用，不如跟卢学姐一样好好休息养精蓄锐。

于是，她简单洗漱一下，也关灯上床睡觉了。

考试从八点开始，乔皙怕自己会犯困，吃早饭的时候特意喝了一大杯黑咖啡提神。

第一天考试的三道题难度不大，考试时间四个半小时，但乔皙提前一个小时就全做完了。

不过，她也不敢掉以轻心。

第一天的考试题目简单，那第二天的考试题目势必会加大难度，她不能保证明天的题目她能全做对，只能确定今天她做完的这三道题全部做对。

考试结束，乔晳从考场出来，就见明屹等在她的考场外边。

乔晳有些惊讶："你没考试吗？"

大表哥虽然是免试进冬令营的，但所有的考试都要和他们一起。

明屹一脸云淡风轻："提前交卷。去吃饭吧，好饿啊。"

午饭后，领队李老师跑来挨个问他们的考试情况，得知大家都考得不错后，又不忘叮嘱他们："明天才是重头戏，大家不要掉以轻心。"

乔晳自然点头。

这天晚上，她依旧是和卢阳一样早早地睡下，养精蓄锐以待明天的考试。

第二天早上一起来，乔晳就觉出身体有几分异样。

她进了洗手间一看，发现在这种时候自己居然来"大姨妈"了。

别人的月经周期都是二十八天，她的月经周期向来比别人略长几天，没想到这次居然提前了！

卢阳借了卫生棉给她。

可不知是不是心理作用，乔晳内心十分不安。

七点半，明屹在外面按她们房间的门铃，叫她一起去二楼吃早饭。

乔晳打开门，看见她的脸色，明屹先吓了一跳。

他伸手探了探她的额头："生病了？"

乔晳不想让他分心，自然否认道："没有，可能是饿的吧。"

在吃饭的时候，明屹发现她总是偷偷地去捂肚子，心中的疑问不由得深了。

于是，他没忍住，起身去餐厅外给菀菀打电话，想知道究竟是怎么回事。

菀菀想了想："她是不是痛经了？你快给她买点药吃，不然痛起来她还怎么考试呀！"

明屹这才明白过来，回到餐厅，他对乔晳道："快点吃，记得按时去考场。"

乔晳正在喝牛奶，见明屹这样说，疑惑道："你去哪里？"

明屹答："我有事找领队，先走了。"

乔皙看了一眼手表，离考试开考还有二十分钟，他去找领队干什么？

只是这会儿她肚子疼得厉害，干扰了她的思维，她实在想不明白，便不再想了。

进考场前，乔皙打了一杯热水，期望热水能让疼痛缓解几分。

谁知道，考卷发下来，她还没看完题目，小腹处传来的疼痛便一阵猛过一阵，她咬紧了牙关，极力想集中注意力，却急出一身冷汗。

真的是太疼了。

也许是C市湿冷的天气令她受了几分寒，乔皙痛得意识都要模糊了，仿佛有个小人不停地拿锥子扎自己的小腹。

"同学。"

面前的桌子被轻轻叩了一下，乔皙忍着疼痛抬头，就见监考老师站在自己面前。

监考老师将一盒布洛芬放在了她面前，问："你这杯子里是热水吗？"

乔皙点点头。

监考老师道："已经开考半小时了，快把药吃了，吃完快答题。"

乔皙打开药盒，看了看用量，剥开锡纸，吞下一颗，又连喝了几口热水。

她知道药不会这么快起作用，但不知是不是心理作用，将药吞下后，她渐渐觉得不那么痛了。

只是……看着面前的药盒，乔皙不由得咬紧了唇。

这药是谁拿来的呢？

乔皙举手，等监考老师过来，她开口问："老师，这个药是谁给您的？"

监考老师明显愣了一下，道："是我们监考组备的药箱里的。"

乔皙勉强相信了这个说法，在接下来的时间里，尽可能地集中精神答题。

可是不行，乔皙根本没法集中心神。

她猜到药是谁拿来的了。

而且随着时间流逝，她对自己的猜测越发肯定。

大表哥一定不是去找领队，他是出去买药了！

而且……药是开考后半小时才被拿来的。

乔皙清楚，这意味着什么。

他没有考试。

他为了帮她买药缺考了。

乔晢都不知道自己最后是怎么交的卷。

三道大题，她勉强做出来两道，还不确定答案是对是错。最后一道压轴大题，她完全没有头绪。

交完卷，教室里的人叽叽喳喳地讨论起来。

"我都做好很难的准备了，可这题怎么比我预估的还要难啊。"

"这回我是真凉了，只会做一道半。"

"你还会一道半，我一道都不会。"

乔晢顾不得参与周围人的讨论，一交卷，她就跑出考场，正好撞在一个人的胸膛上。

"跑什么跑，"明屹没好气道，"不怕摔着啊。"

乔晢"哇"的一声哭出来，这回她是真的伤心加愧疚："你干吗不去考试啊？"

没想到竟然这么快就被受气包识破，明屹轻咳一声："我是提前交——"

"骗人！"乔晢的眼里含着大包大包的眼泪，声音带着浓重的哭腔，"你去买药了！你不去考试去给我买药了！"

明屹愣了愣，眼神里含着满满的笑意："你怎么……突然变这么聪明了？"

乔晢自责极了，也愧疚极了。

大表哥居然为了帮她买药而弃考……乔晢越想越愧疚，大庭广众之下，哭得更大声了。

往来路过的考生纷纷侧目。

CMO 冬令营里的女生本来就少，现在这么一个白净漂亮的小姑娘对着一个男生伤心欲绝，一看就又是一个被刚才的考试难哭了的。

念及此，几个男生愤怒地谴责起来——

"是不是人啊？出题折磨我们就算了，就不能对妹子温柔点？"

大概是妹子的光芒在一片灰扑扑的学霸宅男中太过耀眼，男生们不由得盯着哭得梨花带雨的妹子看，直到——

妹子身前的男生很不悦地朝他们这边投过一道视线来。

"那不是明神吗？他居然在和妹子说话？"

"明神"这个名号，对在场的数竞生来说，是十分响亮的。

去年的 CMO 冬令营在南方的一家外国语高中举办。

第二天，上午考试结束后，冬令营的所有考生和外国语高中的学生一起在食堂吃午饭。

明屹一人独占一张餐桌，吃到一半，就听见外国语高中下课铃声响起了。

有个漂亮的外国语高中女生——事后据好事者打听，这个女生是这所学校的校花，还是个不大不小的网红——走到了明屹坐着的那张餐桌边，询问他对面是否有人。

按照正常人的思维，能和漂亮妹子一起吃饭自然是求之不得的。

没想到明屹不悦地看了人家一眼："旁边很多空位。"

言下之意是"我招你惹你了你为什么要坐我对面"。

校花从小到大何曾受过这样的待遇？嘴巴一瘪，泪花瞬间在大眼眶里打转。

明屹搞不太懂，他只想一个人在这个靠窗的座位上坐着吃饭。

明明这个座位先前一直空着，怎么他一坐下来就有人来抢？

看女孩子这副模样，虽然是自己先来的，但明屹也不好意思再霸占这个座位，于是，他叼起最后一个馒头，端起餐盘，起身让出了座位，一脸很怕麻烦地含混开口道："别哭了，给你坐。"

在场的围观群众都憋笑憋出了内伤。

时隔一年，大家看到明神身边居然多了个妹子，简直比得知他拿了IMO 满分金牌还惊讶。

路过围观人群中的附中学生一本正经地辟谣："那是人家表妹好不好，说说话不是很正常嘛！"

这时，一个虎背熊腰的男人从走廊尽头的办公室冲出来，穿过重重考生，精准地一巴掌拍在了明屹的后脑勺上。

来人正是奥数国际集训队的主教练，孙教授。

孙教授同明骏的体格如出一辙，都是人高马大的北方汉子，一巴掌拍下去力道不轻。

乔皙抬起头，愣愣地看着面前的大表哥。

不知为何，在伤心的间隙，乔皙恍恍惚惚地生出了一个想法——如果不是这些人天天拍大表哥的脑袋，也许大表哥十岁就能拿 IMO 满分金牌。

孙教授简直气炸了，不顾周围人来人往，一点没给明屹留面子，大声怒骂道："小浑蛋，不考试干什么去了？"

明屹的语气十分欠揍："留点机会给其他人啊。"

回到酒店，乔皙还一边抽噎着一边掐大表哥的胳膊："明屹你是不是有病啊？"

明屹觉得受气包现在简直胆大包天，居然敢对他又打又骂了。

本想将受气包痛揍一顿的他，看着受气包肿得跟桃子一样的眼睛，语气还是忍不住软了下来："瞎哭什么哭……肚子饿不饿？带你去吃饭。"

乔皙仍然难以释怀——

"你为什么要去买药啊？你不知道布洛芬吃了会犯困吗？我就算吃了药状态也不好啊，照样会考砸啊！既然这样干吗还要搭上一个你啊？你明明可以再拿一次金牌的！"

明屹皱了皱眉。

他根本没想过考试的事，当时去买药，想的只是不能就这样让受气包在考场里疼上四个半小时。

至于受气包会考得如何，他顾不上去想。

如今见受气包还惦记着考砸不考砸，明屹颇有几分莫名其妙，好一会儿才语重心长地开口教育她："得失心不要这么重，考砸就考砸了。"

这时，刚好有附中的同学路过酒店走廊，看见乔皙脸上还挂着未干的泪珠，又听见明屹这番话，知道乔皙是考砸了，便顺口安慰了一句："没事没事，大家都考得不好，皙皙别哭啦。"

乔皙想要解释，更确切地说，她想为大表哥辩解一番。

他不是因为贪玩才不考试的，他是因为去帮她买药才缺考的。

她带着浓重的哭腔开口道："不是，我是难过他——"

明屹一把捂住了她的嘴："还抬杠！说你你还不服气！"

同学同情地看了一眼乔皙，然后走了。

等到人走了，明屹才松开乔皙，凉凉地开口道："你就那么想把我因为你缺考的事情传到我妈耳朵里？"

乔皙吓得立即止住了哭。

对此明屹十分满意，他拍了拍受气包的脑袋，说："把书包放下，我带你出去吃饭。"

乔皙回到酒店房间，意外地发现房间里除了卢阳，江若桐也在。

看见乔皙，江若桐不冷也不热地同她打了声招呼。

卢阳和江若桐在讨论刚结束的那场考试。

和卢阳做了几天舍友，乔皙发现卢阳并不像外表上看起来那样冷漠，相反还挺有人情味的。

这会儿看见乔皙哭得红肿的眼睛，卢阳不免多问了一句："怎么哭了？"

乔皙垂着脑袋低声回答道："考砸了……有点难过。"

高三的卢阳看小自己两岁的乔皙，就如同看小妹妹，见她这样，便轻轻拍了拍她的脑袋，安慰道："你才高一，机会还多着呢。"

乔皙点点头，却在抬头的一瞬间，看见了江若桐投射过来的目光。

听见她考砸的消息，对方脸上不悲也不喜，更确切地说，是没有流露出任何情绪。

乔皙明白，她的考试成绩如何，考得是好是坏，江若桐全然不在意。

因为乔皙的存在，对江若桐来说，构不成威胁。

考完试的第二天便是结营仪式。

经过明屹耐心而又漫长的解释，乔皙总算相信了，大表哥不会因此而失学。

虽然，乔皙觉得自己的担心并不是全无道理的。

在她的认知里，尽管去年就拿到了 IMO 金牌，但大表哥并没有和国内的任何一所大学签约。

今年他拿 IMO 金牌的机会又因为她而浪费掉了，如果他还想拿到保送资格，他只能高三的时候再参加一次冬令营。

万一到了高三，大表哥翻车了怎么办？

毕竟，进入高三后，很多人的心态会发生变化。

起码，乔皙就听说过好几个学长学姐在高三翻车的事例。

见受气包竟然担心自己没学可上，明屹哭笑不得。

不得已，他再三向受气包保证，自己缺考所造成的最大后果，也不过是他能拿到两块金牌还是三块金牌的区别。

既然今年他缺考，她又考砸了，那明年他们俩再参加一次冬令营，不也挺好的吗？

听他这样说，受气包的情绪才终于稳定了下来。

至于自己缺考的理由……明屹现编了一个。

其实他根本懒得参加这一届 CMO 冬令营，之所以接受邀请不过就是想骗一个来 C 市的公费旅游名额。

反正他之前已经拿了一块 IMO 金牌——虽然金牌越多越好，可一块也够用了。

是以祝心音在听说他缺考的消息后，只是打了一通电话将自家的叛逆小浑蛋骂了一顿。

末了，祝心音特意叮嘱自家儿子，一定要把皙皙安全送到家。

因而在第五天的结营仪式后，两人便脱离了大部队，坐上了飞往西京的航班。

对受气包执意要回家过年这件事，明屹到现在都难以释怀："你家那些亲戚对你又不好，你回去干什么？"

因为缺考这事，如今乔皙面对大表哥时底气严重不足，哪怕他这么说，乔皙依旧耐心地同他解释："我是回去看奶奶呀。而且……他们其实对我挺好的。"

"是吗？"明屹很怀疑地看她一眼，"他们有我对——"说到这里，明屹猛地顿了一下，缓了好几秒才继续道，"有我爸妈对你好吗？"

乔皙知道他原本要说的是什么，一时没忍住"扑哧"一声笑了出来。

他们当然没有大表哥对她好啦！

整整三个小时的航班，又因为暴雪天气晚点，他们到达西京时，已经是晚上九点多。

这个点早没了大巴，两人拖着箱子排着队等出租车。

因为太晚，乔皙根本没告诉奶奶自己今天要回来，就怕老人家不睡觉专门等她。

再说了，明屹也要在这里住一晚，乔皙想了想，订了市里的酒店。

突然，明屹的手机响了起来。

明骏打来电话。

在莞莞临时的紧急教学之下，明骏总算学会了 Face Time（视频通话）的用法，这不，拨通了儿子的手机。

明骏的语气严肃，声音里带了警告："你给我注意一点。"

明屹并不耐烦同他讲话："说完了没？"

要不是人不在身边，明骏这会儿就一巴掌拍过去了。

他咳嗽一声："手机给皙皙。"

看着手机屏幕上突然出现的明伯伯，乔皙一脸茫然："明伯伯好……这么晚您还没睡吗？"

"我今晚不睡了。"明骏的模样严肃认真，但听他压低了声音说话，再看一眼他身后的背景，原来他躲在浴室里同他们视频，"皙皙，有事立刻给我打电话。"

"啊？"乔皙满头雾水，"有大表哥和我一起，您别担心啦。"

傻丫头，防的就是这个小浑蛋！

明骏重重叹口气："你们上车了是不是？我过半小时再打电话过来。"

出租车送他们到预订好的酒店，他们办好入住，进了房间，时间恰好过去了半个小时。

明骏发过来的 Face Time 请求再一次响起。

这一次，明骏拨的是乔皙的手机。

乔皙将 Face Time 接起来，就听明屹语气严肃地说："换后置摄像头。"

"哦。"乔皙呆呆照做。

摄像头一换，明骏如愿看见了自家小混球，他这会儿正帮着把乔皙的行李箱拖进门。

"停。"明骏隔空指挥，"行李箱就放门口。"

明屹忍着气，将乔皙的行李箱放在了酒店房间的入门处。

"好了，"明骏看着自家儿子，声音透露出不容抗拒的威严，"你现在有五秒钟的时间转身出去。"

明屹不可置信："赶我出去？"

明伯伯还在看着呢……乔皙忍着笑，赶紧将大表哥推了出去："明天见。"

听到房门"啪"的一声关上，明屹没回过神来。

万万没想到，受气包居然也有两副脸孔，当着明骏的面，她居然就这样和他划清界限了？

见乔皙行事果断，明骏十分满意。

他继续指导着乔皙："把门反锁上，保险栓也拉上。对，就这样。"

见乔皙依着自己的话一样样做完，明骏总算松了口气："很好。"

亲眼见到小浑蛋被锁在了外面，他今晚总算能睡个好觉了。

挂了同明骏的视频，乔皙想了想，打开通信软件，找到明屹，给他发了个卖萌的表情包。

等了五分钟，没等到回音。

大表哥好像生气了。

乔皙闷闷地放下手机，走去玄关处拿行李，打算一会儿洗澡睡觉。

她将自己的背包打开，就愣住了。

她的书包里还躺着一个包得严严实实的小蛋糕，这小蛋糕是乔皙今天一早偷偷溜出去买的。

很小很简单的一个蛋糕，她还特意叫店员给了她一根蜡烛。

因为今天是大表哥的生日。

乔皙本想着等到了西京就给他一个惊喜，没想到舟车劳顿，再加上明骏刚才那么一出，她都将这件事忘记了。

她穿上鞋，迅速打开重重上锁的房门，敲响了隔壁的房门。

明屹衣服脱到一半却先来开门，看见受气包，他没好气地开口："又找我有事？"

乔皙愣了愣："你要洗澡？"

没等明屹回答，她便将他推进了房间里："你快去洗……我的耳机好像落在你的背包里了，你不用管我，我自己找。"

看着明屹重新进了浴室，她迅速跑回自己房间，将蛋糕拿了过来。

明屹洗完澡出来，迎面而来的却是一片漆黑的房间。

洗手间里有电，可见房间里是有电的，明屹猜到是乔皙在恶作剧，便出声道："别——"

话未说完，就听到轻轻响起了"啪"的一声，黑暗中亮起了一点微弱的烛光。

烛光渐渐扩散到整个房间，借着昏黄的光线，明屹渐渐看清了，小傻蛋捧着一个小蛋糕慢慢朝他走来，脸上还挂着少有的傻笑。

"Happy birthday to you（祝你生日快乐），happy——"

唱了几句，乔皙就觉得不好意思，没再唱了。

她捧着蛋糕站在明屹面前，笑得眉眼弯弯："大表哥，生日快乐！"

见明屹站在那里不动，乔皙又将手中的蛋糕举高了点，语气有些委屈："你嫌我买的蛋糕小了吗？"

明屹开口道："没有。"

乔皙又开心起来："那你快许个愿。"

明屹闭上眼睛，三秒过去，他睁开眼睛，一下将蜡烛吹灭了。

"好了。"明屹睁开眼睛，同时打开手边的一盏射灯，房间重新明亮起来。

"你许的什么愿呀？"乔皙一边低头切蛋糕——其实蛋糕小得根本不用切，一边笑眯眯地问他。

见他没回答，乔皙又自己给自己圆场："你不说就算了，我也没有很想知道啦。"

她将蛋糕切成了两半，又将上面缀着草莓樱桃的那一半递给明屹。

明屹接过蛋糕，却放在了一边，目不转睛地盯住了面前的小姑娘。

乔皙仰起头来，脸上就差写着"求表扬"三个大字了："我特意没有买带杞果的哦。"

小姑娘的一双笑眼弯弯，盛满了细碎璀璨的点点星光。

那是他从不曾见识过的光芒。

第十一章
Chapter eleven
小 浑 蛋

乔皙整个人都蒙了，她就像个傻子一样，全身僵硬，不敢动弹。

过了许久，她才回过神。

胸腔中一半是委屈，另一半却是连她自己都说不清道不明的情愫……乔皙生气极了，伸出手，将面前的"小和尚"重重一推，力道大得带着自己都重重一个趔趄，撞到了桌子。

明屹站定之后，又急忙过来看她："磕到哪里了？"

乔皙重重拂开他的手，带了轻微的哭腔控诉："我要告诉明伯伯！"

她要去告状……让明伯伯敲爆大表哥的头！

明屹愣了两秒，点头道："好。"

她恼羞成怒，再次重重捶了大表哥一拳："你不准说！不准说！"

明屹走近一步，定定地看着面前的受气包，声音带了几分不易察觉的暗哑："到底是说还是不说？"

"不准说！"乔皙气得跳脚，"你敢告诉别人，我就再也不理你了！"说完她一把将他推开，跑回了自己的房间。

明屹跟着追了出去，却只迎来一记响亮的关门声。

他轻轻敲了敲房门："喂。"

里面没人应声，但他知道，受气包在听。

思来想去，他只能干巴巴地开口："明天早上想吃什么，我帮你买。"

没有回应。

"你不说的话，我就随便买了。"

依旧没有回应。

他的声音里带了几分灰心丧气："那我明天再过来问一遍。"说完他垂头丧气地回了自己房间。

房间里。

乔晢靠在门板上，一只手轻轻地按在脸上。

意识到自己恍惚出神，乔晢再次羞红了脸。

大表哥真的好讨厌啊！

这一晚，明屹翻来覆去地没睡好。

他心里惦记着自己昨晚承诺了要给受气包买早餐，因此他一大清早就起床了，冲了个澡换衣服出了房间。

明屹本想问问受气包想吃什么，可一看手表，这会儿还不到八点。

他怕吵醒了受气包，思索几秒后还是将敲门的手放下了。

他猜测受气包在 A 市待了大半年，现在回了家乡，自然会想尝一尝家乡的特色早餐的。

于是明屹一下楼先去问前台西京有什么特色早餐。

明屹回来时，手上拎了满满当当的一大袋子早餐，粉丝汤、牛肉面、卷饼……

他买了这么多，总有受气包喜欢的吧。

时间已近九点，受气包再赖床这会儿也应该起来了……这样想着，明屹按响了受气包房间的门铃。

门铃响了半天也没有回应，明屹心中突然生出几分不好的预感来。

他掏出手机，给受气包打电话，没想到电话一接通，就被挂掉了。

明屹心中不好的预感越发强烈，他唯恐受气包出了什么事，连忙叫住路过的一个服务员，让对方帮忙开门。

服务员有些诧异："这个房间的小姑娘一大早就退房了呀。"

明屹几乎不敢相信自己的耳朵。

恰在此时，他手中的手机振动起来。

以为是受气包回电话了，他看也没看，接起来放到耳边："喂。"

"咦？"菀菀的语气里带了几分惊奇，"你起床啦？"

他这会儿没心情同蠢妹妹废话："有事？"

"没什么事。"电话那头的菀菀笑眯眯，"就是小乔姐姐托我转告你一句话。"

明屹脱口而出:"什么?"

"她说——"菀菀有意拖长了语调,故意吊人胃口,"她已经到家了,让我告诉你一声。"菀菀按捺不住自己的好奇心,"你又干什么惹她生气了?她那么好的脾气,居然都不想和你说话了。"

早上六点乔皙就起床了,退了房后,她坐了最早的一班公交车,回到奶奶家。

奶奶退休前是郊区一所小学的语文老师,爷爷去世后,爸爸就将奶奶接到他们身边来同住,只是奶奶在小学的家属区住了一辈子,所有的人情关系都在这里,她只和他们父女在一起住了一个月,便搬回了原来的房子里。

后来爸爸去世,乔皙本来想和奶奶住一起,可奶奶家在郊区,离她上学的地方实在太远了,万般无奈之下,她只得轮流借住在几个叔伯家。

小学家属区里现在住着的都是老教师,老人们起得早,远远看见乔皙拖着个大箱子从公交车站走过来,都笑眯眯地同她打招呼:"皙皙,从 A 市回来看奶奶了呀?"

乔皙走到居民楼底下,恰好碰到去菜市场买菜回来的奶奶。

一见宝贝孙女,奶奶上前几步,搂着她就落了眼泪:"皙皙长高了,长漂亮了。"

乔皙的眼眶同样湿了,但她不想惹得奶奶伤感,忍住了声音里的哽咽,抱着奶奶的手臂撒娇道:"奶奶,我中午想吃牛肉饺子!"

奶奶眼里含着泪,听到她的话,又忍不住笑了:"好好好,想吃什么都给你做……真是只小馋猫!"

十点多钟的时候,祝心音打了电话过来。

祝心音的声音温柔:"皙皙,我听菀菀说你到家了。"

"嗯!"乔皙点头,"我已经安全到家了,阿姨您放心!"

祝心音面上不显,其实伤心极了。

自家那个蠢儿子,她都下了命令要他将皙皙送到西京,谁知他竟然这样不开窍,听菀菀说,他都送皙皙到西京了,居然没把人送回家,而是让小姑娘一个人拎着大箱子回去了。

祝心音恨不得叫这小浑蛋就在外面别回来碍眼了。

　　她缓了一会儿，总算没那么生气了，这才对着电话那头的乔晢道："你待会儿看看行李箱夹层……来了 A 市这么久，空手回去也不好，你记得分给大家啊。"

　　乔晢听得满头雾水，一时没反应过来。

　　挂了电话，找到自己的行李箱，打开夹层，她才发现里面放了好几样小东西，是香水、钢笔之类的。

　　原来祝阿姨让她分给大家的，是些小礼物。

　　没想到祝阿姨这么贴心，连这种小事都帮她考虑周全了。

　　乔晢不由得咬紧了唇。

　　明家人对她真的很好。

　　除了大表哥。

　　隔天，明屹回到了 A 市。

　　这两天他无论是打乔晢的电话还是给她发消息，结果都石沉大海。

　　之前在机场候机时，他用一本数学练习册为代价，强行征用了候机室里一个小学生的儿童手机。

　　电话倒是打通了，他一开口，电话那头的受气包迅速挂了电话。

　　明屹试图从宁绎那里寻求答案："打电话给一个人，她不接怎么办？"

　　宁绎想了想，反问道："没拉黑你？"

　　明屹难得有些生气："当然没有！"

　　虽然他的微信的确被拉黑，QQ 好友也被删掉了，但电话号码还能打通，就不算被拉黑！

　　思索几秒，妇女之友宁绎一针见血地指出："不接你电话，说明不想和你说话；不拉黑你，说明还想收到你的信息。所以，"宁绎信心满满、有理有据地下了结论，"你只管给她发信息！手机短信、QQ 消息、微信，越多越好！发到她心软！"

　　明屹有些怀疑："滚！"

　　宁绎也有些生气："不信就别问我啊！不发短信，我倒要看看你还有什么好办法！"

　　明屹将信将疑："那发什么内容？"

　　宁绎简直要崩溃："吃喝拉撒，想到什么发什么啊！"

　　明屹依言照做，开始将自己的食谱定时向乔晢报备——

"早上好，我喝了两杯牛奶、一个煎蛋、十片吐司。你吃的什么？"

"中午好，我吃了三条小黄鱼、一盘西兰花、半盆老母鸡汤和两碗米饭。你吃的什么？"

"晚上好，我在房间里看书看得睡着了，没有人来叫我吃饭，我下楼去餐厅的时候，发现剩饭剩菜都被倒了……家里最后两块蛋糕也被'狗东西'吃了，我现在好饿。你吃的什么？"

如此，明屹一日十几条短信发过去，连续发了一个星期，依然没收到受气包的回复。

他几乎以为受气包失联了，可……

受气包每天都和自家蠢妹妹聊视频聊得火热，大多时候祝心音会加入她们的对话，偶尔连明骏也会加入聊天。

只有他，刚探了个脑袋过去——

菀菀就会一脸嫌弃地将他推开："哥哥你走开，不要挡住光啦！"

正如此时此刻，看着自家父母和蠢妹妹齐齐聚在手机摄像头前，同受气包热络地聊着视频，明屹忍不住轻咳了一声。

然而，没有人注意到他。

呵……他们一家四口好快活。

在房间里转圈了几分钟后，明屹换了衣服出门，去江教授家。

去的路上，他给乔皙发短信——

"我去找江教授了，你上次说很好吃的枣糕，就是在他们家小区外面买的。我回来的时候买两斤，你不在，我一个人吃。"

信息发出去后，明屹等了半分钟，没等到回复。

这已经是他发给受气包的第一百条短信了。

受气包还是没有理他。

上了楼，他敲门。

江师母来开门，一见他便笑眯眯地开口："今天下雪，我还以为你不来了呢。"说着让他将外套脱下来，"都是雪，快拿下来我帮你烘一烘。"

明屹依言照做，将围巾手套和外套一并脱了下来："谢谢师母。"

"你老师在书房泡好了茶等你呢。"江师母笑着拍拍他的肩，"快去吧。"

江若桐走出房间。

江师母端着洗好的水果，正要上楼去。

　　一见女儿，她便压低了声音开口道："明屹来了，在你爸爸房间里，你不进去和他说说话？"

　　江若桐从果盘里拈起一粒葡萄，塞进嘴里，摇摇头："待会儿吧。"

　　江师母无奈地笑，端着果盆敲开了书房的门。

　　恰在此时，一旁的衣帽架上传来低低的振动声。

　　江若桐循声望去，发现这声音是从一件衣服口袋里传来的。

　　是明屹的大衣。

　　鬼使神差地，她快步走过去，一只手伸进那件大衣口袋，摸出了一部手机。

　　手机屏幕亮着，一条新来的短信显示在屏幕上。

　　受气包——

　　"大表哥，你再吃就要变成日月山乞啦！"

　　短短几秒钟的愣怔后，江若桐轻轻点了一下屏幕，屏幕上跳出来一个提示框——

　　"是否确认删除？"

　　她再一次轻点屏幕，按下了删除按钮。

　　江教授的书房中。

　　听说了明屹英勇弃考的事迹后，江教授心里一直都憋着一口气。

　　这会儿见到明屹，向来温和的江教授不由得数落起他来："你说说你，不想考干脆就别去，考了一半跑了算怎么回事？你知不知道把孙教授气得，大半夜打电话给我专门来骂你。"

　　明屹懒洋洋地靠在椅背上，神态闲适："突然觉得没意思。"

　　江教授叹口气，懒得继续数落他了。

　　两人说了一会儿话后，江教授突然像是想起什么来，问："对了，你上次说过的，你们学校那个天赋很好的小姑娘，这次考得怎么样？"

　　明屹想了想，回答道："她觉得自己考得不好。"

　　不过，他清楚其他人的水平。

　　在其他人衬托下……受气包的成绩应该不会差。

　　江教授笑了笑："那天若桐回来，我问她考得怎样，她也说考得不理想。"

　　说起独生女儿，江教授脸上闪耀着骄傲和自豪："结果前几天成绩出来了，我问孙教授，原来她排第五。"

江教授有些感慨："你们现在这些小孩，狂倒是不狂了，反倒是生怕别人知道自己学得好似的。"

明屹否认道："我没有。"

江教授看着他，笑出了声："是，没见过比你更狂的。"顿了一下，江教授道，"你说的那个小姑娘，什么时候有空，也带过来给我瞧瞧。"

从江教授家出来后，明屹从口袋里掏出手机来看了一眼。

依旧没有收到受气包的回复。

说实话，他觉得受气包的行为十分愚蠢。

除非他们以后不再见面了，不然受气包现在的逃避行为毫无意义。

明屹回到家时，明家父母都回楼上房间休息了，他敲开蠢妹妹的房门。

"刚才你们说什么了？"

菀菀明知故问："我们？我和谁呀？"

明屹忍住要敲爆蠢妹妹"狗头"的冲动，耐着性子提醒她："上次的那些钱还没用完。"

言下之意是提醒她，她还有利用价值。

果然，此言一出，菀菀的态度立刻来了个一百八十度的大转弯，狗腿地冲他笑："哥哥，你想问什么，我都告诉你。"

明屹想了想，开口问道："你们天天晚上视频，都在聊些什么？"

菀菀笑得假惺惺："聊你啊……小乔姐姐说家里对她最好的人就是哥哥啦！"

明屹看了蠢妹妹一眼："继续编。"

菀菀翻了个白眼："既然知道那你还问什么？"

她和小乔姐姐之间可以聊的东西太多了呀，新出的动漫、好看的明星、附中同学的八卦……这么多话题简直聊都聊不过来好吗？

不过……看着自家哥哥这副模样，菀菀突然觉得他有点惨。

明菀知道自家哥哥幼稚、情商低，说话又讨打，大多数时候她是不和他计较，包容他的。

因为她的哥哥从小到大就是天才呀。

他没有经受过平凡人都会遭遇的挫折，所以难以体察平凡人会有的喜怒哀乐，这种事情怎么能怪他呢？

如今，见自家哥哥终于经历了人生中头一回、平凡人都会遭遇的挫折时，菀菀没有预想中的幸灾乐祸。

相反，她觉得现在的哥哥好可怜……

可是，小乔姐姐脾气那么好，哥哥到底做了什么，才惹得她不理他呀？

还好哥哥惹的人是小乔姐姐……要是换成别人，哥哥是不是已经被打死了？

菀菀一边想着，一边很同情地看了自家哥哥一眼。

就这么短暂的一眼，明屹被看得浑身上下都起了鸡皮疙瘩，生出了警惕心。

"干什么？"明屹的反应很大，此地无银地抢先开口，"我就是随口一问，你不要觉得我很可怜。"

明明是大家都不理哥哥，现在他为了面子，偏偏一副死撑的样子……

她觉得哥哥更可怜了呢。

回到自己房间，明屹坐在书桌前，拿出手机摁亮屏幕，看着没有任何消息提示的手机屏幕，突然很烦躁。

他已经给受气包发了一百条短信，受气包却连个标点符号都不回给他。

男人的尊严不可亵渎。

既然受气包不搭理他，那他不会再纠缠下去。

不过……

男子汉顶天立地，做错事就要承认。

他要再给受气包发最后一条短信。

明屹的手指停留在手机屏幕的键盘上，上面的字打了删、删了打……

他斟酌了良久，最后发出去一条短信——

"那天是我不对。对不起，以后不会了。"

不到八点，奶奶就开始犯困，呵欠连天了。

和奶奶作息不一样，乔皙陪着奶奶看完《新闻联播》和天气预报后，便钻进了奶奶卧室隔壁的小房间学习了。

之前附中为了准备 CMO 冬令营，将所有要参加冬令营的学生都集中在一起培训，开了个数竞班。

在冬令营开始前一个月，数竞班就停了其他课，全天候准备数学竞赛。

因此，乔晳的正常课业落下了不少。

如今好不容易放假了，乔晳也没有生出玩乐的心思。

她一刻不敢放松，只想着要抓紧时间，赶紧将自己因为准备冬令营而落下的其他课程进度补回来。

今天，和往常心无旁骛地学习不同，才看了没一会儿书，她就蠢蠢欲动想摸鱼了。

恰巧收到了菀菀的视频邀请，乔晳连忙接了起来。

菀菀给她看自己脑门上的兔耳朵发箍："今天和鱼鱼一起逛街的时候看到的，我也给你买了一个哦！"说着她拿起放在一旁的另一个猫耳朵发箍给她看，"等你回来戴！"

女孩子对这种萌萌的小物件似乎天生就没有抵抗力，乔晳一见便笑得眼睛都弯起来："好可爱呀！"

听她这样说，菀菀的语气立刻变得哀怨起来："那你到底什么时候回来呀？球球都想你啦！"

从前家里没有小乔姐姐的时候她还没感觉，习惯了家里有这么个温柔小姐姐，她不在，只剩下自家冷漠的哥哥，这么一对比，菀菀觉得格外怅然若失。

说起球球，乔晳忍不住想起了被抢口粮的大表哥。

虽然知道他那么大一个活人饿不着自己，她还是忍不住有些担心："他睡过头了你怎么不叫他呀？"

大表哥在晚饭时间睡过头，居然没一个人叫他起来吃饭。

非但没人叫他，还一点残羹冷炙都没给他留，连家里的最后两块蛋糕都喂了球球……乔晳看到大表哥的消息时，一边觉得好好笑，一边又觉得大表哥真的好可怜哦。

菀菀有些惊讶："他连这事都和你说了？"她坏笑起来，"想知道原因的话你问他就好了呀，问我干吗呀？"

乔晳已经没有那么生气了。

可她太了解大表哥了，要是她就这样轻易回应他释放出原谅的信号，恐怕他根本不会认清自己的错误。

说不定他还会对她做出那样的事情来。

不过……乔晢看着手机短信箱里堆满了的短信，突然有些不安。

她好像将大表哥晾着够久了吧。

收到大表哥发来的第一百条短信后，她明明回了一条短信过去的——

"大表哥，你再吃就要变成日月山乞啦！"

其实大表哥一点也不胖。

他还在蹿个子的年纪，哪怕吃下去再多，也通通用在了长个子上，人还是瘦得跟竹竿似的。

想象一下大表哥收到这条短信后的表情，乔晢忍不住笑弯了腰。

短信发过去后，乔晢左等右等，却没有等来大表哥的回复。

难道她叫他"日月山乞"，惹得他生气了？

挂了跟菀菀的视频聊天后，乔晢百无聊赖地打开通信软件，翻看其他消息。

前几天韩书言将她拉进了一个聊天群，群里的人都是这一届冬令营的考生。

按照往年的惯例，一般在冬令营结束后的三天内，主办方便会公布入选国家集训队的考生名单。

可今年十分罕见，冬令营已经结束了一个星期，别说集训队名单了，大家的考试成绩都没公布出来。

群里面人心惶惶。

和乔晢、韩书言他们不同，群里大多数考生是高三年级的学长学姐，成绩直接关系到他们的切身利益。

只有进了国家集训队的考生才有保送资格，进不了国家集训队的考生能拿到的顶多是降分优惠。

能不能进集训队，直接关系着他们接下来到底是全力以赴地冲击更高一级的数学竞赛，还是灰溜溜地回学校去准备高考。

乔晢清楚自己第二场考试考砸了，本来都有几分听天由命了。

如今结果迟迟不出，就像头顶上的达摩克利斯之剑不知道什么时候会落下来，无端叫人惶恐。

韩书言告诉她："我妈托人问过了，年前肯定会出成绩的，别担心。"

乔晢忧心忡忡："那就没心思过年啦。"

韩书言说："不要妄自菲薄，说不定你明早一睁开眼，就接到了 T 大招生办的电话。"

作为国内的顶尖大学，P 大和 T 大每年下大功夫抢夺优质竞赛生。不过 P 大数学系有着压倒性优势，每年拔尖的数竞生基本都去了 P 大。

T 大想抢人，只能先下手为强。

因此每年都有考生在国家集训队的名单公布之前就接到了 T 大招生办的惊喜电话。

大家在群里正说着这事，乔晢手中的手机突然低低振动一下。

她吓了一跳，第一反应就是 T 大招生办的老师打电话来了。

等看到是短信，她忍不住笑了一下自己。

一惊一乍，太没见识啦……乔晢点开刚收到的那条短信。

"那天是我不对。对不起，以后不会了。"

乔晢瞪着手机屏幕上的那行字，足足发了五分钟的呆。

她给大表哥发那条短信明明是想同他和好的！

毕竟乔晢不是个擅长记仇的人，这些天来她每天都要提醒自己记得要生大表哥的气，真的好累哦！

可是现在……大表哥这条短信是什么意思？

字里行间都透露着冷漠，他是要从此和她划清界限吗？

好啊！

乔晢抹了一把眼泪，划清界限就划清界限，她才不稀罕呢！

她泪眼蒙眬地拿起手机，直接将明屹的手机号码拖入了黑名单。

可心里还觉得不够解气，想了想，乔晢将他的号码从黑名单里移出来，将备注改成了"日月山乞"之后，又把他拖进了黑名单。

一刀两断就一刀两断！

她以后是再不会和"日月山乞"说一句话了！

一早，明屹就被球球闹醒了。

"狗东西"不知道怎么开的房门，六点多便蹿上他的床，若不是他醒得及时，这狗东西一屁股就要坐在他脸上了。

"干什么？"明屹很恼火，闭着眼睛将狗东西扔下床去，"滚边儿去！"

被"狗东西"这么一闹，明屹再也睡不着了。

他拿过床头柜上的手机，看了一眼。

受气包依旧没有理他。

距离他上次和受气包说话，已经过去了179个小时。

被他扔下床的球球"吭哧吭哧"扑腾着小短腿想再爬上床来。

明屹一巴掌拍在它的狗脑袋上："谁把你放进来的？"

球球很小声地"嗷呜嗷呜"叫着。

明屹愣了愣，这才发现"狗东西"嘴里叼着一样东西。

那是一只毛茸茸的粉色手套。

明屹将球球重新拎上床，抢过它嘴里的那只粉色手套。

是乔皙的手套。

他端详着手里的这只手套，对球球说道："想你妈妈了？"

球球："汪汪汪！"

明屹难得温柔地抚着球球的皮毛，叹口气："你妈妈，真是个很不负责任的女人。"

球球："汪汪汪！"

明屹仔细回忆了一下，想起来这只手套的由来，应该是那天他陪受气包回西京，下飞机后他给她买了一杯热奶茶，她捧着奶茶喝的时候，顺手就将手套塞进了他的口袋里。

明屹拍了拍球球的脑袋："还有一只呢？"

球球一脸无辜："汪汪汪！"

他明白了，另一只手套，还在受气包那里。

大男人做事不拖泥带水，既然要和受气包绝交，就要绝交得彻彻底底。

晚上八点，照顾着奶奶睡下后，乔皙回到自己的房间，打算看一会儿书也睡了。

放在一旁的手机叮咚响个不停，无奈，乔皙拿起来一看，才发现就这么一会儿，微信的未读消息已经显示为"99+"了。

她吓了一跳，仔细看了看，才发现炸锅的是CMO冬令营的那个考生群。

此刻，群消息还在不断地刷新着。

"有人知道今年的金牌线是多少吗？"

"那个查分的网址我怎么进不去？还有人和我一样的吗？"

"我 68 分是不是要凉凉了？"

乔皙当即去拿书包，想找到当初组委会发给考生的成绩查询网址。

还没等她打开书包，放在一旁的手机再次响起来，乔皙吓了一跳，赶紧跑过去拿起手机。

那是一个西京本地的座机号码……乔皙有些失落，又在心里笑话自己。

她在想什么呢……居然又以为是 T 大招生办打来的电话。

"喂。"电话那头的声音熟悉。

乔皙惊讶得说不出话来："你……"

电话那头的明屹语气很不好："你是想要冻死我吗？"

乔皙只觉得声音都不像是自己的了："你……现在在哪儿？"

乔皙捏着手机，连鞋都来不及换，穿着睡衣飞奔下了楼。

老式居民楼没有电梯，乔皙就这样一路从五楼飞奔下去，气喘吁吁地站在了楼道口。

明屹就站在那里，他身上背了个瘪瘪的一看就没装什么东西的双肩包，他的手上拿着……拿着一只粉色的手套。

一见乔皙，他便没好气地说："自己的东西也不知道收好……要麻烦别人给你送过来。"

乔皙呆呆地看着面前身量修长的少年。

明屹很不耐烦地再次道："拿着啊。"

"哦。"乔皙默默地接过来。

乔皙觉得自己有些蒙了。

因为她如何想不到明屹居然会再来西京。

两个人就这样面对面地站了好儿分钟。

见她不说话，明屹咬紧了牙，像是赌气一般转过身去。

"我走了。"他硬邦邦地开口。

乔皙下意识上前一步，抓紧了他的衣角："不要！"

背对着她的明屹，嘴角无声地弯起来。

恰在此时，乔皙手中的手机又是一阵惊天动地响，她一只手拽着明屹的衣角不舍得放，另一只手笨拙地去接电话。

"喂？请问是乔晢同学吗？我们这里是 T 大招生办——"

T 大招生办……乔晢整个人都处在极大的恍惚当中。

也许是听见她手机听筒里传来的声音，原本背对着她的明屹也转过了身来。

她愣愣地看着站在自己面前的明屹，希望他打自己一巴掌、踢自己一脚……或是随便什么，让她知道自己现在不是在做梦。

电话那头的年轻老师声音温和："乔同学，你在听吗？"

乔晢回过神来，忙不迭地点头："在的、在的。"

老师的语气听起来十分温和耐心："是这样，这次冬令营的成绩已经出来了，想必你已经知道了自己的成绩。"

乔晢屏息凝神，不敢说话。

老师继续道："说实话呢，放在全体考生中来看，你这次的名次并不靠前……虽然现在集训队的名单还没出来，但根据我们了解到的信息，你进集训队的可能性并不大。"

大概是这反转太过匪夷所思，乔晢愣在了原地，像是被一盆冷水兜头泼下来，一时间竟没能反应过来。

电话那头的老师又接着道："但是我们通过附中的苏老师了解过你的情况，知道你平时的表现很亮眼。我们不希望错过任何一个优秀的学生，也愿意为你破例一次。"

听到这话，乔晢才有些回过神来："破例？"

老师耐心地同她解释这"破例"的含义——

"集训队名单现在还没出来……你如果现在和我们签约，不管你到时候有没有进集训队，招生组都会给你一个保送数学系的名额。但如果你现在不签约，等到名单出来，你没能进集训队的话，我们这边就只能给你降分优惠了。"

没等乔晢说话，电话那头的老师又迅速补充道："乔同学，你现在在家吗？你要是同意签约的话，现在我们就来你家找你。"

乔晢刚要告诉对方自己人不在 A 市，但还没等她开口，她放在耳边的手机就被明屹夺走了。

她跳起来想将手机抢回来，同时压低了声音道："你干吗啦？"

明屹个子高，他一只手按在乔晢的脑袋上便足以令她动弹不得。

不顾受气包挥舞着的双臂，明屹另一只手拿过手机，背过身去，很冷静地对着电话那头开口："我是她家长。"

乔晳一脸无奈地看着他。

明屹面不改色地继续道："你们的条件……我们还需要时间再考虑一下，再见。"

"啪"的一声电话挂了。

乔晳震惊了，回过神来的第一反应就是重重捶了大表哥的胳膊一拳，带上了哭腔："你干吗挂我电话啊？"

那可是 T 大！

她日以继夜地好好学习不就是为了能上一所好大学吗？

她参加竞赛不也是为了能得到保送资格吗？

现在 T 大的保送资格就在眼前，她不需要时间再考虑！

她现在、立刻、马上就可以赶回 A 市去签约！

越想越生气，乔晳又一拳往大表哥身上捶："手机还给我！"

受气包这是吃错了什么药，力气还不小。

明屹伸出手，重重推了她的脑袋一下，皱起眉："别人说什么你就信什么？"

乔晳愣住。

明屹反问她："冬令营里四百号人，T 大凭什么为你破例？因为你长得特别好看？"

咦？

最后一句话……大表哥到底是在夸她还是单纯嘲讽她？

不对不对！

乔晳醒神，可耻地发现自己的重点居然落在这种细节上。

她心虚地低下了头，默默地思索着大表哥话里的意思。

那么，大表哥的意思是……

乔晳再抬起头来时，眼睛里已经包了一团泪："所以刚才那个是诈骗电话吗？"

明屹揉了揉太阳穴。

受气包白长个聪明样子有什么用？

实际上是个草包。

明屹深吸一口气，耐心地同她解释："这是他们的惯用伎俩。"

要是受气包真没考好，T大招生组连夜赶来要和她签约……难不成T大招生组的老师个个都是教育界慈善家？

明屹叹口气，难得一口气说了这么长的话——

"招生组一共才几个人？都急得要连夜和你签约了……你还相信他们说你'进集训队的可能性不大'？"

这就是他们招生组的惯用伎俩而已——先降低考生的心理预期，再对考生抛出橄榄枝。

这样一来，许多原本有资本和学校谈条件的考生，慌乱之下就签下了合约。

而眼前的受气包也是这么一个蠢货。

T大数学系在全国根本排不上号，对方连王牌专业、奖学金之类的都没许诺，受气包就迫不及待地咬钩了……

如果没有他，受气包大概就要变成那种被卖了还美滋滋给人数钱的蠢货吧。

"你要学会……"说到这里，明屹卡壳了。他停顿了良久，终于使出毕生语文功力——0.6鱼，回忆起了那两个成语，"学会按兵不动、待价而沽。"

话音刚落，被明屹拿在手中的手机就再次响了起来。

是先前打来的那个A市号码。

明屹按了免提键。

"乔同学？"

明屹出声："是我。"

老师反应过来："哦哦，乔叔叔。"

明屹"嗯"了一声，不动声色地占了人家的便宜。乔晢看不过眼，气得在旁边掐他。

"是这样，我们招生组向来很尊重考生和家长，很乐意给予双方充分考虑的空间……不过，T大有一样优势，我们必须再向您强调一下。"

乔晢好奇地瞪大了眼睛。

"作为一所老牌工科强校，T大的男女比例7：3，优秀的男生数不胜数。如果您女儿愿意来T大，我们这里的优秀男生是随她挑的。"

乔晢这回没憋住笑，直接笑出了声。

这说的都是什么话……这像是为人师表的样子吗？

明屹恼羞成怒地将免提关了。

只是在空旷寂静的冬夜中，从手机听筒里传来的声音依旧十分清晰："如果您女儿去了隔壁P大，那里女多男少，解决终身大事必定要花费更大的精力，您一定要好好考虑一下啊。"

明屹没好气道："她已经有男朋友了！"

说完，他气得将电话挂了。

乔皙盯紧了站在自己面前的暴躁"小和尚"。

被这样注视着，明屹有些心虚。

果然，一直盯着他瞧的受气包气鼓鼓地开口了："你为什么要造我的谣？"

"造谣？"原本还有几分心虚的明屹，听她这样说，再次生气起来，"我造什么谣了？"

乔皙很委屈："你干吗和人家老师说我有男朋——"

话说到一半，乔皙蓦地睁大眼睛。

他怎么能又……

乔皙的脸涨成了一个红通通的大番茄。

想起上次他的道歉短信，乔皙结结巴巴道："你……你上次还说……再也……再也不会了……"

明屹定定地看着她："你接受我的道歉了吗？"

乔皙惊讶地瞪大了眼睛。

紧接着，明屹厚颜无耻地下了结论："不接受我的道歉，那就是还想要我……"

这世上怎么会有大表哥这么不要脸的人？

乔皙都气糊涂了，甩开他的手，孬毛道："我不要跟你说话了！走开！"

明屹长手一伸，将人拽了回来："你是要我露宿街头？"

乔皙愣住。

他解释道："钱包落出租车上了，身份证和钱都没了。"

顿了几秒，他又想了个解决办法——

"不然，带上你的身份证，帮我去酒店开个房间。"

这样更让人误会好吗？

乔皙气了个半死也无可奈何，只好站在原地，气鼓鼓地同他对视。

僵持了半天，乔皙思前想后半天，最终犹犹豫豫道："那……明天早上五点前你必须走。"

千里迢迢从 A 市赶到这里，明屹原本不剩多少的自尊心终于在此刻跑出来作祟。

五点前滚蛋……受气包这是把他当垃圾赶呢。

明屹不禁回忆起受气包先前的种种恶行。

他发了一百条短信给她，她理都不理。

非但如此，刚才他到楼下给她打电话的时候，发现她将他的电话号码拉黑名单了。

他想起自己此行前来西京，原本就是打算还了手套后，彻底同她绝交的。

于是，明屹转过身，语气一瞬间冷下来："不欢迎我就算了。"说完他抬起步子要走。

见大表哥生气了，乔皙吓得再次拽紧了他的衣角："别走！"

乔皙也知道自己刚才那句话有些伤人。

不过，她慢吞吞地解释："因为奶奶早上五点就起床了，你不走的话，会被她发现的……"

明屹转过身，依旧板着脸，语气也是硬邦邦的："你不早说？"

乔皙垂着脑袋，声音软乎乎的："大表哥，你别生气……我欢迎你来我家做客。"

明屹的嘴角再次微不可察地翘起来。

算了，有什么好绝交的……他犯得着跟一只受气包计较吗？

明屹继续板着脸，声音故意冷冰冰的："害不害臊？"

乔皙愣愣地看着他。

见受气包理亏，明屹越发义正词严起来："你去外面看看，还有哪个女孩子像你这样抓着男人不放的？"

乔皙默默低下了头，偏偏心里不服气，嘴上还小声咕哝道："反正坐三个小时飞机跑过来送手套的人不是我。"

想来想去也是大表哥更不害臊。

没想到受气包到了现在居然还嘲讽他，明屹再次被她气得掉头就要走。

谁知这一次还没等他转过身，"别走。"她很小声地开口。

明屹微不可察地叹了口气。

他好不容易硬起来的心肠，再一次软得一塌糊涂。

明屹摸了摸小傻蛋的脑袋，低声安抚道："我不走。"

其实……他根本就不是来送手套的，而是来看她的。

他开始以为另一只手套在乔皙这里，可他从家里出发前，就在斑比的狗窝里瞥见了一抹可疑的粉色。

真相大白……根本就是斑比和球球瓜分了她的那双手套。

他假装不知道，若无其事地来了西京。

现在看来，他的这个决定果真十分正确。

受气包也就是嘴巴上厉害，其实也是很想他、很依赖他的吧。

乔皙压低了声音问："走了没？"

明屹的语气是罕见的温柔耐心："我说了，我不会——"

不对……受气包这话不是问自己的。

恰在此时，刚刚经过他们身旁、此刻已经走出一段的一个老阿姨的声音遥遥传来——

"哪家的小年轻呀，大晚上的拉拉扯扯，像什么样子哟！"

杨奶奶和自家奶奶是一辈子的老同事，要是被她看见就相当于被奶奶看见了……

于是，先前乔皙吓得整个人都躲在了大表哥的身后。

听着杨奶奶的脚步声越来越远，乔皙总算是松了口气。

她从大表哥身后探个脑袋来，警惕地看了看四周，没再发现熟人了，她放下心来，然后将面前的大表哥一把推开。

大表哥在洗澡。

虽然知道奶奶很少起夜，以防万一，乔皙还是守在了浴室门口，等着某"美男"出浴。

这"美男"的要求还特别多，一会儿说没浴液了，一会儿说毛巾掉在地上湿了要新毛巾。

乔皙恨不得冲进去敲爆大表哥的"狗头"。

奶奶是年纪大了，可不代表她聋好吗？

大表哥还一副生怕吵不醒奶奶的架势，真是太过分了！

好不容易等到他洗完，一出浴室，乔皙赶紧将手里早已准备好的干毛巾罩在他头上，压低了声音道："快进房间。"

一进房间，乔皙立刻紧张兮兮地将房门反锁上，又将窗帘密密实实地拉上。

等她转过身，就见明屹一脸似笑非笑地看着她。

"很熟练啊。"

乔皙气得又是一拳捶上去。

她好心收留大表哥，大表哥居然这么说她！

明屹由着她打了三下，眼看她还要打第四下，他连忙伸手挡住了她的拳头："明天带我去哪里玩？"

乔皙愣了愣，显然没反应过来："你还不回家啊？"

明天就是小年夜了，乔皙本以为大表哥千里迢迢跑来西京一日游已经很荒唐了，可现在看来……

难不成他还想多待几天？

明屹从受气包的口中隐隐听出了几分嫌弃的意思，一口气哽在心口："走，我明天一大早就走。"

"别！"反应过来自己说错话伤了大表哥的心，乔皙赶紧给他顺毛，"我带你去玩，你别生气。"

好不容易将容易炸毛的"小和尚"抚顺毛了，乔皙暗暗松了口气。

她搬了张小桌子放到衣柜前面。

明屹莫名其妙："你干吗？"

"帮你拿被子呀。"乔皙熟练地踩上了那张小桌子，打开衣柜上方的柜门。

没想到啊，受气包居然像只猴子爬上爬下，很熟练呀。

不过……

"下来。"明屹怕她摔下来，"我来拿。"

"不行啦。"乔皙探着身子，费劲地从柜子里面抽出来一床被子，"'日月山乞'太重……会把桌子踩塌的！"

明屹愣了愣："日月什么？"

糟糕，乔皙猛地捂住嘴巴，她说漏嘴了。

之前她管大表哥叫"日月山乞"的时候，他就生气了，半天没给她发短信，还要跟她划清界限。

不过，看大表哥的表情……似乎并没有一下子反应过来那四个字的意思。

　　乔皙窃喜，将被子递给大表哥，很自然地把之前的话题揭过去了："接一下。"

　　明屹很听话地接过被子，放在了一边的床上。

　　然后他走回来，扶住受泣包，打算将她从那张看起来很不稳的桌子上弄下来。

　　"哎呀。"乔皙一个重心不稳，双手撑在他的肩膀上，"干吗？我还没拿完呢。"

　　"够了。"明屹将她放在地上。

　　屋子里暖气挺足的，一床被子绰绰有余了。

　　不过……明屹看了一眼房间里摆着的那张床。

　　这么小的床，两个人睡，的确会挤得慌。

　　明屹摇摇头，决定不去计较这种小事。

　　没关系，挤点就挤点吧。

　　"哪里够啦？"乔皙再次爬上桌子去拿被子，"虽然有暖气，但夜里地上还是挺凉的，我帮你铺厚一点。"

　　乔皙抱着拿下来的两床被子，快快乐乐地给大表哥打起了地铺。

　　她还挑了一个最大最软的枕头给他。

　　莫名其妙地，乔皙脑海里突然浮现起了大表哥进门的那句调侃"很熟练啊"。

　　她明明没有收留过谁睡觉，怎么打地铺的动作那么熟练呢？

　　铺完了起身后，乔皙突然福至心灵。

　　谁说她没收留过人的？

　　以前球球来的时候，每次她都是这样给它打地铺的！

　　一个小时后。

　　一千多公里外的 A 市，明家。

　　被明骏从被窝里扒拉起来的菀菀呵欠连天，困得眼泪都冒出来了。

　　T 大招生组的两位老师坐在她对面的沙发上，眼神慈爱，语气真诚地赞叹道："您女儿真优秀。"

　　明骏疑心自己听错了，谨慎地没有接话。

　　两位老师面面相觑，顿了几秒，重新活跃气氛："我们之前说的，您再考虑一下？对乔同学来说，T大不光有很多优秀的同龄男生，我们的食堂、宿舍环境都非常好，这是一个大学的软实力……"

明骏这才反应过来，原来他们来找的"女儿"并不是菀菀。

若是自家小女儿被T大招生办看上，的确值得欣喜若狂。可换成是皙皙被T大看上，那就是情理之中了。

因此明骏端着架子，只是说："好，我们会考虑的。"

他一开口，两位老师就都吃了一惊："早先我们不是和您通的电话？您不是乔同学的爸爸？"

爸爸？

明骏皱起眉头。

两位老师将先前发生的事情一五一十同明骏说了。

明骏试探性地问道："那个声音……听着是不是就像是个挺欠揍的小王八蛋？"

两位老师对视一眼。

乔同学爸爸的声音，听起来……的确有些年轻。

将两位老师送走之后，明骏拍了拍正靠在沙发上打瞌睡的女儿的脸："菀菀、菀菀？"

菀菀迷迷糊糊地"唔"了一声。

明骏气得直磨牙："你不是天天都喊着想你皙皙姐姐了吗？爸爸正好要去那儿出差，带你去看看她。"

菀菀原本还打着瞌睡，一听要去看小乔姐姐，瞬间一个激灵清醒了过来。

她疑心自己听错了："小乔姐姐？"

"对。"明骏的语气无比肯定，"你一个人留家里，我不放心。"

昨天祝心音收到消息，祝家一个远房姑妈病重，昨天她便动身去了上海。

恰逢年节，等小年夜过完，家里的阿姨也要放假回家了。

原本夫人也不在的这两天，他的打算是让菀菀去食堂凑合上两天。

现在看来，不如将女儿一同带去西京。

确定了爸爸说的是真的，菀菀十分开心，并井有条地安排起来："好！我明天就把斑比和球球送去鱼鱼家！"

说着，小丫头从沙发上蹦起来要回楼上去收拾行李，却被明骏叫住了。

菀菀："怎么啦？"

明骏思索几秒："你哥哥说他去哪儿了来着？"

菀菀感觉莫名其妙："去爷爷家了啊……你下午不是问过我了吗？"

呵……明骏冷笑一声。

看来这小浑蛋还有帮手。

乔晳早上醒来，天已大亮了。

迷迷糊糊扒拉过床头的闹钟看了一眼，看到指针已经指向了八点，她直接吓清醒了。

乔晳从床上坐起身来，就见前一晚铺在地上的被褥枕头已经收起来，全堆在了一旁的椅子上。

睡在地上的大表哥也不见了踪影。

乔晳揉了揉脑袋，掀开被子下床。

她昨晚的确没睡好……但她明明记得自己定了闹钟呀。

奶奶正在厨房里切包饺子用的蔬菜，见她出了房门，立刻道："快去洗漱一下，出来吃东西了。"

见奶奶的模样没有异常，显然是没撞见大表哥……乔晳放下心来。

不过，大表哥去哪儿了呢？

乔晳喝着豆浆，百思不得其解。

她将手机拿出来看了一眼，上面也没有大表哥给她发过来的新消息。

真奇怪……

喔喔！

乔晳突然想起来，她之前把大表哥都进了黑名单。

反应过来，乔晳赶紧将大表哥从所有通信软件里的黑名单移出来，然后给他发了条消息："你去哪里了？"

信息发出去五分钟后，乔晳的手机响了起来。

是大表哥。

她小心翼翼地朝厨房方向看了一眼，偷偷摸摸地拿着手机走到阳台："喂。"

大表哥言简意赅："给我开门。"

没等乔晳走到玄关处，厨房里的奶奶就听见敲门声，抢先去开了门。

乔皙以为自己看花眼了，此刻的大表哥脸上竟然破天荒地带着笑容。

见到奶奶，他将手上提着的大大小小几个礼盒往门里面放，嘴上十分亲热："奶奶。"

乔奶奶还以为自己糊涂了，认了好半天，确认这并不是自己孙子中的任何一个，这才颤巍巍地开口："小伙子，你是谁呀？"

生怕大表哥脑子发昏，用一些奇奇怪怪的称呼来自我介绍，乔皙赶紧冲了上去，给奶奶介绍道："奶奶，这是明伯伯的儿子，他叫明屹。"

一听这是将自己孙女接去 A 市上学的恩人家的儿子，奶奶忙不迭地握住他的手："原来是小明，多谢你们家照顾皙皙啊。皙皙她还小，不懂事，给你们家添麻烦了。"

嗯，是很麻烦。

明屹看了一眼旁边的麻烦受气包。

大概是很有自知之明，麻烦受气包心虚地低下了头，不敢和他对视。

于是，明屹转过头，笑着看向奶奶："很乖，不麻烦。"

奶奶看着他，眼角眉梢都是笑："你怎么来西京了？是一个人来的？快进来坐、快进来坐。"

明屹道："要过年了，我爸让我送点东西来看您。"

"送什么东西？奶奶吃的穿的全都够用。"老人家哭笑不得，"你爸爸怎么还让你专门跑一趟啊？你怎么过来的？路上累坏了吧？"

"不累。"明屹在奶奶面前倒真的十分乖，简直叫乔皙不敢相信自己的眼睛。顿了一下，他补充道："不是专门来的。"

果然，奶奶咬住了他的钩，好奇问道："怎么，你来西京还有事吗？"

"嗯。"明屹点点头，"皙皙生气了，专程过来哄哄她。"

乔皙蓦地瞪大了眼睛。

奶奶也很惊讶，看向自家孙女，语气微沉，声音听起来就不太高兴："皙皙。"

小丫头怎么没轻没重的？明家是她的大恩人，她怎么还对人家儿子发起脾气来了？

真是太不懂事了！

莫名其妙被奶奶说了，乔皙心里很委屈。

奶奶又看着明屹，笑得很和蔼："有什么事你和奶奶说，皙皙欺负你了？"

她欺负大表哥？

乔皙气得几乎要冷笑出声，她欺负大表哥？

除了明骏以外，明屹这人一贯招长辈喜欢。

在学校里，他不喜欢的课从来都是随便对付过去，就这样，学校里的各个老师包括他成绩最差的语文课老师，都喜欢他喜欢得不得了。

这会儿，他又有意装乖，自然哄得奶奶喜欢他喜欢得不行。

明屹看她一眼，慢吞吞地开口道："奶奶，我之前问过皙皙很多次了，但她一直不肯答应。我就是想让她——"

乔皙一听，感觉头皮要爆炸，断然喝止住大表哥："你闭嘴！奶奶您别相信他说的！"

明屹在一片凝滞中，慢条斯理地将自己被打断的那句话补全："我就是想让她陪我好好在西京玩一天。"

一听是这个，奶奶当即瞪了乔皙一眼："人家小明千里迢迢来一趟，你不陪他出去逛逛，还推三阻四干什么？"

大表哥进门后，这才多久，乔皙就吃了数个闷亏。她的小情绪也起来了，气哼哼道："我还有书没看完呢……"

乔皙被奶奶赶出了家门。

临出门前，奶奶给了她几张大钞，叮嘱道："中午你们就别回来了，在外面吃点，你好好招待人家，懂事点。"

和 A 市比起来，西京实在是没有什么好逛的。

对乔皙这个从小在这里长大的本地人来说，更是如此。

因此，出门前乔皙偷偷往背包里塞了两本试题册。一出小区，她便同明屹讲清楚了："我才不和你逛，我要看书。"

"好啊。"明屹对此倒是没什么所谓，"找个咖啡店吧。"

和 A 市这种一到年节就空城的一线城市不同，西京地方小，越临近年关人越多。

他们一路经过的星巴克、快餐连锁店里都坐满了人，明屹在手机地图上找了半天，才找到一家位置有些偏，里面很清静的哈根达斯店坐下来。

见有冰激凌吃了，乔皙低落的心情终于好转，她开心道："我要吃三个球！"

明屹断然拒绝道："不准吃。"

乔晳有些生气地看向他："干吗啦？我花自己的钱！"

明屹伸出一只手，捏住乔晳的脸，熟练地将她捏成了豌豆射手，不让她说话。

"之前痛成什么样都忘了是不是？"

乔晳有些心虚，但还是强行要求道："我……我可以吃一口冰激凌，喝两口热水！"

"不行！"明屹捏着她脸颊的手更用力了几分，"不是要来看书的吗？专心看书，我监督你。"

见受气包一脸心不在焉，不停地偷偷盯着隔壁桌的冰激凌球，明屹不由得出声提醒她："集训队的分数线出来了吗？"

乔晳瞬间清醒，低声嘟囔一句："没有。"

昨晚睡前，她查了自己的成绩——89分。

冬令营两天考试，试卷满分是126分。

这个分数可谓是不好也不坏。

在冬令营的群聊里自曝分数的人，分数比她低的不少，分数比她高的也不少。

查到分数后，乔晳粗略地翻了翻群里的消息，就看到有二十多个人分数比她高。

冬令营一届四百人，在这个群聊里的人还不到两百。

除去不在群聊里的人，除去没有在群里自曝分数的人……

乔晳的分数正如T大招生组老师所说的那样，想进国家集训队的确有点悬。

更何况……

乔晳拿习题册的时候看见群里有人兴致勃勃地爆料说，附中的一个女生考了112分。

今年附中参加CMO冬令营的女生一共三个，乔晳、卢阳和江若桐。

乔晳知道，卢阳的分数是105分，她应该是稳进集训队了。

事实就很明显了，考了112分的人是江若桐。

这并不出人意料。

在附中集训班时，江若桐一直稳居第一位。她是继明屹之后，附中奥数班当仁不让的第一人。

她要是没有拿到这个分数，才叫人意外。

乔晳还是有些难过。

她明明已经足够努力，可和对方相比，还是差劲得可怜。

她拿到了 T 大的保送资格又如何呢？

她还在忧心自己能不能进国家集训队六十人的大名单，江若桐却被老师寄予厚望。老师都默认江若桐一定能够进入国家队的六人名单，都期望她能为国争光，夺回金牌。

想到这里，乔晳将心心念念的冰激凌球抛到脑后，重新燃起了无穷的斗志，集中精力研究面前的习题册。

集训队名单还没出来……万一她进了集训队呢？

她早点准备，就能比其他人多一点机会！

明屹眼睁睁地看着斗志昂扬的受气包将面前的习题册翻过一页又一页，其间头都没有抬起来过一下。

明屹捺着性子，盯着受气包又做完一道题后，才伸手按住了她面前的习题册。

乔晳："唔？"

明屹靠在椅背上，模样真是很欠揍："再去帮我买三个球。"

他不是已经吃了三个球吗？

乔晳瞪着面前的大表哥，男生都是吃这么多的吗？

她看他迟早变成"日月山乞"！

见受气包一副不想动弹的模样，明屹更加想使唤她了。

"奶奶让你好好招待我的……如果是我女朋友，我就不让她跑腿。"

乔晳拿了钱包，愤愤不平地往柜台处走去。

她给大表哥挑了两个口味，正在挑第三个时，旁边突然传来一个男声——

"晳晳？"

乔晳抬头一看，看见说话人的脸，吓了一跳，她下意识往后面连连退了好几步。

出声的人是大伯家的儿子，她的堂哥乔灏。

对方看向她的目光直白且不加掩饰："什么时候回来的？怎么不和哥哥说一声？哥哥也好去接你。"

乔晳扶着柜台的边缘，不自觉地又往后退了一步，支支吾吾："我……"

恰在此时，一只手突然搭在了她身后的柜台上。

乔晳浑身一激灵，转头看去，看见明屹不知何时来到她的身边。

"怎么了？"明屹皱眉盯着乔晳面前这个貌似二十多岁的青年男子，语气不太好，"你认识他？"

乔晳揪紧了明屹的袖子，深吸一口气，道："对。"说完她便扯着明屹要走。

明屹却不想走。

这个人让受气包那么害怕，他急于探清背后的缘由。

他挣开乔晳的手，走向那个成年男人，声音里带了几分警告意味："你是谁？"

乔灏看明屹的穿着打扮，一眼便确定这是有钱人家的孩子。

明屹一开口，乔灏便听出来他不是本地人，当即没了那么多顾虑，也向明屹走近了一步："我是她哥哥，你又是哪根葱？"

明屹没有犹豫，下一秒便照着对方的脸一拳挥了过去："我让你知道小爷是谁！"

乔晳吓得赶紧上前去拉大表哥："别打了！别打了！"

明屹挣开她的手："你站一边去！"

两个大男人转眼间便扭打在了一起，乔晳不敢再上前。店员都是女生，也不敢上前。

乔晳急得都快哭了，她生怕大表哥吃亏，哆哆嗦嗦地掏出手机打算报警。

她才刚按出了一个1，便发现……

大表哥好像占了上风。

乔晳默默地将手机塞回包里。

走出了很远，乔晳才发现明屹的手在流血

她又生气又心疼："好好的你干吗啊？弄得自己都受伤了！"

明屹看了一眼自己手背上的伤口，这伤口应该是他动手时不小心蹭到对方衣服上的金属挂饰造成的。

他不在意伤口，只是盯紧了面前的受气包："他欺负过你，是不是？"

乔晳转过脸，看起来并不想谈论这个话题："我们回去吧，我帮你包扎伤口。"

明屹也不知该如何解释自己刚才的失控。

明屹清楚，他的感觉一向迟钝。可连他都能察觉到受气包害怕那个男人，受气包一定是害怕极了。

这场架，打得不冤。

再来一次，他还会这么做。

他们回到奶奶家时，就见奶奶还在调饺子馅。

看到他们回来了，奶奶笑眯眯地说："这么早就回来了，怎么没多逛一会儿？"

明屹抢先道："我有些累了。"

"这样啊，皙皙你快带小明去你房间睡一会儿。"

两个人躲进了小房间，乔皙搬来药箱，帮大表哥处理手上的伤口。

她还是有些生气："你怎么那么虎啊……"

明屹看着面前的受气包，有意逗她笑："你补偿一下我，我的伤就好了。"

乔皙瞪向他。

这个人！

刚把他的伤口包扎好，乔皙放在一边的手机便惊天动地地响了起来。

来电的人是菀菀。

乔皙将电话接起来，还没来得及开口，就听到那头传来菀菀兴高采烈的声音："给你一个惊喜！我和爸爸现在就在你们家楼下！你快来给我们开门！"

乔皙握着手机，如遭雷击。

乔皙将小房间的门关严实了，又"咚咚咚"跑到奶奶跟前，三言两语将事情说了，求她帮忙掩饰一下。

奶奶满脸难以置信："他家里人不知道他来了啊？"

乔皙急得眼泪都要冒出来："我过后再和您解释，您先帮我挡一下，拜托拜托。"

很快，明骏和菀菀就到了。

明骏面上半点不显，笑眯眯地同老太太打招呼："我来看看您，您老身体还好吗？"

隔了半个月没见面，一见到乔皙，菀菀便冲上来一把抱住她："小乔姐姐，想死你啦！本来早上我就想跟你说我要来的事，但爸爸说，等我们到了直接给你一个惊喜，我就没说了。"

乔皙当真吓坏了。

她没有心思回应菀菀的热情，一心只想着怎样才能不露馅。

明骏陪着老太太寒暄："二十年前，我还跟着皙皙她爸来您家吃过年夜饭呢，您还记得吗？"

奶奶拍拍他的手背："记得，当然记得。那会儿你们两个还踩坏了隔壁邻居种在楼后面的菜地，结果被人家揪着上门。"

说起往事，两人皆发出一阵哈哈大笑。

虽然觉得明屹和乔皙的事实在闹心，但奶奶有意想帮他们解围，于是提议道："你们二十年前踩过的那片菜地现在还在呢，我带你去看看？"

菀菀举起手，兴奋道："我也要去看！"

"好好，都去。"奶奶又跟乔皙说，"皙皙，厨房里还蒸着东西，你留下来看着。"

乔皙忙不迭地点头。

躲在房间里的明屹在门后听了半天的动静，终于听见防盗门"哐"的一声关上了，这才松了口气。

他在房间里又等了半分钟，却没听见受气包叫他出去，又没了耐心，于是他直接打开房门："老头子终于走——"

话还没说完，他便看见站在客厅里瑟瑟发抖的受气包，以及站在受气包身后、怒气冲天的明骏——

"小浑蛋！"

第十二章
Chapter twelve

只有数学，一个人可以创造
一个时代的辉煌

　　胆战心惊的乔皙试图拦住生气的明骏："明伯伯，您冷静一点，事情不是这样的……"

　　生气状态之下的明骏生怕吓着了胆小又懂事的皙皙，拍着她的肩膀，安抚道："皙皙你别怕，我在这里！这小浑蛋再敢打你的主意，我就打断他的腿！"

　　乔皙吓得再次哆嗦。

　　在她看来，大表哥绝对不至于被打断腿。

　　但依照平日里明叔叔有事没事便一熊掌拍大表哥的行事作风，乔皙觉得大表哥恐怕要被打个半死了。

　　她本想让大表哥快跑，可等她回头看向明屹时，发现对方脸上已经没了一开始的惊讶。

　　他双手插兜，皱着眉，很不耐烦地瞅着自家老父亲，语气欠揍地问："打完这事儿是不是就算完了？"

　　听到小浑蛋要乖乖让自己打，明骏下意识喜上心头。他朝小浑蛋招招手："过来，我揍死你！"

　　明屹很镇定地点头，再次同他确认："好，你答应了。"

　　明骏后知后觉地发现自己上小浑蛋的套了，冲上去就要打小浑蛋。

　　"我再打你十顿你也不准动皙皙的歪脑筋！"说着，明骏又生气起来，"还敢骗妈妈妹妹说你去爷爷家了！好端端的你来找皙皙干什么？怀的什么坏心思？"

乔皙见明伯伯热身了这么久，这会儿像是要真动手了，赶紧冲上去拉住他的手臂，结结巴巴地开口道："明伯伯！是是是……是我让大大大……大表哥来找我的！"

明骏狐疑地看了乔皙一眼："你让他来干什么？"

乔皙绞尽脑汁思索着该用什么理由帮大表哥开脱。

明屹皱着眉头先说道："是我自己要来的，和你有什么关系？"

男子汉顶天立地，他怎么能让受气包来背这个锅？

一听这话，明骏大怒："皙皙，你别帮这小浑蛋开脱！我看他就是欠抽了！"

"我没帮他开脱！"乔皙使出了吃奶的劲儿，这才稍稍拽住了明伯伯——这还是因为对方怕摔着她。

她结结巴巴道："明伯伯，真的是我不好……是我假装生气，故意不理大表哥，也不回他的短信，他着急了才来找我的。"

嗬，他的受气包居然认错了。

明屹心里美滋滋。

另一边的明骏反应也不小。

皙皙这话恰好证实了这小浑蛋的歪心思——如果不是心怀不轨，怎么会皙皙一生气他就颠颠儿地跑过来？

明骏指着浑蛋儿子怒声道："谁让你缠着皙皙的？皙皙哪儿来这么多闲工夫搭理你？你就是看她好说话！"

"不是、不是！"乔皙死命拽着明伯伯的袖子，"是我缠着大表哥的！我我我……我想让他来给我辅导数学！"

比起自家震惊的老父亲，沉浸在喜悦中的明屹回神得更快。

他点点头，肯定了乔皙的说法："对，我是来给她辅导数学的。"

他的受气包今天这么乖，又是道歉又是帮他说话的，明屹自然不可能让她将责任往自己身上揽。

因此他断然否定了受气包先前的说法："她没有缠着我，我来西京是因为我自己想来，和她有什么关系？"顿了两秒，为了增加说服力，他补充道，"我要是不想来，她缠着我我也不会来的。她生气不生气，和我有什么关系？呵，我才不在乎！"

下一秒，乔皙果断松开了一直拽着明骏的手。

明伯伯，打死他！

明骏不是嘴上说说吓唬人，而是真的解下了皮带，照着浑蛋儿子抽了好几下。

最后还是一通电话才将浑蛋儿子解救了。

电话是祝心音打来的。

不知道祝心音在电话那头说了什么，才听了两句，他们就见明骏眉开眼笑，明显心情变好了。

乔皙偷偷看了挨打的大表哥一眼，心里有些愧疚。

刚才她的确想让明伯伯教训教训说话讨人厌的"小和尚"，可看到明伯伯拿出皮带她就后悔了，可她拦不住。

从小到大，乔皙都是被爸爸捧在手心里的明珠。哪怕后来她在叔伯家辗转，也只遭受了精神上的难挨，从没受过皮肉之苦。

她还是第一次见识到这样的"暴力育儿"。

在大表哥的身上。

明屹被打惯了，早就皮糙肉厚，半点心理阴影都没有，肉体也没觉得受到了打击。

他一抬头，便对上了受气包偷觑自己的目光。

想起刚才受气包的真情告白，生怕她伤心，明屹轻声开口安慰："你以为我打不过他呢？那是我让着老年人，他没力气，打我我也不疼。"

话音未落，明骏就打完了电话，瞥了他们一眼。

明伯伯显然听见了明屹刚才那句话了，乔皙以为他又要打大表哥，吓得拦在了明屹身前。

谁知明骏的心情大好。

他看了儿子一眼，伸手点了点他，脸上还带着笑："你啊你……小混球！"说完心情大好地离开了。

乔皙有些莫名其妙："刚才电话里……说什么了？"

明屹愣住，他没有回答乔皙的疑问，脸上的笑容却一点点消失。

叔伯们都陪着妻子回家过年了，一到小年夜，家里就剩下奶奶和乔皙两个人。

今年家里多了明家三个人，小小的老房子一下子变得格外热闹温馨。

菀菀嘴上像抹了蜜一般，不过一个下午的工夫，她便将奶奶哄得把乔皙这个亲孙女都抛到了脑后，一直拉着她的手给她喂这喂那，差点将她喂成了一只小胖松鼠。

晚饭前，菀菀闹着要喝奶奶酿的甜酒。奶奶便给她冲了一碗，结果她才喝了小半碗，小脸便红通通的，双眼迷蒙地抱着乔皙的腰撒娇："小乔姐姐，今晚我要和你一起睡！"

乔皙摸摸她有些发烫的脸颊："想不想喝水？"

奶奶含笑看了一眼两个小丫头，对明骏道："今晚就让菀菀留下来住吧，你们两个大男人也不会照顾人。"

明骏正有此意，很痛快地答应了。他转头便使唤起儿子："还不帮忙把你妹妹扶到房间里去。"

两人一起将晕晕乎乎的菀菀扶进了乔皙睡的小房间。

乔皙帮菀菀把外套脱了，又帮她脱了鞋，这才小心地将小丫头塞进被子里。

明屹挺不高兴，阴阳怪气道："这是我睡的地方。"

乔皙只觉得莫名其妙，她指了指一旁的地板、属于球球的那块领地，纠正道："那才是你睡的地方。"

第二天，乔皙才知道明屹要去 MIT 了。

菀菀兴高采烈地同她解释道："MIT 数学系一直想要他，但要想就读 MIT，托福和 SAT（学术能力评估测试）分数得过线。"

菀菀笑呵呵的，一脸傻气："你不知道，哥哥的英语听说读都没问题，但你让他写东西，就是要他的命。"她尽可能严谨地描述，"0.5 鱼撑死了，可能还不到。托福和 SAT 他都懒得去考……最后还是那边扛不住了，昨天他们给哥哥打电话，说随便他托福和 SAT 考多少分，去考试拿个成绩后赶紧来就读。"

乔皙终于反应过来，难怪明伯伯昨天突然那么高兴，连要揍他都忘了。

MIT 离她到底有多远呢？

她知道 MIT 在马萨诸塞州剑桥镇，和哈佛之间仅隔了一条 Charles River（查尔斯河），数百年来，两校隔河相望。

她知道的，仅此而已。

她长这么大还没有去过美国，也从没想过要去美国读书。

美国太过遥远了，她从未考虑过要去美国读书。

明屹将去到那个地方。

一时之间，乔晳觉得他变得遥不可及。

中午的时候，明家父子从酒店过来。

在奶奶家吃过晚饭后，明家三口便要搭下午四点的航班回 A 市。

下午，乔晳拿了钱包，准备去外面的小卖部帮奶奶买调味料。

明屹迅速换好了鞋，跟在了她身后，说道："我昨天本来想告诉你的。"

乔晳摇了摇头："我没有生你的气。"

最优秀的人就应该去最好的地方。

雄鹰就应该拥抱最辽阔的蓝天。

她本以为他会留在国内念 P 大数学系，却忘了还有一方更广阔的天地在等待他。

走出小卖部，又走了一小段路，乔晳在一旁的石板台阶上坐下。

明屹跟着在她身边坐下。

"大表哥，你以后也会一直学数学吗？"乔晳身体往后靠，将视线投向灰蓝广袤的天空，"为什么你这么喜欢数学呢？"

明屹想了好一会儿，慢慢说道："数学、物理……这些都是基础学科。基础学科需要无数天才。就算是这样，基础学科想要前进哪怕一小步都非常困难。

"可只要一小步……基础学科的一小步，就可以推动应用科学的爆炸式增长。"

乔晳愣愣地看着他。

"最前沿的物理、生物、化学研究，需要无数的天价仪器，场发射扫描电子显微镜、等离子质谱仪、单晶衍射仪、活体成像显微镜……这些仪器随便一台就要成百上千万元钱。

"更夸张一点，超大对撞机的造价超过千亿元钱。"

乔晳明白了他的意思。

发展到现在的现代科学，要想进步，个人的作用越来越小，团队和资金的力量作用更大。

明屹笑了笑："可数学不一样。

"一支笔、一张纸，足够你探索所有未知的领域。

"只有数学，还允许个人英雄主义存在。

285

"只有数学，一个人可以创造一个时代的辉煌。

"唯一的限制，"明屹的手指轻轻敲在自己的太阳穴上，"只有这个。"

乔晢转头看向他，再次想起了他上次同自己说的那些话。

高斯就是高斯，牛顿就是牛顿。

常人拥有理论科学的天赋太难得，所以他们更应当珍惜，不能浪费在无足轻重的行业上。

乔晢转头看向他："如果我想要你留下来，你还会去吗？"

明屹没有任何犹豫："会。"

乔晢忍不住笑了起来。

他有自己的骄傲、自己的坚持和不可侵犯的信仰。

她喜欢的，恰好是这样的他。

"我……"她有些犹豫，大概是因为难为情，"我上午接到国家集训队的电话了。"

乔晢其实还是有些不好意思。

国家集训队一共招 60 个人，她是第 59 名，实打实的吊车尾。

她转头看向明屹："如果我也想去 MIT 的话……"

MIT 的数学系是全世界排名第一的数学系，每年在中国内地招生不超过五人。

而这五人，恰好就是当年获得 IMO 奖牌的学生。

乔晢深吸了一口气，道："如果我也想去……是不是要先拿块 IMO 金牌才比较好？"

明屹带着心肝小胖啾出门，恰好在门口撞上了从外面回来的莌莌。

莌莌问道："你带小胖啾去哪里呀？小瓜呢？"

"出门遛遛弯。"明屹面不改色心不跳，"小瓜还在睡觉，就不把他弄醒了。"

说完，他忙不迭地带着小胖啾出门，生怕被妹妹追上塞给他一个小瓜似的。

尽管明屹觉得生男生女都一样，他也一直都是一碗水端平，从来没亏待过瓜儿子，可他今天不想带瓜儿子出门，是有正经充足理由的。

那就是……他实在太丑了。

出生半个月了，还一副皱巴巴的小老头模样。

偏偏他喜欢笑。

瓜儿子笑起来，就更丑了……

有时明屹都不忍心多看这个儿子一眼。

明屹虽然不以相貌自得，可他从小被人夸帅夸到大的。

至于他的小哭包，就更是从小到大都美。至少，明屹从没见过比她更好看的人。

是以儿子长成这副猴样，明屹不能接受。

若不是女儿小胖啾粉嫩可爱，继承了爸爸妈妈五官的全部优点，明屹都要怀疑医院是不是抱错孩子了。

当然，明屹并不是那么肤浅的人，他一点也不嫌弃瓜儿子的外貌。

不过今天情况特殊，他不可能带瓜儿子出门的。

毕竟小胖啾今天是去比美的，若将她的丑哥哥一并带去，拉低小胖啾在大家心中的"形象分"就不好了。

明屹觉得十分不妥。

尽管明屹也曾想过，小胖啾成为大院新一代最美婴儿这种具有重大意义的事情，能在全部家人见证的情况下发生，自然是再好不过的。

他昨晚透露了一丝口风给自家小哭包试探，结果……

小哭包义正词严地拒绝了。

乔晢的话听来实在是有理有据、令人信服——

"大表哥，现在这个社会对女孩的外在要求已经很严苛了，你作为一个爸爸，怎么能在小胖啾这么小的时候，就加深她'外貌就是一切'的错误印象呢？"

明屹不明所以。

乔晢继续道："小胖啾才半个月大，我们现在不是应该告诉她心灵美才是最重要的吗？"

明屹只觉得自家小哭包不可理喻。

心灵美和外在美有哪里冲突了吗？

就像他的小哭包，不就是一个心灵美、外在更加美的典型例子吗？

他的小胖啾又可爱又漂亮，哪里有藏在家里不给人看的道理？

明屹思来想去了一整夜，最终只想明白了一件事……

小哭包多年好闺密盛子瑜家的小胖咕曾是大院里的最美婴儿，眼下他们家小胖啾就要取代小胖咕成为大院新一代最美婴儿……

明屹恍然大悟，难怪小哭包要紧紧藏着他们家小胖啾，原来是顾忌着闺密的面子。

是了！

回想起之前的种种，明屹越发肯定了自己的猜测。

小哭包刚带着两只胖团子出院时，盛子瑜就来明家想要看刚出生的宝宝。

当时小哭包是什么反应？

当时小哭包就十分紧张地让他将两只胖团子都藏了起来，导致盛子瑜在他们家磨蹭到了夜里十一点半，都没见着两只胖团子一面。

没错！

小哭包那么善解人意，必定是担心自家小胖啾的美貌会刺痛盛子瑜的自尊心，所以才会将宝宝藏起来。

他觉得，小哭包的担心十分荒唐可笑。

他又不是要小胖啾去和小胖咕打得头破血流来争夺这个最美婴儿的宝座。

明屹认为，根本用不着自己多说一句话，只要他将小胖啾往大家面前一放，大院最美婴儿是谁，大家心里想必就都有了答案。

大院里大大小小的孩子，每天下午都会聚集在大院操场后面的一块背阴地玩耍。

明屹带着自己的心肝小胖啾赶到时，胖虫虫拖着载有"海淀高圆圆"的推车，在人群中占据了"C位"。

"海淀高圆圆"刚满周岁，胖乎乎粉嫩嫩的可爱极了，穿着一身明黄色的小裙子，藕节似的小胳膊小腿，宛若一个小公主。

带着自家孩子的妈妈、奶奶们，一见小胖咕便笑得合不拢嘴，十分热络地同胖虫虫搭讪。

"虫宝虫宝，阿姨家今天买了大螃蟹，你带小胖咕来我们家吃饭好不好？"

"哎呀，你家的大螃蟹虫宝已经吃腻了，是不是呀虫宝？带胖咕来奶奶家吃杜果好不好？"

"虫胖虫胖，你长大了给我们家当女婿，小胖咕给我们家小皮球当媳妇儿，你说好不好呀？"

听到"小皮球哥哥"的名字，小胖咕的眼睛瞬间亮了起来，软萌地"咿"了一声。

显然，胖虫虫早习惯了这样的众星捧月。

尽管在听到"大螃蟹"和"大杜果"时，胖虫虫明显"咕咚咕咚"咽了两大口口水，但他绷紧了一张胖脸蛋强装正经，并不轻易答应大家的邀请。

明屹抱着小胖啾站在一边，不轻不重地冷笑了一声。

大院里的这些人，别的都好说，唯有一样，那就是太没见识了。

一个小胖咕都能让他们垂涎成这样，等他们见到自己的心肝小胖啾，岂不是要羡慕得眼珠子都要掉出来？

这样想着，明屹不由得抱紧了怀里的小胖啾，轻轻拍了拍她的背，示意该轮到他们上场了。

一众妈妈、奶奶正围着小胖咕，又是新头花儿又是小饼干的逗她开心。

亲妈不在场时，小胖咕并不会进入激情打人模式，因此这会儿胖萝莉只是慢吞吞地吸着果泥，一脸软萌地任由着众人摆布。

明屹实在是看不下去了。他抱着怀里的小胖啾，往人堆之中一站，轻咳一声。

他一个大男人，站在一群妈妈奶奶中间，自然十分显眼。

老邻居笑眯眯地同他打招呼："明屹，带着宝宝出来玩呀？"

明屹面上不显山不露水，只是很含蓄地点一点头："今天天气好，带孩子出来逛逛。"

"你这爸爸当得真称职，哪像我家那个，孩子生下来这么大，都没抱过几次呢。"

明屹谦虚道："应该的。"

前阵子明家大张旗鼓地给大院里所有人家都发了两份喜饼，是以大家都知道他们家生了对龙凤胎。

这会儿大家都笑眯眯地盯着他怀里的宝宝："怎么只带了一个出来？是哥哥还是妹妹呀？"

总算等到这一句了……

明屹强忍着激动的心情，云淡风轻地开口："是妹妹。"说着，他将怀里的小胖啾往外一转。

这样一来，小胖啾正面对上了所有人。

寂静。

胖虫虫也好奇地看向了明叔叔怀里的那个婴儿。

感受到了大家的目光，原本聚精会神地吸着草莓味果泥的小胖咕，也"吭哧吭哧"地转过了头。

一回头，小胖咕就看见了，那个以前总是欺负胖哥哥又总是拿零食玩具来逗自己、每次被自己打得眉开眼笑的叔叔，怀里抱了一只猴子！

小胖咕很同情地看着这个叔叔。

当然，明屹对此一无所知。

眼见在场众人齐齐沉默了，明屹以为，她们已经被小胖啾的美貌倾倒了。

谭家妈妈试图打破沉默："这……"

没等她说完，明屹就先摆手拒绝了对方的热情邀约："我们不吃大螃蟹。"

裴家奶奶与谭家妈妈对视一眼，迟疑着开口道："你……"

明屹再次打断对方，抢先拒绝道："也不吃大杧果。"

这两人无声地交换了一下眼神，叶家的三儿媳妇终于忍不住开口了："我……"

这些邻居的热情真是令人烦恼。

明屹强忍住心中的不耐之情，再次干脆利落地拒绝："我们家提倡自由恋爱，不搞娃娃亲这一套。"

在场众人面面相觑。

直到……

明屹身后突然传来一个兴高采烈的熟悉声音："哥哥！哥哥！"

是菀菀。

明屹回头，见她居然推了一辆婴儿车出来，登时便要气得昏过去。

菀菀浑然不觉，推着装有小瓜的婴儿车气喘吁吁地走过来："我刚刚上楼一看，小瓜已经醒啦！所以我就带着他来追你们啦！"

见有人转移了话题，先前尴尬得不行的众人纷纷松一口气，将目光转移到了婴儿车里的小瓜身上。

这一看，气氛更加尴尬了。

这对双胞胎兄妹，长得竟如出一辙，简直令人没法下嘴夸。

到底还是裴家奶奶有经验，她绞尽脑汁地想了许久，夸道："这兄妹俩长得真像，一看就知道是龙凤胎。"

明屹难以置信。

他的小胖啾和那个丑家伙，哪里有半点相像？

裴家奶奶起了个头，其他人"尬夸"起来：

"是呀是呀，以后模样还会变的。"

"不管样子变不变，这兄妹俩以后一定聪明。"

"就是就是，我最喜欢聪明的孩子了……哎，小胖咕你那样看阿姨干什么？阿姨也很喜欢你！"

就这样，明屹憋着一肚子的气，带着一对胖儿女回到了家中。

乔晢刚午睡起来，听菀菀将事情的前因后果一说，气得对大表哥便是一顿捶。

"都说了让你别带他们出去！现在好啦！所有人都知道我生了两个特别特别难看的猴子！鱼鱼肯定也知道了！她现在一定得意死了，呜呜呜！"

明屹瞪大了眼睛。

"特别特别难看的猴子"用来形容小瓜他是没有半点意见的，但是……小胖啾是猴子？

小哭包怕不是失了智吧！

见他这副模样，乔晢气不打一处来，揪着他一路到自家的一对胖儿女面前，怒气冲冲道："你自己睁大眼睛好好看看，你的儿子和女儿是不是长得一模一样！"

明屹震惊。

在他心里，小哭包到底是比胖萝莉重要几分的，知道产妇的情绪敏感脆弱，他一把将小哭包搂进怀里，好声好气地哄着："好了，不气了不气了，都怪我，都是我的基因不好！"

乔晢抽空又捶了他一拳："对！就是你的基因不好！"

刚走到婴儿房门口打算看一对胖宝贝的祝心音一头雾水。

好在丑只是暂时的。

短短一个月后，之前两只皱巴巴的猴子一般的兄妹俩，迅速蜕变成了两个又美又可爱的胖婴儿。

这天晚上临睡前，明屹盯着摇篮里的小胖啾，小心翼翼地征求着媳妇儿的意见："我明天……可以带她出去比美吗？"

乔晢斟酌了好一会儿才缓缓点了点头。

她自认没有大表哥那样八百米厚的"女儿滤镜"，用她现在的眼光来看，自家小胖啾并没有哪里比小胖咕差，自然是可以去比美的。

明屹一听，立刻松了口气。

过一会儿，他又忧心忡忡："给小胖啾换个名字吧。"

毕竟大院的人都知道明家有个小胖啾，长得难看不说，还非要效仿最美婴儿小胖咕的起名方式，叫什么小胖啾，简直是东施效颦。

如今女儿要再混江湖，从前的那个名字自然是不能再用了。

乔晢觉得他说得十分有道理，思索了好一会儿，道："哥哥叫小瓜，那……妹妹就叫小萝吧。"

在小胖啾，哦不，是小萝，逐渐出落成了一个粉雕玉琢的胖萝莉后，明屹曾不止一次地向自家媳妇儿提出过要将小萝带出去，再一次向大院本届最美婴儿小胖咕发起挑战。

但乔皙觉得，这事还需要从长计议。

为了麻痹鱼鱼的神经以令她放松警惕，这段时间，乔皙每天都定时定点地给鱼鱼发自家两只胖团子的照片。

当然，她发的是两只胖团子还没长开时，像两只猴子的丑照。

盛子瑜一边不断夸赞着乔皙家的两只胖团子长得真可爱，一边迫切地要求她多发点可爱照片让她欣赏。

乔皙心知肚明，鱼鱼说的都是鬼话。

她猜屏幕那头的鱼鱼，看见她家的一对丑儿女后，肯定笑掉了大牙。

翻着自家媳妇儿同鱼鱼的聊天记录，明屹十分惊讶："你干吗给小瓜拍这么多照片？"

自家媳妇儿发给鱼鱼的照片里，居然很细心地标注出了小萝和小瓜。

这对胖兄妹身上的衣服一粉一蓝，十分好辨认。

明屹难以理解的是，小哭包给瓜儿子那个丑东西拍那么多张照片，难道不嫌辣眼睛吗？

乔皙波澜不惊地开口："不是我拍的，照片都是从你手机里找的。"

这话实在叫明屹有几分摸不着头脑。

很快他反应过来媳妇儿的话，立即态度坚决地摇头："我不是！我没有！你别瞎说！"

开玩笑吧？

他怎么可能给瓜儿子拍这么多照片？他的手机内存连存小萝的高清美照都不够呢！

乔皙强忍住翻一个大白眼的冲动，淡淡道："你自己好好看看，那就是你女儿。"

明屹不信。

这个丑东西，怎么可能？

乔皙面不改色继续道："小萝的衣服改个颜色，就成了小瓜。"

大概是因为……瓜儿子实在没几张照片，而小哭包又想让竞争对手降低警惕心，所以才"P"了小萝的照片发给对方。

明屹皱着眉头，重新打量手机屏幕上那张照片。

唔，圆溜溜的大眼睛、初见雏形的高鼻梁、小巧精致的瓜子脸……明屹揉了揉太阳穴，这好像是他的心肝小萝。

明屹看向自家小哭包，不赞同地皱起了眉头："你这样做，也太莽撞了。"

乔皙挑了挑眉，"噢"了一声，打算看看这个呆子还能说出什么话来。

明屹是真的忧心忡忡："你把小胖啾，哦不，小萝这么好看的照片发给她，很容易激发她的嫉妒心。"

到时候他们还怎么出其不意地夺得最美婴儿宝座？

事到如今，乔皙终于确认了，这呆子左一个心肝小萝、右一个宝贝女儿的叫得好听，其实他根本就分不清小萝和小瓜！

这呆子老父亲的高度近视滤镜，根本就是看宝宝的衣服颜色来加的！

乔皙面无表情地看着眼前这呆子，语气里不带任何感情地开口了："我刚才是骗你的，那就是小瓜的照片，没P过……现在还觉得好看吗？"

明屹一口气梗在胸口。

小萝重出江湖之前，大院里的传言沸沸扬扬——

据说明家的那对双胞胎，父母的相貌出众，他们的模样却实在让人不敢恭维。

尤其是明家小妹，模样不出众就算了，偏偏大人心里没半点数，竟然仿照了小胖咕的名字给宝宝起名叫小胖啾。

因此，空军大院里人人都在说，"1咕"可是等价于"1000啾"的！

听见这个等价换算关系时，乔皙气得对着明屹又是一顿捶："你干的好事！"

明屹满脸莫名："关我什么事？"

乔皙简直被这个呆子气死了！

如果不是他恬不知耻地非要给女儿起小胖啾这么个名字，如果不是当年的"1明=1000鱼"跟鱼鱼结下梁子，如今她的小萝怎么会小小年纪就要承受这些？

好在仅有千分之一"咕"的小萝对此一无所知。

此刻她和哥哥被姑姑抱到了楼下客厅，两个坐都坐不稳的小家伙，这会儿围着两只刚出生的狗宝宝玩得正开心。

有些令人难以启齿的是……这狗宝宝算是明家的宠物二代。

球球之前寄养在别人家，结果因为它邻居家母狗生下了一窝五只小狗，乔晢不得不带其中两只回来。

球球原本就是"串串"，生下来的宝宝就"串"得更多了。

小串串们虽然不及斑比血统纯正，但十分可爱。两个小朋友围着它们，爱不释手。

当然，并不仅仅小瓜和小萝喜欢它们。

先前盛子瑜多次赶来明家，想要一睹明家一对丑儿女真容的时候，被她一同带来的胖虫虫和小胖咕，都深深地被两只狗宝宝吸引。

明屹乔晢夫妇俩一下楼，便听见外面传来一阵敲门声。

刘姨跑去开门。

门外站着的竟是盛子瑜的老公霍铮。

他怀里抱着个小胖咕，手上牵着只胖虫虫，脸上的表情颇有几分难为情，有几分尴尬地解释："他们两个，非要闹着来看小狗……"

胖虫虫仰着一张又软又萌的胖脸蛋，奶声奶气地开口："晢晢，我来找你玩。"

趴在老父亲肩头的小胖咕，转过头来，欢快地"呀"了一声。

乔晢赶紧牵过胖虫虫的手，笑眯眯道："欢迎欢迎。"

霍铮挺抱歉的模样："打扰了。"

乔晢突然想起什么似的，开口问："小鱼怎么没来？"

霍铮解释道："子瑜的干妈生病，她去国外看病人了。"

闻言，明屹和乔晢齐齐扭过头，夫妻两人无声地交换了一个眼神。

明屹颇为热络地开口问："去多久？"

霍铮对面前这对心怀鬼胎的夫妻的所思所想一无所知，只一派老实地回答道："至少一个星期吧。"

明屹立即面露喜色。

乔晢看不过眼他这蠢样子，警告地狠狠掐了他一把。

明屹吃痛，立刻收敛了脸上的喜色，过了好一会儿，他憋出来慈祥的一句："既然妈妈不在，就多带宝宝来我们家玩吧。"

两只小狗被菀菀抱到一张小板凳上，哆嗦着小短腿不敢下来。

小瓜和小萝分别被菀菀和祝心音抱在怀里，两只小家伙就对着狗宝宝，咬着手指"咯咯"地笑得开心。

胖虫虫的胆子大，伸手摸了摸小狗肉乎乎的脊背，乐得眉开眼笑："好舒服呀！"

小胖咕长长地"嗷"了一声，也伸出了肉拳头，一副跃跃欲试的模样。

胖萝莉还是有几分害怕，伸了几次手都没真的摸到狗狗。

霍铮从后面扶着颤巍巍才学会站立的小胖咕，温和笑道："小咕，来和小瓜、小萝打一声招呼。"

小胖咕"呀"了一声，看向自己面前的两个小东西。

想了想，小胖咕将自己手里攥着的香蕉果泥慢吞吞地递到小萝面前，"咿"了一声，以示友好。

霍铮满头黑线："这是你今天该吃的分量，不准送人！"

小心思被揭穿，小胖咕有几分恼羞成怒，她大声"啊"一声，气鼓鼓地就要挣脱老父亲的搀扶同他断绝关系。

明屹偷偷观察了许久，然后低声同自家媳妇儿说："我觉得……就是现在了。"

小胖咕一和他们家小萝站在一起，明显就被比了下去，而如今最爱作妖的鱼鱼不在，这机会简直是千载难逢。

乔皙皱着眉没有说话，但有几分赞同他的说法。

既然如此，明屹自然是说干就干。

第二天下午，两只胖团子午睡起来后，齐齐躺在床上，动作整齐划一地吃着脚丫。

乔皙好说歹说，才将刘姨和祝心音都劝回房间休息了。

祝心音十分不放心道："小瓜昨天起就没拉过了，中午又吃得多，你待会儿看着他点儿啊。"

乔皙心不在焉地点点头，目光不时地溜向房门外。

好不容易等到祝心音回了楼上房间，她便蹑手蹑脚地走出去，找到在二楼的小露台上的明屹，压低了声音问他："来了没？"

明屹低低"嘘"了一声。

乔皙依言噤声。

这里可以看见胖虫虫从家里去操场的必经之路。

果然，不过几秒后，两人便听见楼下传来一阵轮子滚过水泥路的骨碌骨碌声，两人鬼头鬼脑往楼下一看，正看见蹦蹦跳跳的胖虫虫拖着一辆小推车，上面坐着的不是"海淀高圆圆"又是谁？

胖虫虫昂首挺胸，走路带着一股风，一看他就是准备去接受例行的赞美。

乔皙推了推明屹的肩膀，压低声音道："快！快！"

明屹大踏步地回到婴儿房，从靠近门口的婴儿车里抱出一只粉色的小萝，然后带着自家媳妇儿飞奔着出门。

日复一日，胖虫虫穿梭在人群当中，迎接早已听疲倦了的赞美——

"虫胖，你和小胖咕是不是每天都偷吃了双份的可爱多呀？不然怎么越来越可爱了呢？"

"虫宝，说好把小胖咕给我们家当媳妇的，你昨天怎么去周奶奶家吃大螃蟹啦？"

明屹轻咳一声，再次抱着怀里的小萝出现在了众人面前。

不同于上一次，这次小萝的出现，引来了众人的交口称赞。

大家都来好奇围观着这个脱胎换骨的可爱胖萝莉——

"哎呀，小孩子真的是一天一个样，几天没见就比上次好看多了哎！"

"是呀是呀，我就说嘛，爸爸妈妈这么漂亮，孩子怎么可能长得差嘛！"

"怎么又叫小萝了？之前不是叫什么噜噜还是'biubiu'？不过真是可爱啊，和小胖咕一样可爱！"

原本明屹正表面淡然、内心暗爽地接受着大家的赞美，结果听到了最后一句，顿时微微变了脸色。

和小胖咕一样可爱？

不不不，如今"1萝"起码等于"2咕"吧？

仰着脸蛋、抬头看向小萝的小胖咕，伸出手捏住了小萝的小手，两个人一齐"咿呀"地笑了起来。

正当明屹绞尽脑汁地思索着如何让更多人看到小萝的美貌并公开承认时，被他抱在怀里的小萝突然"哇"的一声哭了起来。

胖团子哭得涨红了一张脸蛋，五官皱巴巴地卷起来，陡然又恢复成了一个多月前的样貌……还伴随着一股奇怪的味道。

明屹心里"咯噔"一声。

难道小萝关键时刻掉链子……拉出来了？

没事没事，小孩子哪里忍得住这个的？这是很正常的事情。

不对！小萝好好的怎么会拉肚子？是吃坏肚子了还是着凉了？

显而易见，一旁的众人也闻到了这股味道，小胖咕迟疑着松开了握住小家伙的胖爪子。

明屹连忙将心肝小萝抱到角落里，打算先给她换好尿布再回家。

等到尿布打开……

迎着小哭包几乎能杀死人的眼刀，明屹生无可恋地闭上了眼睛。

中午两个小家伙洗完澡，小瓜的衣服都洗了没干，所以他借穿了一身小萝的衣服……他怎么给忘了？

一旁众人惊呼道——

"小萝是哥哥？我还以为……"

"我也以为……所以哥哥叫小萝，妹妹叫小胖啾吗？"

"哥哥这么好看，妹妹呢？怎么没把妹妹也带出来？"

众人无声地交换了眼神后，逐渐沉默。

想必是妹妹依旧长得十分难看，父母俩才没好意思带妹妹出来，只给好看的哥哥改了个名字再出来混江湖。

一时之间，"1咕=1000啾"的传言在大院更是甚嚣尘上。

行动方案：以非暴力手段帮助小萝夺取"大院最美婴儿"宝座暨第二次挑战上届擂主小胖咕。

参与人员：明屹、乔智……小瓜。

行动结果：惨败。